suhrkamp taschenbuch 2582

»Er gilt als einer der besten deutschen Erzähler. Er schreibt zugleich spannend und auf hohem literarischen Niveau, ihn mögen die Kritiker und die Leser und die Bücherfresser«, schreibt Hubert Winkels im *Tagesanzeiger*. Und Gustav Seibt lobt in der *FAZ:* »Er ist, um es mit einem Wort zu sagen, überhaupt ein Meister.«

Stier hieß Ralf Rothmanns erster Roman (st 2255): ein Blick zurück in die Jugend der siebziger Jahre. In *Wäldernacht* schreibt Ralf Rothmann die Geschichte einer Generation weiter. Er erzählt von Jan Marré, einem in Berlin lebenden Maler, dem vom künstlerischen Aufbruch der frühen Jahre nicht viel mehr geblieben ist als der Suff. Als ein vom Leben ramponierter Vierzigjähriger kehrt er wegen eines einjährigen Stipendiums in seinen Heimatort zwischen Oberhausen und Bottrop zurück. Am Fronleichnamstag dieses Jahres läßt Ralf Rothmann diesen Jan Marré nach durchzechter Nacht mit den Menschen seiner Vergangenheit zusammentreffen; und er entwirft das groteske Porträt einer Kleinstadt, hinter deren Fassaden die Paranoia droht – und sich dramatisch entlädt.

Ralf Rothmann, geboren 1953 in Schleswig, wuchs im Ruhrgebiet auf. Nach Volksschule und Maurerlehre arbeitete er in verschiedenen Berufen. Er lebt in Berlin. *Kratzer und andere Gedichte* (1987), *Messers Schneide. Erzählung* (1986), *Der Windfisch. Erzählung* (1988) und *Stier. Roman* (1991) sind ebenfalls im Suhrkamp Verlag erschienen.

Ralf Rothmann
Wäldernacht

Roman

Suhrkamp

suhrkamp taschenbuch 2582
Erste Auflage 1996

Druck: Nomos Verlagsgesellschaft, Baden-Baden
Printed in Germany
Umschlag nach Entwürfen von
Willy Fleckhaus und Rolf Staudt

1 2 3 4 5 6 – 01 00 99 98 97 96

Wäldernacht

You're the keeper of the flame
And you burn so bright

Van Morrison

Es ist niemals die Zeit, die vergeht. Nicht einmal während jener Tage, an denen Dunkelheit übergangslos hereinbricht, früher wohl, als von den Stadtwerken vorgesehen, und manche Laternen kalt bleiben unterm grauschwarzen Himmel. Nur in Mansardenfenstern noch ein paar glutfarbene Schlieren, letztes, von fern reflektiertes Licht, das der Alte oder Leidende dahinter als flüchtige Berührung an den Schläfen fühlen mag, während er längst verklungene Stimmen hört, Rufe, das Gerenne von Kindern, die kein Ende finden mit dem Spiel und immer neue Verstecke suchen zwischen den Hecken, glückselig keuchend. Wobei ihnen erstmals im Jahr ihr Atem auffällt, sichtbarer Hauch vor dem Mund, in dem ein Himbeerbonbon schmilzt. – Und raus bist du.

Er trug einen offenen Wettermantel, der Mann, der über den Trockenplatz schwankte, einen Anzug aus glimmerigem Stoff, Nylonhemd und schmale Krawatte, und war seit Tagen nicht rasiert. Als er sich nach seinen Schuhen bückte, blitzten weiße, über einem Knöchel zerrissene Socken auf. Er stolperte paar Schritte vor, fand an der Gartenmauer Halt, am Baum, und die Kinder umringten ihn und sangen: Hosenschlitz und Schnürband offen! Mann besoffen! Mann besoffen!

Doch schien er gutmütig, grinste, lallte die Melodie nach und übertrieb es noch zum Spaß, das Torkeln. Oder er bleckte äffisch die Zähne und hängte sich mit einer Hand an den Teppichdraht, um mit der anderen

nach den Jungen zu grapschen. – Keiner von ihnen war älter als elf oder zwölf Jahre, sie hatten Steinschleudern und tote Kröten in den Taschen, und während einige Gras oder Stöckchen warfen, Grimassen schnitten und durch scheinbar ängstliches Zurückweichen knurrige Vorstöße provozierten, schlichen andere hinter ihm heran und versuchten, den losen Gürtel aus seinen Mantelschlaufen zu ziehen.
Eine Mutter trat auf den Balkon, rief die Namen ihrer Kinder; der kleine Schmuck ging maulend davon; ein Bergarbeiter, Dubbeldose unter der Achsel, blieb vor der Haustür stehen, um das Treiben zu verfolgen, und als ich über den Rasen kam, hielt Kawelke schon ein Gürtelende in der Faust ... Da bemerkte es der Mann und fuhr herum: Zu schnell für seinen Rausch. Der Fuß glitt aus dem offenen Schuh, knickte um; die Wäscheleine, ein letzter Griff, zerriß.
Aber auch der Sturz in den Dreck schien ihm recht zu sein. Er blickte amüsiert in den Himmel, brabbelte Unverständliches, regte Arme und Beine wie ein großer, auf dem Rücken liegender Käfer, und alle bedrängten ihn enger, pfiffen und klatschten.
Doch mit zunehmender Dunkelheit wich der Ton heller Freude aus dem Lachen, und krächzend machte sich Häme Luft – um so mehr, als der Mann es nicht mehr schaffte, hochzukommen; immer wieder versagten seine Knie. Er kroch zum Weg, über Rollsplitt und Glas; undeutlicher wurden die Gesichter ringsum. Das Grölen klang wie hinter Masken. Man bespuckte ihn, streute Asche aufs Haar, und er schnaufte leise und schloß die Augen.

In der Siedlung flackerten nun Laternen, zunächst rötliches, hinter den spitzen Laubrändern fast rubinfarbenes Licht, und auch ich zeigte mit dem Finger auf ihn und keifte und höhnte, um mutig zu erscheinen. Doch konnte ich Angst weit schlechter herunterspielen als die meisten Freunde.

Der Betrunkene jedenfalls, auf allen Vieren zwischen Kronkorken und Zigarettenkippen, starrte mich lange unverwandt an, bis sein Schwindel zur Ruhe kam. Er rülpste, würgte, schüttelte den Kopf, und Plettau, der Stinker, zischte: Bohr ihm den Ast da ins Ohr! – Ich tippte mir an die Stirn.

Plötzlich verschwand alle Müdigkeit aus der Miene unseres Opfers. Ein Schatten überflog das blasse Gesicht, sein Atemholen klang wie reißende Luft, und von einem Wimpernschlag zum anderen, als wäre etwas in ihn gefahren aus dem Boden, stand er aufrecht, der Mann. Keinen Katzensprung entfernt.

Steile Falten über der Nasenwurzel, hob er das stoppelige Kinn, kniff die Lider zusammen und massierte sich ein Handgelenk. Weniger Wut, in seinen Pupillen funkelte, was ich bisher nie erlebt oder gesehen hatte und später lange nicht begreifen würde: Haß. Blanker Haß. Er meinte unmißverständlich mich, dieser Fremde, verzog die Lippen, ein bitteres Grinsen, streifte den anderen Schuh vom Fuß, Kawelke schrie Paß *auf*! – und gleichzeitig, aus dem Stand, rannten wir los.

Es war vom ersten Schritt an ein Rennen mit aller Kraft und ohne jedes Hakenschlagen oder täuschendes Manöver an der Rückseite der Siedlung, den

Garagen, Zäunen, Taubenschlägen vorbei. Liefen wir über Rasen, hörte ich den Wettermantel des Mannes gegen seine Waden flappen; ging es über Schotter oder Kies, klang mir das wie Zähneknirschen.
Und doch blieb ich nicht besinnungslos vor Angst und fragte mich immer wieder: Warum ich? Warum ausgerechnet ich? – Verzweifelt machte ich mir klar, daß dies kein Traum oder Alptraum war, daß mir jemand todernst an den Kragen wollte, und mehr als alles schwächte mich die Unerbittlichkeit des Mannes. Wenn ich bislang um die Wette gelaufen war mit Erwachsenen, Vater oder Onkel, hatten sie nach wenigen Metern atemlos gepaßt. Doch so sehr ich mich auch anstrengte an diesem Abend, wie oft ich zurücksah, die Distanz zwischen mir und dem Fremden, der nicht einmal keuchte in seinem Coat, blieb gleich, und schon dachte ich daran, mich einfach fallen zu lassen und leblos zu stellen. Käme er über mich, würden die Leute ja wohl ...
Weder entdeckte ich irgendwelche Nachbarn, noch hörte ich etwas von den Freunden. Die letzten Küchen- und Wohnstubenlichter, die letzten Zimmer mit Elvis-Postern und Plattenhüllen an den Wänden lagen hinter mir, und ich strebte der Heide zu statt den Geschäften, der strahlenden Reklame von »Spar«, unter der eine Drehorgel verklang und Menschen lachten, Besorgungen machten – ins Dunkle lief ich, auf Kleingärten und Heckenwege, auf den nachtschwarzen Waldsaum zu, keine Ahnung, warum. Vor Scham vielleicht und auch, weil es dahin abschüssig war.

Wieder sah ich mich um: Haarsträubend nah der Mann; erstaunlich hoch hob er die Knie; seine Unterarme, die Handkanten hebelten auf und nieder. Er hatte den Mund zu einem Strich zusammengepreßt, und seine Nasenlöcher waren weit, die Augen groß geworden, ganz stierer Blick.

Ich rannte auf den Sandkasten zu, ein helles Oval am Ende des Rasens, von Klettergerüsten umstellt. Die halbwüchsigen Biertrinker, die immer dort hockten, der krumme Hund Grotz, der Hüne Clarence, waren fort, und ich streifte die Ketten, an denen längst keine Schaukeln mehr hingen, ließ sie hinter mir klirren und wirbeln. Neben dem Spielplatz führten Trampelpfade in eine Wildnis aus Birken und Holunder; vom Dressurfeld jenseits der Senke hallte Gebell herüber; das Flutlicht, die schwefelige Schwade am Himmel, erlosch.

Ich preschte durch Hagebuttensträucher, übersprang die abgerundete Betonkante – und hatte plötzlich das Gefühl, kaum mehr vorwärts zu kommen in dem Fließen, dem Rheinsand unter den Füßen, zwei Schritte für einen zu brauchen mit Schuhen wie Blei und immer noch tiefer zu sinken ... Der Verfolger war schlauer. Er nahm den Asphaltsaum der großen Mulde und befand sich trotz des weiteren Wegs schon auf meiner Höhe. Ich schlug Haken, strebte nun doch der Siedlung zu, dem sicheren Licht, wobei ich über die eigene Ferse stolperte, hinfiel, aufschrie, hochsprang; ein Spatz mit zu vielen Flügeln.

Der Mann lachte rauh, es klang wie Husten, kam seltsam watend durch den Staub, und ich, einen Fuß

bereits auf der Stufe, die aus dem Spielloch führte, die Hand in ein Büschel Gras gekrallt, ich wußte nun, daß es nicht mehr zu schaffen war, daß ich diesen Fremden, dessen Mantelschnalle gegen die Knöpfe klirrte, bereits auf dem Rücken trug und das Knie kaum würde strecken können aus Mangel an Atem, Aussicht und letzter Kraft.
Fledermäuse, flüchtig, wie ein Erschrecken der Luft. Auf dem Dressurplatz klapperten Zwingertüren. Hinter Erlen war Mondlicht zu ahnen, ein Blitzen hier und da, das fahle Grasbüschel zerfiel mir zwischen den Fingern. Müder wurde ich mit jedem Schritt, den der Mann, nun ohne Eile, näher kam.
Er spuckte aus, und es war sein Geruch, der Fuseldunst, der mich zu einer letzten, verbissenen Anstrengung trieb, wobei ich ein hellgraues Flirren vor Augen hatte und beinahe wieder rückwärts von der wadenhohen Kante gefallen wäre. Doch ließ sich der Schwindel noch einmal in Schwung verwandeln, und ich stürzte durch Disteln und Gestrüpp in den Hohlweg aus Holunder, die Passage voller Müll.
Wo es nicht mehr weiterging. Mein Pullover blieb hängen, der Kragen wurde würgend eng, und ich stolperte über Bauschutt zwischen glitschige Tapetenhaufen, Federkerne abgefackelter Matratzen, und hörte einen heiseren Laut, Flügelschlagen in der Schwärze. Zweige streiften mein Gesicht. – Na was? sagte er mit tiefer, ruhiger Stimme und legte mir eine Hand auf den Kopf. – Wohin denn noch, Kleiner?
Ich packte ihn, sein helles Hemd, wollte etwas schreien, konnte aber nur keuchen. Eisiger Brand

durchfuhr die Brust, während der Speichel wie Essig schmeckte, der Puls die Zunge im Mund bewegte, und meine Beine – fast knickten sie ein. Ich drängte mich zwischen Racko und die anderen und zeigte zitternd auf den Kerl, der nun durch die Sträucher brach in seinem Mantel, eine schiefe, von Atem umwölkte Silhouette.

Schnappmesser. Die Feder eines Totschlägers nah an meinem Ohr. Handlampen flammten auf, und der Fremde, noch ganz knurriger Triumph, hob die Brauen, wich zurück und suchte Halt. Um sofort wieder in das Torkeln und Brabbeln eines Sturzbetrunkenen zu verfallen. – Momentchen, ja. Keine Panik, Mann. Gute Bekannte ...

Racko nickte, ging auf ihn zu. – Aber klar, mein Süßer. Was möchten wir denn?

Die Anzugjacke glitzerte, und er zog die Nase kraus, fuchtelte vor dem Gesicht herum, als wollte er das Licht fortwischen, und sagte: Wie? Weiß gar nicht ... Muß mich verirrt haben, oder? Bin doch aus Fronhausen. Ist hier wer in meinem Alter?

Niemand antwortete. Er kehrte die aufgeschrammten Handflächen vor, murmelte etwas Unverständliches und trat, in den zerfetzten Socken, einen weiteren Schritt zurück. Schweißtropfen liefen aus dem Schläfenhaar. Kleiner schien er mir plötzlich zu sein, schmächtig fast, griff sich hinter den Kragen, reckte das Kinn, fletschte die Zähne: Etwas riß, und er hielt uns den Schlips hin, Selbstbinder, schmutziges Blau. – Für euch Jungs hier. Als Tausch. Hat vielleicht einer 'ne Fluppe?

Die Finger zitterten; schmale, wohl von einem Kind geflochtene Wollbänder hingen am Gelenk; im Lichtstrahl sah ich eine Ader pochen.
Bescheuert? Schneid ihm die Eier ab! sagte jemand im Dunkeln, andere lachten, und Racko schüttelte den Kopf, kramte in seiner Lederjacke, streckte den Arm vor.
Die Taschenlampen erloschen, und kaum hatte der Mann eine Zigarette und Feuer bekommen, stolperte er durch die mulmigen Tapetenfetzen davon. Erst jenseits der Hagebuttenbüsche drehte er sich noch einmal um und sagte: Dank auch, Kumpel. Feiner Zug. Merk ich mir.
Wir blickten ihm nach, bis er, Krawatte in der Hand, verschwunden war zwischen den Fassaden der Siedlung, und Racko grinste und stieß mich, den immer noch Keuchenden, weg. – Marre, du warmer Bruder, laß endlich mein Hemd los! Du hattest doch grad einen Schatz …

*

Hundert Meter vor dem Bahnhof stoppte der Zug. Ein Sattelschlepper, »Riesenspaß im Riesenrad«, war zu spät über den Damm gefahren, die Schranke hatte zwei Gondeln und das Kassenhäuschen heruntergerissen, Polizisten und Kirmesarbeiter sammelten Lampions, Chromleisten und abgebrochene Galionsfiguren von den Schienen. Ein schwarzgrüner Adler mit silbernen Augen lag im Gestrüpp.

Der Schaffner, der am anderen Ende des leeren Wagens saß, faltete die Zeitung zusammen und bot mir an, mich bereits hier hinauszulassen, falls ich es eilig hätte. Doch ich winkte gähnend ab. In allen Straßen wurde gearbeitet, man raffte Planen, vertäute Masten, rollte im Laufschritt Kabel aus. Gewaltige Traktoren kurvten zwischen Wurstbuden herum, Laster voll Karussellraketen, Schiffschaukeln und Bier fuhren vorbei, eine kleine Ponyherde verschwand hufeklappernd zwischen Wohnwagen, und angesichts der Geschäftigkeit fiel mir ein, daß Feiertag war, Fronleichnam. Punkt elf Uhr wurde die Kirmes eröffnet.

Hinter den Dächern ragte das Gerüst der Achterbahn in den Himmel, und noch strahlten die Glühbirnen, zur Probe geschaltet, heller als die Morgensonne. Ein weit auseinandergetriebener Krähenschwarm flog auf die Kohlenhalden zu; das Rad im Förderturm der Zeche Haniel stand still.

Irgendwo zwischen den Kastanien am Bahnhof mußten Lautsprecher hängen: Knistern, Brummen, zwei, zwei, Test, und ich schloß die Augen. Ein zerkratztes »Black is black!« schallte durch die Blüten. Und verstummte wie abgehackt.

Als ich mich eine Zigarettenlänge später erneut hinauslehnte, bemerkte ich Hiller zwischen den Wartenden auf der Plattform. Wie immer in Cordhosen und dunkelblauer Windjacke, kraulte er sich den Bart und sah den Männern beim Aufräumen, beim Stapeln und Festzurren der Gondelteile zu. Blasses Gesicht, verquollene Augen, noch halb im Traum, und ich hätte mich nicht gewundert, wenn die Fluse in seinem Haar eine Daunenfeder gewesen wäre.

Es gibt Menschen, die erinnern an Vokale; andere ähneln Konsonanten. Hiller stand da wie ein Fragezeichen. Obwohl seine Tasche gewiß nicht mehr als ein paar Formulare und etwas Vollkornbrot enthielt, schien er schwer daran zu tragen, ein Eindruck, der durch die hängenden Schultern, die flache, fast eingefallene Brust und den sanft sich vorwölbenden Bauch entstand. Doch nicht, um dieses Fehlen von Haltung auszugleichen, bog er den Kopf so übertrieben in den Nacken, sondern um etwas zu sehen: Stets rutschte ihm die Brille auf die Nasenspitze, und offenbar war er noch nie darauf gekommen, daß man Bügel biegen konnte, bis es festsaß, das Gestell. Der Mund stand meistens offen, und manchmal rührte mich die rote, feucht aus dem Vollbart hervorglänzende Unterlippe, manchmal widerte sie mich an. Die energielose Erscheinung wurde betont von seinen Gesundheitsschuhen, hochbequemen »Moosbett«-Sandalen, deren Fersen tiefer als die Fußballen lagen. Was dem Gang etwas Watschelndes gab.

Die Diesellock pfiff, das Gleis war geräumt, und noch während ich mich fragte, was er an einem Feiertagmorgen um halb sieben vorm Bahnhof mache, schoben sich, von der Dichtung des schmierigen Fensters umrahmt, unsere Gesichtsfelder übereinander, und ich sah das Erstaunen in seinen kleinen Augen und wie er sich fragte, was ich so früh am Bahnhof machte.

Zugegeben, das Laufen war nicht einfach. Mehr als

der Kopf schienen meine Beine mir die Nacht zu verübeln, und als ich aus dem Raucherabteil ins Freie trat, ließ sich nicht länger ignorieren, was ich angesichts der Flecken auf Hose und Trenchcoat längst vermutet hatte. Ich roch. Erheblich. Mein ganzer Mensch, er stank nach Schweiß, Wein, Erbrochenem, und wo immer ich gewesen sein mochte in den letzten Stunden, man bevorzugte dort die schlichtere Kost; jedenfalls fand sich eine halbe Rostbratwurst im Sakko. Ich opferte sie den Bahnhofsspatzen.
Hiller hob die Hand; der Blick war tadelnd, das Grinsen freundlicher Spott, und ich kramte nach meinem Portemonnaie. Vergeblich. – Morgen, Ortwin. So früh schon nüchtern?
Marre, Marre. – Er schüttelte den Kopf. – Marre hat Panne auf Karre.
Für dich immer noch Marrée, erwiderte ich, stülpte die Hosentaschen hervor, nichts als Staub, nicht einmal Konfetti, und bat ihn um zwanzig Mark.
Bist du denn heute abend wieder im Lot? fragte er, und obwohl mir unklar war, wozu ich das sein sollte, gelang mir ein seriöses Nicken. Meine Finger zitterten etwas, als ich ihm die Fluse vom Haar nahm. – Fein, fuhr er lebhafter fort. Könnte dir dann neuere Sachen zeigen, kleine Arbeiten auf Holz. Nicht die Welt natürlich, aber von der Technik her ganz interessant.
Ja, gut, seh ich mir gern an. Würdest du mir kurz die Mäuse ... Ich glaub, da hält grad'n Taxi.
Du kommst doch? fragte er und gab mir zwei zerknitterte Scheine. Die Sorge schimmerte wie ein Wasser-

zeichen durch sein Lächeln. – Wir würden uns wirklich freuen. Karlchen hat jetzt diesen Superstuhl, halbautomatisch, mußt du unbedingt bewundern. Und ich mach natürlich eine Bowle oder so was ...
Sicher, werde pünktlich sein, sagte ich, schon im Drehkreuz. Um acht, nicht wahr? Bis dann.
Um sieben! rief er und stieg in den Zug.

Zwei Taxen warteten vor dem Bahnhof, und die Fahrer, in Zeitungen vertieft, reagierten nicht auf meinen Gruß. Hatten mich also schon in Augenschein genommen. Folglich machte der eine gerade Feierabend, der andere war noch nicht im Dienst.
Jedes Jahr verwandelte die Oberhausener Fronleichnamkirmes, angeblich die größte des Ruhrgebiets, den ganzen Stadtteil Sterkrade in ein flackerndes, lärmendes Labyrinth, eine Hölle aus Zuckerwatte, Paradiesäpfeln, Schnaps, und wo sonst der Bus nach Bottrop hielt, stand jetzt die Geisterbahn. Eine Knochenhand aus Plastik wies mir den Weg. Ich irrte um Container und Schießbuden herum, zwischen Raupenbahnen und Autoscootern hindurch, an Körben voller Teddybären, Seidenblumen und Cassettenrekordern vorbei. In einem Schloß Schwanstein aus Glas wimmelten unzählige weiße Ratten; auf der Festzelttheke lagen rohe Rollbraten, und die Schausteller und ihre tätowierten Gehilfen stutzten, als ich quer über die hölzerne, noch im Bau befindliche Tanzfläche stiefelte. – Dir gehts wohl zu gut! rief einer, Hammer in der Hand, und ich zeigte auf die Linie neun, die gerade vor der Gute-Hoffnungs-Hütte stoppte.

»Black is black!« Wieder, ich weiß nicht woher, brüllte jenes Lied auf mich, meinen schmerzenden Schädel ein, und flügelklatschend flogen Tauben von den Simsen des Bürogebäudes, die Schatten schnellten senkrecht über die Fassade. »I want my Baby back!« klang es gedämpfter durch die Bustür hindurch, und ich sackte auf einen Sitz, wischte mir mit den Faustknöcheln Schweiß aus den Augen.
Makellos blauer Himmel wölbte sich über Kühltürmen und Schornsteinen am Horizont, und während der gemächlichen Fahrt Richtung Irrlich fiel mir ein, daß ich Hiller nun doch nicht gefragt hatte, warum er so früh am Bahnhof ... Doch vermutlich mußte er zur Arbeit, was sonst. Er war Fürsorgehelfer, und die unglücklichen, von Stellungslosigkeit, Geldnot und Alkohol zerrütteten Familien, um die er sich kümmerte, kannten längst keine Feiertage mehr. Ohnehin gehörte er zu den Menschen, die immer irgendwie tätig sind, und wenn er nicht gerade von Sozialfall zu Sozialfall hastete, im Altenheim Sylvesterschwänke inszenierte oder an Manövern der freiwilligen Katastrophenwehr teilnahm, stand er in seinem Keller vor der Aluminiumstaffelei und malte Aquarelle oder »kleine Arbeiten auf Holz«.
Dazu kam die Familie, und es war ihm unbegreiflich, daß jemand vierundzwanzig Stunden am Tag auf dem Sofa liegen und nichts anderes tun konnte, als rauchend in die Luft zu gucken, ein Glas Wein nahebei. Er glaubte mir das nie. Sein Respekt vor Kunstschaffenden schien grenzenlos. Allein, daß sie Maler, Bildhauer oder Schriftsteller waren oder ge-

nannt wurden, machte sie geheimnisvoll in seinen Augen: Feuerköpfe, vogelfrei, Engel der Einbildungskraft, die noch schöpferisch sind, wenn sie Socken waschen. Und wer wollte ihm angesichts seines Alltags Vorwürfe machen aus dieser Romantisierung.

Die Halteschlaufen des leeren Busses, nach einem Bremsruck, pendelten durcheinander; Papierröllchen, Bierdosen und Kaugummis kullerten unter den Sitzen hervor.

Misthund! rief der Fahrer und schmiß seine Zigarette durch das offene Seitenfenster.

Ohne sich um Verkehrsregeln zu scheren, war ein weißes Cabriolet, amerikanische Marke, in die Straße gebogen; eine Flasche flog aufs Pflaster. Man hatte Zeit, man fuhr in träger, raumgreifender Schlangenlinie vor uns her – wie angetrieben vom Blues aus Hammondorgel und Saxophon, der durch das gerippte Verdeck drang und manchmal übertönt wurde vom Auflachen mehrerer Männer, dem Kreischen einer Frau. Atemraubend war dieser Asphaltkreuzer mit der kleinen silbernen Venus als Kühlerfigur; alle vier Scheinwerfer wurden von spitz vorragenden Chromkappen beschirmt, zwei Antennen blitzten im Licht, die Heckflossen strebten schwungvoll in die Breite, und von hinten sah er aus wie ein überdimensionaler Foliant, ein Buch mit Bremslichtern, grellorange, die immer dann aufstrahlten, wenn der Busfahrer hupte. Als wolle man einen Unfall provozieren.

Düsseldorfer Nummer, knurrte er und machte einen

neuen Überholversuch. – Besoffenes Zuhälterpack! – Er kam nicht vorbei. Und als er Daumen und Zeigefinger aneinanderlegte, das Zeichen für eine Körperöffnung, trat man hart aufs Pedal: Beide Fahrzeuge standen still.
Niemand sonst befand sich auf der geraden Straße, über der ein paar Zitronenfalter kapriolten, und der städtische Angestellte, kaum ein Kraftmensch, sah sich verdutzt nach mir um. – Was haben die *nun* vor?
Ich zog die Schultern hoch, stellte mich neben ihn, umfaßte die klebrige Haltestange. Nichts hatten sie vor, zumindest nicht mit uns. Mehrmals schien es, als drücke jemand Ellenbogen, Fingerspitzen oder gar das Gesicht gegen die cremefarbene Deckenplane, und die Stimme der Frau hörte sich plötzlich viel weniger beschwipst an, ihr langgezogenes *Nein!* klang fast verzweifelt. – Der nicht, hab ich gesagt. Verdammt noch mal, der *nicht!*
Dann fuhr das Cabrio weiter, glitt zügig davon, und auch der Busfahrer, nach einem Seufzen, gab Gas. Seine Nasenflügel zuckten nervös, Bierdosen und Papierkügelchen kullerten unter die Sitze zurück, und ich nahm wieder Platz.
Vor dem Bahndamm bog man von der Straße ab und verschwand über einen staubigen Weg zwischen Wohnwagen der Roma, die dort seit einigen Tagen campierten. Es waren über zwanzig große, zum Teil edelholzgetäfelte Caravans mit Terrassenvorbauten, brokatverzierten Markisen und Parabolantennen, und es gab sogar ein Garagenzelt, purpurrot. Unter dem durchsonnten Stoff glänzten ein paar schwarze

Limousinen wie gerade in die Glut geschobene Briketts.

Viele Bewohner der Ansiedlung waren schon auf den Beinen, die Türen standen offen, und festlich geschmückte Frauen hockten auf den Stufen und kämmten Kinder oder knöpften ihnen Blusen zu. Hunde streunten um die Kochstellen herum, um dampfende Töpfe und Kasserollen, und Männer in weißen Hemden und Anzügen, an denen sogar die Jackenärmel Bügelfalten hatten, kamen mit stacksigen Schritten durchs Gras und zogen etwas Gestrüpp, einen zerbrochenen Stuhl oder trockene, vom Wetter geschälte Äste heran.

In einer Senke lagen Tiere im Staub, verschiedenfarbige Hühner, zu dreien, vieren aneinandergefesselt mit Klebeband oder Draht. Wind, eine Brise, kraulte hier und da im Flaum, und der Junge neben dem Hackklotz reckte einen schlanken, doch muskulösen Arm und schleuderte so ein Bündel in der Luft herum, wieder und wieder. Die Vögel, deren Stirnlappen wie dickes, im Flug geliertes Blut vom Kopf abstanden, rissen die Schnäbel auf, und Kot und Federn flogen, während er ein gellendes, wohl mit der Zunge unterm Gaumen erzeugtes Trillern ausstieß, in unsere Richtung. Ich schluckte meinen Speichel hinunter und wendete mich ab.

Als der Bus auf den Marktplatz von Irrlich bog, wurden gerade Fliedersträuße neben den Wellblechaltar gestellt, den man dort errichtet hatte. Kirchenhelfer waren dabei, brusthohe Fähnchen, gelb, weiß, blau, in die Bordsteinfugen zu stecken und Häuser mit

Girlanden aus Buchsbaum zu schmücken. Zwei Afrikaner fegten die Straße.

Ich mied unsere Siedlung, das Elternhaus, und nahm den Umweg durch die Heide, eine begrünte Schutt- und Schotterhalde, auf der es neuerdings Trimmpfade gab und Picknickplätze aus Beton. Hier, zwischen Krüppeleichen und Holunderbüschen, habe ich vieles zum ersten Mal erlebt: Die Übelkeit nach der ersten Zigarette, den ersten Alkoholrausch, in dem ich meiner Mutter an den Kragen wollte, das erste Veilchen, die erste fremde Zunge im Mund. Trotz der Entfernung drangen von jenseits der buschigen Grube, dem sogenannten Pariser Tal, aufstachelnde Knurrlaute herüber, gezischte Kommandos, mit denen die Hundehalter ihre Tiere durch die Zuchtanlagen jagten, und ich trat aus einem Erlenwäldchen auf die Straße und überquerte den Pausenhof der Albert-Schweitzer-Schule, von deren Fassade kürzlich, Bergschäden, große Putzflächen abgefallen waren. Der so entblößte ursprüngliche Name des Gebäudes hatte viele überrascht; aber daß mein Vater, hier geboren, auf die Horst-Wessel-Schule gegangen war, wußte ich schließlich immer schon.
Winzige Gemeinde zwischen Oberhausen und Bottrop, liegt Irrlich am Ende der Autobahn; bei Ankündigungen von Geisterfahrern in der Region wird die Auffahrt Boßheim oft erwähnt. Das Ortsgefüge zentriert sich um die Einkaufszone, und es gibt eine Draht- und eine Farbenfabrik, eine Zeche, zwei

Schulen, zwei Kirchen. Die katholische heißt nach der Schutzheiligen der Bergleute Sankt Barbara und ist eine Betonkonstruktion aus den sechziger Jahren; Hostien knabbernd, habe ich hinter ihren Orgelpfeifen Stapel von »Sigurd und Bodo«-Comics gelesen. Die evangelische, ein kleinerer, vor dem Krieg errichteter Ziegelbau in unmittelbarer Nähe meines Elternhauses, heißt wohl auch irgendwie; doch weiß ich den Namen bis heute nicht.

Nach dem Heimatort befragt, habe ich in der Kindheit meistens Oberhausen geantwortet, wovon man, kam die Rede aufs Ruhrrevier, mehr oder weniger gehört hatte; der Fußballclub war immer gut für Spott und Gelächter. Auch Bottrop, zur Not noch bekannt. Aber Irrlich? Auf kleineren Karten der Gegend wurde es nicht mal erwähnt, und im Telefonbuch nahm es knapp dreißig Seiten in Anspruch, wie ein Dorf. Außer einer mittlerweile geschlossenen Tropfsteinhöhle, in der viele Besucher die imposante »Tempelsäule« Baumkuchen und den »Kaiserbart« Rettich getauft hatten, gab es keinerlei Sehenswürdigkeiten, und mangels kultureller Attraktionen – nur Blaskapellen, Schützenvereine – nahm es nie an den Ruhrfestspielen teil. Keiner interessierte sich für dieses Örtchen am Rand des Kohlenpotts, und das änderte sich auch kaum, als einige Honoratioren in die Offensive gingen. Alle Wege zusammengenommen, konnte man in der Umgegend drei Stunden unter saurem Blattgrün spazieren, was sie auf den Zusatz »Waldstadt« brachte. »Waldstadt Irrlich«, klang das nicht fast wie Beverly Hills?

Doch bewahrte es den Ort nicht vor der immer wieder diskutierten, oft abgewehrten und schließlich per Ministererlaß durchgesetzten Eingemeindung: Seit zwei Jahren war er Außenbezirk von Oberhausen, was die Bewohner, wäre nicht ein Wechsel der Kfz-Nummern verfügt worden, ebensowenig bemerkt hätten wie den Mief der Kokerei, das Fehlen von immer mehr Straßenbäumen oder den Tod des Elpenbachs, der hinter ihren Häusern durch die Gärten schäumte: Chromgelb, grün, blaßrot, je nach Produktion der Farbenfabrik.

Sei es aus wirtschaftlichen oder steuerpolitischen Gründen, sei es aus verletztem Stolz: Ihr Betreiber Süllwold, der Apotheker Katz und Dr. Rutenkolk, Chef der Drahtfabrik, gehörten zu den Gegnern dieser Eingemeindung. Lokalpatrioten alle drei, hielten sie die Erinnerung an ihren Heimatort nicht nur dadurch wach, daß sie den aufgegebenen »Irrlich-Kurier«, einst Tageszeitung, als sechsseitige Monatspostille weiterbetrieben oder ihren Drähten, Farben, Kräutern das Zierband »Qualität aus der Waldstadt« anklebten: Mit Unterstützung der Zeche stifteten sie die »Kulturgabe Irrlich«, einen ungewöhnlich hoch dotierten und darum sogar von der überregionalen Presse beachteten Preis für Maler und Bildhauer, ein Stipendium, das »in lockerer Folge« vergeben werden sollte und die Initiatoren in ihrer generösen Weltläufigkeit sichtlich über alles hinaushob, was man im Großraum Oberhausen finden würde; außerdem machte es den Namen der Heimat wenigstens im Reich der Kunst zu einem leuchtenden, von keinem

Minister anzufechtenden Begriff. Und es war natürlich ein Indiz für den guten Boden, für das fruchtbare kulturelle Klima dieser Gegend, daß der erste Stipendiat auch noch Irrlicher war.

An der Tagesstätte für Behinderte, dem sogenannten Rosenheim gegenüber der Schule, wurden soeben die Rollos hochgezogen, und Cordula, Aktenordner im Arm, sah einem Kollegen beim Einparken zu. Sie trug den blauen Seidenschal, den ich ihr geschenkt hatte, und schüttelte müde den Kopf, als ich einen guten Morgen wünschte.

Oh Mann, sagte sie mit schlafzarter Stimme. Hatte einen furchtbaren Traum ... Sie starrte vor sich hin, als könnte sie es immer noch nicht glauben. – Ich lag im Krankenhaus, und sie verkündeten der ganzen Station über Lautsprecher, daß ich Nachwuchs bekommen hätte.

Was ist daran schlimm, fragte ich. Den wünschst du dir doch.

Ja, schon. – Sie schluckte. – Aber stell dir vor, die sagten: Achtung, Achtung! Gerade hat Frau Cordula König – also, im Traum hieß ich König, nicht Prinz –, soeben hat Frau König von einem kerngesunden, vier Pfund schweren Rauhhaardackel entbunden ... Das ist doch zum Heulen, oder? Kennst du dich mit Traumdeutung aus?

Cordula, Ende dreißig, war Leiterin des Behindertenheims, unverheiratet und meistens allein. Obwohl eine Schönheit mit ihren goldblonden Haaren, den grünen Augen im sommersprossigen, von starken Wangenknochen dominierten Gesicht und diesem beunruhigenden Mund, konnte sie keinen Geliebten lange halten – was außer an ihrer orgiastischen Häuslichkeit (man hatte immer etwas Angst, in einen Kuchen hineingebacken zu werden) sicher auch an ihrer überüppigen Figur lag. Cordula war nicht nur schön; sie war gut dreißig Kilogramm *zu* schön, und jeder normal gebaute, durchschnittlich eitle Mann sah verschwindend neben ihr aus, wie ein Hemd.

Rundung über Rundung – daß mich das ansprach, war ihr ausgerechnet am Hochzeitstag ihrer besten Freundin aufgefallen. Diese hatte vor einigen Wochen den Chefchirurgen des örtlichen Hospitals geheiratet und noch in der Brautnacht einen Selbstmordversuch gemacht – ungefähr zur selben Zeit, als Cordula sich davon überzeugte, daß in jeder meiner Fingerspitzen ein kleines Glück für sie glühte.

Ich war während des Stipendiums in einer riesigen, kurz vor der Jahrhundertwende erbauten Villa untergebracht. Früher Domizil des Bergwerkdirektors, diente sie nach dem Krieg als Ersatz für das zerbombte Rathaus und beherbergte seit der Eingemeindung die Filialen der Oberhausener Meldestelle im Erdgeschoß, des Standesamts im ersten, der Volkshochschule im zweiten Stock. In der Mansarde, einem nagelneuen, hundert Quadratmeter großen Atelier nebst Wohn- und Schlafraum, lebte ich, der Künstler, und hängte Wäsche zum Trocknen an die leere Staffelei.

Eines Morgens nach langer Nacht, ich erwachte unter

dem verglasten Dach wie auf dem Flaschenboden, bemerkte ich einen seltsamen Geruch, irgendwie magensauer und auch nach zwei Zigaretten noch da, und ich raffte mich hoch, um den Müll aus der Küche zu schaffen.
Auf den Stufen verlor ich einen Joghurtbecher und Papierschnipsel, nach denen ich, drei Tüten umarmt vor der Brust, mich lieber nicht bückte. Fast alle Klassenzimmer der Volkshochschule standen leer, nur in einem fand Unterricht statt, »Deutsch für Ausländer«, wie es schien, hallte doch der Gesang eines blonden Schlagerstars, sein »Wenn wir erklimmen schwindelnde Höhen ...« durch Wand und Eichentür. Daß man heimatliches Liedgut in dieser Lautstärke an die Leute brachte, mußte etwas mit seinen Inhalten zu tun haben. Dann hörte ich Stimmen und Gelächter in der Beletage, dem Standesamt, und ging ein Stück in die Knie, um zu sehen, in welche Gesellschaft ich mit meinem Müll geriet.
Ein Blitzlicht, noch eins: Momentlang hatte ich weiße Augen und wußte nicht, was alles aus den Tüten auf die Treppe fiel, nach Pappe klang, nach Plastik ... Ich richtete mich auf und setzte meinen Abstieg fort.
Zwei Dutzend festlich gekleideter Menschen schauten mir dabei zu, trotz des Gestanks unter meiner Nase nahm ich teure Parfümsorten wahr, überall Blumen, und Herr Schraff, der vollbärtige Standesbeamte, zog ein silbernes Zigarettenetui aus der Smokinghose und lächelte, als läge keine Käserinde zwischen uns.
Guten Morgen, Herr Doktor Marrée!
Der Doktor war geschenkt und sollte den Dreck

veredeln, den ich angerichtet hatte. Man machte Platz, ich nickte, blies mir eine Haarsträhne aus der Stirn und trat die letzte Stufe aufs Parkett hinab. Oder das, was ich bei meiner zugepackten Sicht für eine letzte Stufe hielt.

Es waren zwei, und das Flüstern und Kichern der Hochzeitsgäste verstummte natürlich sofort, als ihnen, »Bergvagabunden sind wir, ja wir ...«, Kartoffelschalen, Spaghettireste und eine halbe Zitrone vor die Lackschuhe fielen. Auch auf meine Entschuldigungen und das hastige Zusammenklauben des Abfalls reagierte man mit Schweigen, strafendem Schweigen, das die Situation derart in die Länge zog – schon kam ich mir selbst wie Unrat vor.

Herr Schraff holte Atem. – Das ist zu beheben, alles zu beheben. Wie ich immer sage: Wir sind hier nun mal eine Durchgangsstation. Und wenn die rußige Hand eines Schornsteinfegers Glück bringt, warum dann nicht etwas Müll aus einem echten Künstlerhaushalt. Denn beachten Sie, meine Damen und Herren ...

Was immer hier folgen sollte, blieb aus, weil in diesem Moment eine der anwesenden Frauen in die Hocke ging, unter den Heizkörper langte und mir – Sonne ließ den Ohrschmuck unterm Blondhaar funkeln – meine alte Zahnbürste hinhielt. Dabei lächelte sie so vertraut, so zugeneigt, als wären wir Bekannte, und ich wischte mir die Finger am Hemdstoff ab, ehe ich das Ding entgegennahm. Trotz der Körperfülle wirkte sie sehr elegant in ihrem Kostüm; ein intensives, samtschwarz abgesetztes Violett, von dem man einen

Hauch auf den Maiglöckchen in der Herzhand sah. – Das war hoffentlich nicht die Gästebürste?
Und noch am selben Abend, während irgendwo ihr Nachtisch schmolz, brachte Cordula eine Dreierpakkung T-Shirts, einen Kamm und mehrere Plastikrasierer vorbei und hängte ihre Jacke über die Lampe. Darunter trug sie eine ärmellose Bluse, und als sie später, Zigarette zwischen den Lippen, die Hände hinter sich von der Bettkante baumeln ließ, zupfte ich ihr ein paar lila Flusen aus den feuchten Achseln.
Ihre Kollegen gingen an uns vorbei, ins Heim, der erste Telebus fuhr an die Rollstuhlrampe, und sie raffte die Akten vor der Brust zusammen. – Wo kommst du übrigens her? Siehst unglaublich aus. Und der Geruch ... Sie drückte ihre Nasenspitze an mein Ohr. – Was *ist* denn das?
Nacktes Leben. Der Stoffwechsel der Ewigkeit, erwiderte ich und trat einen Schritt zurück. – Also, mach's gut. Bis dann.
Sie schloß die Augen. – Bis wann?

Trotz des Feiertags war Post im Kasten, ein unfrankierter Umschlag der Kulturkommission. Morgensonne hinter den Flurfenstern projizierte Gebilde aus Licht auf Wände und Podeste, burgunderfarbene Trauben, eine Lilie, kristallin. Die breiten Stufen knarrten in dem leeren, stillen Haus; Staub lag auf dem Engelskopf an der Geländerkehre, seinem hölzernen Mund. Vor der Tür stand ein Eimer mit Putzmitteln.
Ich schloß die Wohnung auf, warf den Mantel über

einen Stuhl und drehte den Gasherd an. Kalkbrocken klackerten im leeren Kessel, das Leitungswasser roch verchlort, und ich hängte einen Teebeutel in die Tasse, stocherte erstarrten Zucker aus der Dose und blickte in den Nußbaum vor dem Fenster; die Elstern waren längst fertig mit ihrem Nest, doch konnte ich sie nirgends sehen. Als das Wasser kochte, goß ich es in die Tasse, und der Beutel zerriß; das Gestöber der Teeblätter wollte sich lange nicht beruhigen.

Der Nußbaum hing voll kleiner grüner Klöten, und ich dachte an Cordula, die Enttäuschung in ihren Augen, das zittrige Lächeln. Nichts gegen meine dicke Freundin, doch hatte ich das Gefühl, daß die Zeiten körperlicher Sensationen langsam zu Ende gingen, und hoffte eigentlich nur, nicht zu einem jener Sexualautomaten zu mutieren, die sich allein darum bewegen, weil sie über entsprechende Organe und einen gelegentlichen Kitzel verfügen. So nah an meiner Wange, daß ich ihrem Liköratem nicht ausweichen konnte, hatte meine Mutter mir erst kürzlich geflüstert, mein Vater, fast fünfundsechzig, nehme sie noch jede Nacht »ran«. Und weniger wegen der verbrauchten, von Arbeit und Alkohol zermürbten Körper der beiden war mir übel geworden. Die Vorstellung, daß der Mann seine ungeliebte Frau wie einen Aufnehmer benutzte, machte die ernste und würdige Erscheinung, die er nüchtern immer noch abgab, irgendwie zu Gips, zur Hülle eines leeren Herzens. Aber das hatte er nicht.

Gemecker, Geschäcker der Elstern vorm Haus. Ich ging ins Bad, drehte den Warmwasserhahn auf, ließ den Stöpsel an der Kette pendeln und starrte stumpfsinnig in den zerfledderten Tag, der vor mir lag und sich vermutlich ruhiger und angenehmer gestaltet hätte, wäre ich Hiller nicht begegnet. Doch die bereits vergessene Einladung ein zweites Mal zu vergessen, würde ich nicht fertigbringen – selbst wenn es letztlich diese Nachgiebigkeit war, die ihn immer wieder falsche Schlüsse ziehen ließ. Der Abfluß saugte den Stöpsel an, und ich stellte die Tasse und einen Aschenbecher auf den Wannenrand und hängte meine Kleider über den Heizkörper. Münzen fielen zu Boden. Ein Gähnen fuhr auf kleinen Kupferrädern aus dem Raum.

Dachte ich an Hiller und seinen guten Glauben, sah ich mich manchmal etwas Seltsames tun, einen Spatz rupfen, in die Sonne spucken oder Bleistifte waschen. Gerade weil es unsinnig ist, dieses Bleistiftewaschen. Er hätte sogar Verständnis dafür; doch ließe er es sicher im dunkeln. Und so wie ich mit seinen Sonntagsarbeiten, die er mir verlegen und aufdringlich zugleich präsentierte, immer wieder höflich ins Gericht ging, diesen Hintergrund duftig nannte, jenen Gegenstand schwebend, so war ich nicht in der Lage, meine innere Distanz zum Ausdruck zu bringen. Oder sie zu überwinden. Vor langer Zeit hatte er mir eins seiner Bilder gewidmet, »In unverbrüchlicher Freundschaft – für Jan Marrée«, und noch jetzt, in der Badewanne, überkam mich eine leise Abneigung gegen das, was mir schon in der Kindheit ein Greuel gewesen war: Vereinnahmt zu werden als Freund. Auch damals hatte es keinen Grund dafür gegeben.

Das Feuerzeugflämmchen spiegelte sich vielfach in den Armaturen. Vogelschemen hinter dem beschlagenen Fenster, ein schwarzgrüner Flügel wischte übers Glas, und ich sank bis zum Hals ins dampfende Wasser.

Genaugenommen war Hiller mir schon am allerersten Schultag unsympathisch geworden, kurz nach dem Betreten der Hasenklasse, die so genannt wurde, weil über der Tür eine Reliefkachel, ein fuchsfarben glasierter Feldhase hing; daneben gab es eine Enten-, eine Gockel-, eine Eichhornklasse.

Fast vierzig Kinder und ihre Mütter befanden sich in dem sonnigen, süßlich duftenden Raum, in dem das Rufen, Schreien und Kreischen wie im Schwimmbad hallte, und ich setzte mich entzückt auf einen der kleinen Stühle und verstaute Marzipaneier und Mausespeck aus meiner Schultüte unter der Bank. Das war überhaupt das Größte, daß jeder Tisch so eine Ablage hatte und einen Haken für den Ranzen an der Seite. Doch auf der lackierten Platte gab es Kratzer, ein halbfertiges Auto, komische Blumen, und ich rubbelte mit der Fingerspitze darüber, bis sie heiß war. Ging nicht weg.

Muß man mit Rotze machen, sagte mein Nachbar, den ich noch als Feldhoff kennenlernen sollte und bei dem auch etwas eingeritzt war, ein Stern. Da spuckten wir also erstmal auf die Tische, ich meinen rosa Fruchtgummispeichel, er seinen braunen, Schokolade, und kriegten fast gleichzeitig einen Klaps von unseren Müttern. Sie nahmen uns die Tüten weg und stellten sich an die Wand.

Denn nun betrat die Lehrerin den Raum, Frau Langenhorst, ein Name, der gut zu ihr paßte. Ältlich, dünn und groß, hatte sie eine Schnabelnase und im Nacken ein Nest.

Das Schwatzen und Lachen war zwar leiser geworden, schwoll aber erneut an, als die Lehrerin, nach einem Nicken in Richtung der Mütter, überhaupt nichts sagte. Gerade wie ein Stock stand sie da, hielt die Finger unter der Brust verschränkt und musterte Reihe um Reihe durch, wobei sie zählend die Lippen bewegte und sich vom Tischerücken und Griffelschmeißen nicht aus der Fassung bringen ließ. Ich tastete nach den Marzipaneiern und stellte fest: Eins fehlte.

Doch ehe ich Feldhoff ans Hemd konnte, hob Frau Langenhorst den Arm und rief mit einer Stimme, die mich an unsere stets gestärkten, widerlich harten Frotteetücher gemahnte: Hier, meine Lieben!

Da es nicht ruhiger wurde, begannen die Mütter zu zischen, einige Kinder, beim Namen gerufen, zuckten wie geohrfeigt zusammen, und endlich war es so still, daß ich Feldhoffs verstohlene Kaugeräusche hörte.

Hier, wiederholte die Lehrerin und drehte die Hand im Gelenk: Hier habe ich einen Schlüssel.

Aha. Ich beugte mich vor, kniff die Augen zusammen, riß sie auf, bis sie schmerzten, neigte den Kopf nach links, nach rechts, und obwohl ich beinahe vorn saß, konnte ich nichts erkennen. Zwar lagen Daumen und Zeigefinger tatsächlich zusammen, als

würde die Frau etwas Flaches halten; aber das war entweder unsichtbar, oder ich wurde blind.
Atemlos, die Handflächen feucht, drehte ich mich nach meiner Mutter um. Doch die betrachtete den Märchendruck auf der Tüte, knibbelte an dem Glitzerstreu, und die Lehrerin sagte: Einen wunderschönen kleinen Schlüssel ...
Das Entsetzen kroch mir den Nacken hoch – um so mehr, als ich offenbar der einzige war, den das alles befremdete. Meinem Nachbarn jedenfalls hing die Unterlippe herab, als hätte er noch nie im Leben einen derart zauberhaften, edelsteinverzierten Schlüssel in der Sonne funkeln sehen, und ich reckte mich so weit vor, daß sich der Tisch verschob.
Umsonst. Für mich hielt sie nichts in den Fingern, diese Frau, absolut nichts, und ich hatte plötzlich nur noch einen Wunsch: Meine Schultüte zu nehmen, Marzipan und Mausespeck, und für immer nach Haus zu laufen.
Mit diesem Schlüssel, fuhr die Lehrerin fort und beschrieb einen Halbkreis mit ausgestrecktem Arm, wobei ihr vierzig Köpfchen folgten in stiller Konzentration: ... verschließe ich jetzt meinen Mund.
Tatsächlich führte sie die Hand unter die Nase, machte eine knappe Drehbewegung und zeigte uns ihre aufeinanderliegenden Lippen, schmaler als ein Spardosenschlitz. Dann sperrte sie wieder auf und sagte: Dasselbe macht ihr bitte auch.
Also: Ich sollte mit einem Schlüssel, den ich weder sah noch besaß, meinen Mund zuschließen? Der doch gar kein Schloß hatte?

Irgend etwas stimmte nicht an mir. Das rätselhafte, in unserer Siedlung oft mit Bestürzung ausgesprochene Wort *Geburtsfehler* fiel mir ein, und Beklommenheit und Angst wuchsen sich zu einer Panik aus, die das Herz im Hals schlagen ließ. Die Wangen brannten. Unter keinen Umständen konnte ich vor dieser Lehrerin, vor all den Nachbarsfrauen und Mitschülern als Dummkopf oder Schlafmütze dastehen; meine Mutter würde die Schande kaum ertragen.

Auch Heulen kam nicht in Frage, und ohne nach links oder rechts zu sehen, griff ich mir mit beiden Händen an den Mund, als hielte ich einen Schlüssel in den Fingern, steckte ihn zwischen die Lippen und drehte ihn ächzend um im Schloß. Zack. Und zu.

Keiner, nicht einmal Frau Langenhorst, bemerkte meinen Bluff. Sie trat hinter ihren Tisch, hob das Kinn und sah zufrieden in die stumme Runde. Nur die kichernde Sarah in der ersten Reihe kriegte einen Verweis: Sie solle lieber nachsperren, ihr Mund sei noch offen. Dann wünschte sie einen guten Morgen, ließ uns das Kreuzzeichen machen und begann ein Gebet.

Vater unser, der Du bist im Him ...

Weiter kam sie nicht, fielen doch in diesem Moment zwei Griffelkästen, Blech, und eine Schreibtafel zu Boden. Die Hände gefaltet, fuhr man herum.

Ein Kind, ein Junge, trat in den Gang, der die Klasse teilte, stapfte tränenblind über die Schieferscherben und zeigte allen Anwesenden seinen weit aufgerissenen, von keksfarbenen Speichelfäden durchzogenen Mund. Der rote Kopf wurde immer noch roter, und

als das kaum mehr möglich war, schlug die Tönung ins Akustische um; eine Art Quieken aus zugeschnürter Kehle. Das schließlich in einem *Schrei* explodierte: Er hätte für drei solcher Räume gereicht.
Das kam mir doch übertrieben vor, zumal seine viel zu hohe, wimmernde Stimme ungefähr so unsympathisch wie das Knarren der Lehrerin war. Und dann dies Tränengeschmier auf den Wangen ...
Eine Frau lief herbei in klappernden Pumps. Das Kroko-Imitat sah an den abgeschabten Stellen wie Pappe aus; ein Nylonstrumpf hatte eine Naht, der andere nicht. Unter dem Rocksaum schaute Futter hervor, und an der Strickjacke gab es vier verschiedene Knöpfe, von denen mich einer an die Himbeerdrops erinnerte, die man bei Kleine-Gunck bekam. Die Hände waren grob und rot, das blondierte Haar an den Wurzeln schwarz, und als sie sich bückte, wurde ihr Hintern noch einmal so breit; ich konnte das Kind nicht mehr sehen. Doch hatte es aufgehört mit dem Geschrei und versuchte japsend, etwas zu erklären.
Einen *was*? – Die Frau blickte verlegen zur Lehrerin. – Aber das ist doch nur ein *Spiel*, Winnie! Herrgott, wie kann man so dumm sein. Nun setz dich wieder hin, zu Hause kriegst du Schlüssel. Schau da, die teure Tafel!
Die war Winnie ungefähr so egal wie irgendein Schlüssel daheim. Er zerstampfte die Scherben zu Splittern, wollte ihn hier, wollte ihn jetzt und betonte das mit einem Kreischen, bei dem sogar Frau Langenhorst, auf ihrem Podest, das Gesicht verzog.

Die erklärende Mutter blieb machtlos. Auch kräftiges Durchschütteln des Kindes wirkte sich nicht befriedigend aus, und erst nach zwei blitzschnellen Ohrfeigen, die eine etwas lauter als die andere, wurde es ruhig: Winnie schloß die Lippen wie über einer sauren Frucht, während ihm Urin aus den kurzen Wollhosen lief. Immer mehr Urin, über Knie und Waden, in die Strümpfe.
Jessas-Marie, vor all die Leut! zischte seine Mutter. Na wart ... Mit schweren, den Boden erschütternden Schritten eilte sie zur Klassentür, stieß sie auf, kam zurück und trug – sie packte es unter den Achseln und rempelte hier und da Stifte von den Tischen, einen Keks –, trug ihr tropfendes Kind aus dem Raum.

Hiller befremdete; kaum einer gab sich länger mit ihm ab. Wann immer ich an unsere Schulzeit denke, sehe ich ihn allein um den Hof spazieren, Hände in den Taschen, die mageren Ellbogen nach außen gekehrt, und sobald man über ihn sprach und mit der angebissenen Banane oder einem Trinkhalm auf ihn zeigte, heuchelte er, der selten Pausenbrot dabeihatte, nachdenkliches Interesse für Heckenrosen oder eine Wolkenformation.
Neben seinen ungekämmten schwarzen Haaren, in denen man oft Flusen sah oder Gras, erzeugte sein stumpfgelber Teint den Eindruck, er sei stets ungewaschen. Alles funkelte vor Wirtschaftswunder, und er kam in zerrissenen und gestopften Kleidern zum Unterricht, was ja noch anging; aber daß dunkelblaue

Flicken mit rosa Garn befestigt oder Segeltuchschuhe mit Zahnpaste geweißt waren, sorgte für ständige Hänseleien. An denen, wenn es Rüffel vom Lehrer oder ungenügende Noten gegeben hatte, auch ich mich beteiligte.

Man hätte das vermutlich kaum gewagt, wäre Hiller seinem Erscheinungsbild gemäß aufgetreten. Schließlich gab es noch andere arme und verwahrloste Schüler, die Bewohner der Baracken im Kleekamp etwa; aber die ließen sich nicht schräg ansehen; die trugen ihre Lumpen wie Apachen stolz und schlugen augenblicklich zu. – Der scheue Hiller dagegen suchte stets Kontakt, gab jedem beinahe immer recht und war von einer Freundlichkeit, die viele als Arschkriecherei empfanden. Und wurde er kurzzeitig akzeptiert, weil nach dem Unterricht irgendeine Bande geschlagen werden mußte und jeder Mann zählte, kam er garantiert mit einer kleinen Schwester im Kinderwagen an.

Auch Lehrer machten aus ihrer Abneigung wenig Hehl. Verbrecher-Lemko zum Beispiel, einst Erzieher in einer Strafanstalt, schickte ihn nach Haus, sobald er ihm zu ungepflegt erschien; und wenn ein Ausflug geplant war und Hiller zum Pult ging und flüsternd beteuerte, daß seine Mutter die drei Mark für die Busfahrt nicht hätte, konnte er angeblich so lange nichts verstehen, bis er es laut und für die ganze Klasse hörbar wiederholte.

Was mich betraf, so hatte meine Ablehnung auch mit seiner Sprechweise zu tun; die Familie kam aus dem Fränkischen, und er rollte das R auf eine mir widerli-

che Art. Da ich nämlich von den meisten Mitschülern beim Zunamen gerufen wurde, ohne Akzent, ahmte man sofort sein raspelndes *Marre* nach, und plötzlich war *ich* der Mittelpunkt des Gespötts.
Es lag wohl an meiner Eigenbrötlerei, meinem Hang zum Alleinsein, wenn Hiller in mir eine Art Seelenverwandten sah oder doch einen Menschen, dem er sich gefahrloser nähern konnte als anderen. Außerdem zeichnete er gut, besser als ich, wie mir schien; oft wurden unsere Arbeiten als Vorbilder an die Tafel gehängt, und er kam glühend vor Eifer an meinen Tisch, um über Farben oder Techniken zu sprechen; doch ließ ich mich nur knurrig darauf ein und atmete insgeheim auf, wenn die Lehrerin, Frau Lohre, ihm das eine oder andere Blatt verriß: Hast du nicht allein gemacht! Während sie offenbar übersah, daß ich schon mal etwas durchpauste oder aus Kunstbänden der Pfarrbücherei kopierte.
In den restlichen Fächern stand es weniger gut um ihn, seine Versetzung war immer wieder gefährdet; vor allem im Deutschen hatte er mehr Probleme, als ohnehin üblich zwischen den Zechen. Denn im Ruhrpott wurde inbrünstig falsch gesprochen, schlechter Stil gehörte zum guten Ton, war Ausdruck menschlicher Wärme und Opposition – und erzeugte zudem ein seltsam erotisches Flair, besonders wenn er von Frauen in Kittelschürzen und turbanartig gebundenen Kopftüchern gepflegt wurde. »Mmh, Hennes, kannße mich ma'n Dübl da nebende Poofe reintun?«
Die elementare Grammatik hatte wenig Chancen in einer Gegend, in der man »Erna, nimm dich schomma

der Kaffee!« sagte. Oder, auf dem Fußballfeld: »Waller, schick mich die Kirsche! Schick se mich her! Steh doch frei, du lahme Ente!« Oder wenn unsere füllige, soeben erst von ihrem vierten Kind entbundene Nachbarin »Ker, Ker!« durch den Supermarkt rief. »Der Olle hat mich schon *wieder* ein angedreht. Getz is Schluß mit die Popperei, dat glaubse wohl!« – Hochsprache war hier Balanceakt, mancher geriet ins Wanken, und als Hillers Fortkommen aus der fünften Klasse fraglich schien und jede noch so kleine Besserung zählte, sollte ich ihm bei den Schulaufsätzen helfen.

Nun war ich kein As im Unterricht, allenfalls Durchschnitt; trotzdem fiel mir Deutsch, neben Kunst und Religion, ziemlich leicht, und ich wäre wohl stolz gewesen, darin Nachhilfe zu geben ...

Kaum aber stand seine Mutter vor unserer Tür, sackte ich tiefer in den Sessel. Ich dachte, es ging um die Klassenkeile, die er neulich bezogen hatte. Im Fernsehen lief »Fiete Appelschnut«, und obwohl der Film eine Wiederholung war, starrte ich auf den Bildschirm, als dürfe kein Gag verpaßt werden. Die Freundlichkeit der verschwitzten Frau, die sich nur auf die Armlehne des Sofas setzte, war eine Qual, und während sie mir Komplimente über meine neuen Schuhe machte, mich Ortwins besten, von ihm hochgelobten Kameraden nannte und ihre Bitte vortrug, suchte ich panisch nach Ausflüchten; Kirchenchor, Haltungsturnen, Krebs ...

Aber natürlich, sagte meine Mutter hinter ihrer Bügelwäsche. Das macht er doch gern!

Hiller wohnte im Stadtteil Boßheim, in einem der schwärzlichen Ziegelhäuser am Güterbahnhof, und als ich um die Ecke bog, prallte ich fast zurück vor dem Anblick der fünf Hammelköpfe auf dem Kellersockel, enthäutet. Fliegen krochen über die langen gelben Zähne, verschwanden in Nüstern voll erstarrten Bluts, und die Augäpfel, auf denen aller Glanz, alles Himmelsblau und Wiesengrün zu einem milchigen Belag geronnen war, glotzten blind aus dem Geflecht der Muskeln und Sehnen hervor.
Momentlang schien es, als würden die Gardinen der offenen Fenster von der Musik bewegt, die man hier hörte, orientalische Klänge, und zwei Frauen, eimerweise Zwiebeln schälend in der Sonne, zuckten mit den Schultern, als ich nach Familie Hiller fragte. – Nix versteh.
Doch hatte Ortwin mich bereits gesehen. Er winkte aus dem Dachgeschoß, und ich erklomm die krumme Treppe mit dem wackeligen Geländer und mußte immer wieder an offenstehenden Außentoiletten vorbei. Dreckverkrustete Klotöpfe ohne Sitze, in Streifen gerissenes Zeitungspapier, durchsottenes Katzenstreu, und neben einem Wasserkasten hing ein winziger, mit dicken Schlössern gesicherter Käfig, in dem zwei Kanarienvögel sangen.
Die Wohnungstür der Hillers führte nicht, wie bei uns, in einen Flur. Man trat sofort in die Küche, wo es atemberaubend heiß war. Auf dem weiß emaillierten Kohleherd standen Töpfe voller Kochwäsche, und

Handtücher und Laken trockneten unter der braunfleckigen Zimmerdecke. Ein großer Sack lag geöffnet auf dem Tisch, drei halbnackte Kinder knieten davor und zupften Keime aus den Kartoffeln; ein viertes hockte hinter der Bank und schmierte sich »Sanella« zwischen die Zehen.

Hillers Mutter, stachelige Lockenwickler über den Schläfen, trug einen Wollrock und ein fleischfarbenes Mieder und rührte mit einem Walkholz in den Kesseln. – Fein, daß du gekommen bist, sagte sie. Geht am besten rüber in die Stube, da habt ihr nicht so warm. Und wenn ihr fertig seid, gibts schöne dicke Suppe.

Ich zögerte wohl einen Herzschlag zu lange; sie blickte sich um. – Ist bißchen enger als bei euch. Haben uns schon um die Nachbarwohnung bemüht, aber da sind Kanaker drin, kriegst du nicht raus. Und immer das Gedudel ohne Sinn und Verstand und Knoblauchgestank von dem Dreck, wo die fressen. Unglaublich. Unsern Kalle schick ich zur Verwaltung deswegen! Das ist hier bald wie in Anatolien. Die stellen sich auf die Klobrille und kacken von da oben runter, das muß man sich mal vorstellen!

Hiller grinste verlegen und räumte Windeln und zerschnipselte Versandhauskataloge von einem Tisch im türlos angrenzenden Raum, dem Wohnzimmer: Eine wuchtige Schrankwand, deren Butzenscheiben teilweise fehlten, drei Cocktailsessel, zwei Klappsofas und ein Fernseher auf einer Konsole. Die Kinder krochen hinter uns herum und spielten flüsternd »Verkäufer«, wobei ihr Pappladen hauptsächlich mit Flachmännern und leeren Zigarettenschachteln gefüllt war. Ortwin kramte das Aufsatzheft hervor und gab mir seine Arbeit zu lesen.

»Die schönste Reise meines Lebens« sollte, Einleitung, Hauptteil, Schluß, nichts Erfundenes enthalten und hatte den Untertitel »Ein Verwanntenbesuch in London«. Mir gefiel die Beschreibung der Überfahrt bei stürmischer See und der Ankunft in Dover. Auch die Schilderungen des wohlbeleibten Onkels mit Schnauzbart samt Uhrkette und der Speisenfolge in einem Chinarestaurant, wo es honigsüße Schwalbennester mit weißem Zimt gab: Okay. Doch spätestens als man – um einen langweilig ausgemalten, Themse, Buckingham Palast und Centralpark umfassenden Panoramablick zu genießen – auf den Triumphbogen stieg, wurde mir klar, was Hiller, rot im Gesicht, denn auch zugab: Daß er die Reise gar nicht gemacht hatte. Er war noch nie im Leben verreist.

Nun gut, wir radierten den Bogen aus, tauften die Parkanlage um und bemühten uns, dem Ganzen die geforderte Form zu geben; während seine kichernden Geschwister unsere Schuhbänder zusammenknoteten, mir Gummitiere in die Socken steckten oder sich ringend und kreischend darum stritten, wer als nächstes meinen Anorak probieren dürfe.

Mir wurde warm, und als ich Hiller fragte, ob wir nicht in seinem Zimmer weitermachen könnten, nagte er an den Fingernägeln und blickte aus dem gesprungenen, mit Klebeband geflickten Fenster. Er hatte kein Zimmer. Die ganze Familie lebte in diesen beiden Räumen. – Es ist ein bißchen unbequem, sagte er.

Aber wenn du Lust hast, können wir nachher mit meiner Modelleisenbahn spielen.
Ich horchte auf. In dieser Enge? – Naja, vielleicht. Muß eigentlich noch zu einem Termin. Welche hast du, »Märklin«?
Nichts ging über »Märklin«. Schon die Geleise und Schottersockel, lackiertes Blech – ein göttlicher Anblick; und das gerade aufkommende, noch unbezahlbare Mini-Programm war so atemberaubend detailgenau, daß man den simpelsten Triebwagen vor Entzücken mit ins Bett nehmen wollte. Doch Hiller schüttelte den Kopf. Er hatte »Fleischmann«.
»Fleischmann« war Scheiße. Viel zu große Schienen, überhaupt alles zu klobig, zu schwer, besonders die Dieselloks und dieser Trafo mit den blöden Drehknöpfen, die aussahen wie Lichtschalter von Anno Kruck.
»Fleischmann« hatte ich selber, und während wir den Aufsatz zu Ende brachten, versuchte ich die leise Übelkeit hinunterzuschlucken, die der Eintopfgeruch aus dem Nebenraum erzeugte. Was immer dort köcheln mochte, es konnte nichts Eßbares sein, jedenfalls nicht für mich; es roch nach Lebertran, und kaum wurden wir fertig, wollte ich weg. Doch war meine Jacke nirgends zu finden.
Die Kinder sangen im Treppenhaus. Hiller stieg aufs Sofa. Er löste einen Riegel, wie es ihn an Dachluken gibt, und was ich für eine gewöhnliche Mansardenwand gehalten hatte – schließlich hing ein Bild daran, tief dekoltierte Zigeunerin, Rose im Haar –, war eine ausklappbare Sperrholzplatte mit weitläufiger, viel-

leicht etwas staubiger Landschaft auf der Rückseite.
Ich pfiff durch die Zähne, und er lächelte verschämt und stolz zugleich, arretierte den Spieltisch und stellte Züge auf die Schienen. Eine ganz gewöhnliche Anlage, Marktfleck, Rathaus, Kirche, Brücken über Fluß und See. Zwei Dampfloks für die Güterwagen; ein Trans-Europa-Express.
Und doch eine Anlage wie keine. Von den Eisenbahnen abgesehen, war nämlich alles selbstgemacht, nicht ein Gebäude stammte aus dem Klebekasten, und es gab weder Plastiktunnel noch Rasen von der Rolle; vielmehr hatte er in Gips getauchtes, alpin modelliertes Zeitungspapier mit grünen Sägespänen bestreut. Die Schranken waren rot-weiß lackierte Bleistifte und die Bäume echte kleine Zweige, auf denen bizarr ausgeschnittene, herbstlich gefärbte Schwammstücke steckten. Das Schindeldach einer Berghütte bestand aus Kiefernzapfen, ihren Schuppen, der Turmhahn der Kirche aus einem Kupferpfennig. Schmirgelpapier stellte Rauhputz dar, und auf manche Ziegelmauer war nicht nur Efeu gemalt, sondern auch der Schatten jeden Blatts. Hinter den Fensterkreuzen hingen briefmarkengroße Chiffongardinen.
Außerdem gab es eine Wohnwagensiedlung am Dorfrand, Limousinen, Zugmaschinen und die Nachbildung des rot und blau gestreiften Zirkus-Krone-Zeltes mit allen Masten, Fahnen, Lichterketten. Wenn man sich bückte und am Kassenhäuschen vorbei ins Innere spähte, konnte man eine Balletteuse auf einem Rappen erkennen, ihren rosa Schirm.

Ich war Zirkusnarr, hatte die Vorstellungen aller großen, in Oberhausen und Bottrop gastierenden Unternehmen besucht und wußte bis ins einzelne, wie Zelte und Zubehör aussahen. »Althoff« zum Beispiel hatte eine lange, ovale Manege, singende Seehunde und fünfundsiebzig Dressurpferde, Hengste natürlich. Der »Spanische Nationalzirkus« verfügte über drei Manegen, sein Raubtierbändiger Pablo Noél, in Lederschürze, ging mit hundert Löwinnen in den Käfig, und »Zirkus Williams« hatte nur einen Clown, der lauter alte Nummern bot, Gummihammer, Wasser aus den Ohren, und auch noch Reklame für »Karstadt« machte ... Wie entzückte mich darum der Schriftzug meines Favoriten auf dem halben Dutzend weißer Wagen: Rote Großbuchstaben mit einer Krone über dem O. Auch zwei Güterwaggons waren so bemalt, und wir stellten einen Sonderzug zusammen, verluden Elefanten, bauten Laufgitter für die Königstiger auf und spielten wohl eine Stunde lang.
Es wurde Abend. Hiller gähnte und knipste die Lämpchen in den Häusern an; hinter den Gardinen hockten Zinnfamilien an gedeckten Tischen. Man klapperte mit Besteck, und plötzlich nahm ich den Geruch wieder wahr, Lebertran. Ich entdeckte meinen Anorak unter der Schrankwand, staubte ihn ab, zog eine Gummischlange und einen angelutschten Lolli aus den Taschen und erklärte Hillers Mutter, daß ich längst daheim sein müßte und nun wohl Stubenarrest bekäme, wenn nicht gar Schläge, jedenfalls nichts mehr essen könne, schade. Vom Güterbahnhof ein langer Pfiff, und die Frau runzelte die Brauen und

winkte mich an den Herd, den Topf, der mir bis zum Kinn reichte. Sie rührte Lauchstreifen und Karottenstücke auf in der trübgelben Flüssigkeit, Zwiebelringe, verbrannt, und ich sagte: Riecht gut. Muß aber sehr leider fort jetzt, hab noch keinen Dreisatz gemacht, Tatsache. Wollte auch später ...
Sie lächelte traurig. Sie rührte. Weichem Teig gleich schwappte der Busen in dem drahtverstärkten, etwas eingedellten Oberteil des Mieders, und ihr wissendes Schweigen war mir ungefähr so peinlich wie das Starren der Kinder unter der nackten Glühbirne. Mit Löffeln und Brot in den Händen die Mahlzeit erwartend, konnten sie offenbar nicht verstehen, daß einer diese Suppe ausschlug, und als ich auf die Spitzen meiner neuen Schuhe blickte und sah, daß nichts in der Küche so glänzte wie sie, sagte ich schließlich: Na gut, schön. Warum nicht. Ein halbes Tellerchen vielleicht ... Sagte es einen Herzschlag bevor Hillers Mutter Markknochen aufrührte in der sämigen Flüssigkeit und einen ganzen, grau zerkochten Hammelkopf.

Auch der Förderturm der Zeche wurde mit bunten Fahnen geschmückt. Irgendwo hinter den Dächern erklangen Paukentöne, Trompeten, Flöten; man probierte Takte eines Kirchenlieds, und ich drehte den Kaltwasserhahn auf in dem Augenblick, in dem ein Spielmann mit seinen Silberhämmerchen über den Schellenbaum strich. Die Glocke von Sankt Barbara begann zu schlagen, ein voller, dunkler Ton, Klang für einen Dom, nicht für so eine metaphysische Kantine, und meine Eltern fielen mir ein und das Versprechen, an diesem Feiertag bei ihnen zu Mittag zu essen. Ins Bett? Vermutlich sinnlos. Wie meistens nach durchzechten Nächten fühlte ich mich zwar körperlich matt; doch das Geflacker von Bild- und Satzfetzen im Kopf würde sich erst nach stundenlangem Herumwälzen auf der Matratze beruhigen, und ich erinnerte mich an die Zeit meiner besten Arbeiten, als diese seltsame, elektro-alkoholische Energie direkt in die Farben floß und sie zum Leuchten brachte.

Irgendwann in der sechsten oder siebten Klasse ließ die hämische, Hiller betreffende Aufmerksamkeit nach, und das Interesse wendete sich einem Jungen zu, der nur wenige Wochen in unserer Schule blieb. Seine Familie hatte den Rest eines ehemaligen Bauernhofs, das bröckelnde, von schiefen Schuppen umstellte Fachwerkhaus am Rand der Kleekampsiedlung, bezogen und darin eine Art Reparaturwerkstatt eröffnet, der keiner recht traute. Man munkelte, dort würden gestohlene Autos frisiert. Der ältere Bruder saß wegen schwerer Körperverletzung hinter Gittern, und er selbst hatte in Dortmund, dem bisherigen Wohnort, eine Sonderschule besucht. Da es so etwas in Irrlich nicht gab, wurde er für den Rest der gesetzlich vorgeschriebenen Unterrichtszeit, für drei Monate etwa, in unsere Klasse geschickt: Nicht nur, weil das seinem Bildungsniveau entsprach, sondern weil Verbrecher-Lemko Erfahrungen mit Leuten seines Schlags besaß.

Der Rektor persönlich brachte ihn herein; wir standen auf. Dünn war er, dieser Neue, fast dürr, und obwohl mit seinen fünfzehn Jahren gut drei älter als die meisten – ein Zeitraum, der damals Welten darstellte –, maß er kaum mehr als der Durchschnitt und reichte dem dicken Feldhoff gerade bis zur Nase. Doch schmälerte das nicht die Bedrohlichkeit, die man ihm aufgrund von Gerüchten anzusehen meinte, im Gegenteil.
Die Erwachsenen besprachen sich flüsternd in der Tür, und er machte ein paar rasche Schritte ins Klassenzimmer hinein, wobei der tänzelnde Gang eine heitere Unruhe ausdrückte, angriffslustige Spannkraft. Wir setzten uns. Die Bankreihen durchmusternd, schnippte er leise mit den Fingern und schlakkerte wie zur Lockerung mit den Beinen, was ziemlich angeberisch aussah, zumal er geringschätzig die Lippen verzog, eine Kaubewegung. Dabei war ich fast sicher, daß er gar keinen Gummi im Mund hatte.
Der glaubt wohl, er mimt! zischte hinter mir Schmuck, und ich betrachtete die Schuhe des Neuen, sogenannte Beatles-Stiefel, knöchelhoch, von denen man gerade wie von Heiligtümern sprach. Doch der Kerl wußte offenbar gar nicht, was er da trug; die Gummizüge waren zerfranst, die Absätze schief, und das Leder, an den Knickstellen gerissen, hatte noch nie im Leben Creme gesehen. Die braune Feincordjeans mit Schlag war zu kurz, das Schlackern der Säume unterstrich den nervösen Eindruck, den er machte, und in der Brusttasche seines vergilbten Nylonhemds konnte man eine Zwölferpackung »Roth-Händle« erkennen.

Der Rektor, ungewohnt freundlich, wünschte Guten Tag und ging. Lemko legte dem Neuen eine Hand auf die Schulter. – Also, Utz, dann such dir mal deinen Platz ...

Die jähe Blässe sah grau aus. Elektrisiert von den Fingern des Lehrers, schnellte er einen Schritt zur Seite, schloß die Augen und sagte in die Klasse hinein: Ich heiß nicht Utz, Herr Dokter.

Seine Stimme klang seltsam sandig, kam mir in ihrer Rauhheit viel älter vor als er, und Lemko verzog einen Mundwinkel. Spott. – Ach nein? Wie möchtest du denn genannt werden, mein Lieber? Hier – er tippte auf ein Formular –, hier steht jedenfalls Utz Rackobrandt.

Das erhobene Kinn, die gerade, fast aufgereckte Körperhaltung und der Umstand, daß er sich weiterhin der Klasse und nicht dem Pauker zuwendete – man dachte unwillkürlich an einen Indianer; der Krieger vor dem Tribunal. – Möchte nicht »mein Lieber« genannt werden ... Er stiefelte bis ans Ende des Raums, setzte sich in die leere Reihe, verschränkte die Arme vor der Brust und sagte: Ich hör nur auf Racko!

Während der Pause scharten wir uns um ihn, und der kleine Schmuck, der immer Streichhölzer bei sich trug, gab ihm Feuer. Daß die Aufsicht, Frau Adam, sein ungeniertes Rauchen demonstrativ übersah, beeindruckte mich zwar, doch schüttelte ich natürlich wie alle den Kopf, als er mir eine Zigarette anbot.

Ihr seid schon ein lahmarschiger Verein, murmelte er. Lauter Milchbubis. Wieso habt'n ihr keine Schicksen in der Klasse? – Er sagte es eher gelangweilt und blickte dabei in das Gewimmel auf dem Hof, als rechnete er gar nicht mit Antwort.
Aus der Nähe betrachtet konnte man sein Gesicht zwar nicht schön, vielleicht aber interessant nennen: Unter dem dunkelblonden Haar wirkte die steile Stirn eher niedrig, und seine etwas vorgebogene, doch fein ausgebildete Nase hätte auch in ein Frauengesicht gepaßt. Der dünnlippige Mund schien stets ein wenig zu grinsen auf eine ernste, überlegene Art, und das Kinn wurde von einer sanften Mulde geteilt. Doch waren es die schrägen Wangenknochen und seine blaßblauen Augen, ihr amüsiertes oder bedrohliches Blitzen, die den energischen Charakter des Gesichts bestimmten, und wenn er die Brauen hob, bildeten sie weniger Bögen als Winkel.
Was seine Frage betraf: Man hatte uns beim Eintritt in die sechste Klasse, in der ich als Früheingeschulter gerade elf, die meisten anderen zwölf und ein paar Sitzenbleiber und Zurückgestellte dreizehn Jahre alt waren, von den Mädchen getrennt, und Feldhoff sagte: Wozu Schicksen? Brauchen wir nicht.
Racko schnippte die Zigarette weg. – Red keinen Scheiß. Schicksen sind gut. Schicksen sind Vitamine. Hast du 'ne Schwester?
Kopfschütteln, und er spuckte aus, drückte ihm einen Finger gegen die Brust. – Wie heißt du?
Der Dicke wurde blaß, nannte seinen Namen, und Racko verzog das Gesicht. – Feld-hoff? Das klingt

vielleicht daneben, Mann. Wie'n Kaplan. Ab heute heißt du Pellkopf, klar?
Wir lachten, doch der Umgetaufte schien erstarrt, und Racko verstärkte den Druck des Fingers und wiederholte so laut, daß uns der Atem stockte: *Klar?!*
Dann schrillte die Klingel.

Er kam meistens zu spät oder ging zu früh, wurde manchmal sogar von der Polizei geholt und brachte natürlich niemals Hefte oder Bücher mit. Wenn es etwas aufzuschreiben galt, lieh er sich Papier – und zerriß es, sobald der Lehrer die Klasse verließ. Er ignorierte unsere Tischordnung, nahm den Platz, der frei war, und eines Tages, Schmuck hatte Mumps, setzte er sich hinter mich und stellte die Füße auf die Querstange meines Stuhls.
Es war in der Musikstunde, die der alte, seit kurzem verwitwete Nieswand gab, ein Lehrer, den ich trotz seiner Unberechenbarkeit gern mochte. Blauschwarze Narben auf der Glatze erinnerten mich an Vogelspuren, und die verbliebenen Haare, ein fettiger Kranz, sahen stets gesträubt aus, besonders im Genick. Seine billigen Anzüge waren verknittert, voll Kreide und Zigarrenasche, und wenn er uns etwas vorsang, klang es ein bißchen nach Truthahn; das Doppelkinn hing schlaff über den Kragen.
Zum Dirigieren benutzte er ein hölzernes Lineal mit Stahlkante, das bei Bedarf zum Schlagstock wurde, denn seine angenehmen Eigenschaften, Geduld und Gutmütigkeit, hatten Grenzen.

Offenbar waren die nach einer halben Stunde »Freut euch des Lebens!« erreicht: Er konnte ihn einfach nicht ausfindig machen, den Urheber der falschen Töne. Hatte er sie anfangs noch auf irgendein Unvermögen zurückgeführt und die richtigen immer wieder vorgesungen, witterte er jetzt Böswilligkeit und drosch auf das Klassenbuch ein. – Und. Wenn. Ihr. Bis. Mor. Gen ...

Wir begannen von neuem.

Nieswand, Kopf eingezogen, Brauen kraus, ging stieren Blicks durch die Reihen und bewegte das Lineal wie ein Hackmesser im Takt. Ich mochte den Musikunterricht, war im Kirchenchor und bildete mir einiges auf meine Stimme ein. Vielleicht sang ich nicht gerade herausragend gut, dafür aber mit Inbrunst, also herausragend laut, und war einmal sehr stolz gewesen auf das beiläufige, mit feinem Lächeln vorgebrachte Lob unseres Nachbarn Watz: Von allen Kindern im Chor habe er nur mich gehört ...

Heil gelangten wir zur vierten Strophe (»... wenn der Pfad sich furchtbar engt / Und Mißgeschick uns plagt und drängt ...«), und ich starrte auf die großen, fleischigen Ohren des Lehrers und wischte mir Schweiß von der Stirn. Momentlang erwog ich sogar, eine Tischreihe nach vorn zu huschen, denn kein anderer als Racko sang immer wieder falsch und versuchte zudem, mich aus dem Rhythmus zu rempeln mit Tritten gegen den Stuhl. Und Nieswand, Seitenblicken zufolge, vermutete die Quelle des Mißklangs bereits hier, in unserer Nähe. Oder gar bei mir?

Ich reckte mich höher auf, formte die Vokale mit den Lippen, als sänge ich nur Großbuchstaben, legte mich vernehmlicher ins Zeug ...
Und hätte das besser gelassen. Meine Lautstärke als Deckung mißbrauchend, quäkte Racko plötzlich nicht nur schräge, wie aus dem Essigfaß hervorgestoßene Töne, er veränderte auch die letzte Strophe in »Freut euch des Lebens! Großmutter wird mit der Sense rasiert!«. Worauf ich singend ins Grinsen geriet.
Der Lehrer, irres Funkeln in den alten Augen, fuhr herum.
Du? brüllte er und trat einen Ranzen beiseite. – *Du?* – Da floß mir nur noch Wasser durch die Adern, und während die anderen unschlüssig weiterleierten und er auf mich zustürzte mit erhobenem Lineal und vor Wut und Enttäuschung nicht wußte, ob er mich erst schlagen und dann packen oder erst packen und dann schlagen sollte, murmelte Racko: Aber vergee-bens! Sie war nicht aheingeschmiert.
An den Haaren wurde ich vors Pult gezerrt, hatte die Arme auszustrecken und erhielt drei Hiebe auf jede Handfläche, was unglaubliche, bis dahin nie empfundene, von der offenbaren Ungerechtigkeit noch verstärkte Schmerzen bereitete. Ich klemmte mir die Finger unter die Achseln und kriegte den Mund kaum zu. Tränen rannen nicht, sie spritzten hervor, und jähes Schluchzen, den Brustkorb erschütternd, machte es mir unmöglich, die Lage zu erklären.
Das wiederum amüsierte den Lehrer; er schmunzelte und wischte mit dem Daumen über einen Fleck auf

seinem schwarzen Ärmelband. – Was sagst du? Bitte? *Was*?
Ich lief aus dem Raum.
Da ein Kampf mit Racko nicht in Frage kam, blieb mir in meiner Ohnmacht wenig mehr, als ihn fortan zu ignorieren. Eisig. Vor dem Spiegel probierte ich verächtliche Mienen.

Eines Tages hatte ich Kartendienst und mühte mich mit dem schlecht gerollten »Deutschland in den Grenzen von 1937« durch die Tür. Im Raum gespannte Stille. Laake stand neben dem Pult, die Lupengläser seiner Brille waren beschlagen.
Also, meine Herren! sagte Lemko. Ich warte ...
Schmuck klärte mich auf. Von der Großmutter hatte Laake einen Füller geerbt, einen alten »Pelikan« aus schwarzgrünem Schildpatt, die Kappe umrankt von Silberfiligran, winziges Blattwerk. Die Tropfenfeder mit ziselierter Rotgoldeinlage verzauberte jede Schrift, jeder Tintenstrich sah bedeutsam aus, unvorstellbar, damit Männchen zu malen; ein Schreibgerät für Diplomaten oder Lyriker, und ich kam mir immer erwachsen vor, wenn ich das Prachtstück, sein solides Gewicht, in der Hand hielt.
Während Laake die Tafel geputzt hatte, war es aus dem Etui gestohlen worden, und Lemko blickte in die Runde. Für ihn waren wir ohnehin nur eine Horde stupider Hilfsarbeiterkinder, zu nichts anderem gut, als kohlenschaufelnde, straßenfegende, steinestapelnde Hilfsarbeiter zu werden und neue Horden

Hilfsarbeiterkinder in die Welt zu setzen. Doch das mürrische Desinteresse, mit dem er uns stets bedachte, wich nun vergnügter Wut, die braunen Augen, in denen man sonst bloß Lehrpläne sah, drückten so etwas wie Jagdlust aus, und er knarrte: Gut denn, ihr Brüder! Ich gebe euch zwei Minuten. Legt der Dieb den Füller in dieser Zeit auf Herberts Platz, will ich das Ganze als Bubenstreich vergessen, Schwamm drüber.
Sein Zeigestock, gegen die Karte geschlagen, knallte wie eine Peitsche. – Andernfalls ... Er sprach durch die Zähne. – Andernfalls werdet ihr noch lange an diesen Tag denken! Denn wenn ich etwas hasse, dann Kameradenschweine ... Er zog seine Armbanduhr auf und trat, der Klasse den Rücken zukehrend, ans Fenster.
Laake setzte sich. Der Wasserhahn über dem Handwaschbecken tropfte, und das Schweigen in dem sonnigen Raum schien plötzlich so dicht, als wären wir in Bernstein gegossen. Niemand schnitt Fratzen oder räusperte sich, keiner ging zu dem Geschädigten, der kopfschüttelnd die Lederhülle fortschob. Er schniefte, steckte ein ganzes Brillenglas in den Mund, um es zu behauchen, und putzte dann doch das andere.
Ich sah mir die alte, rundum brüchige Karte an. Immer ließ sie mich an Tiere denken; nach Polen hin riß dieses Deutschland den Schnabel auf wie eine schnatternde Gans; gen Österreich und Italien hatte es die Schnauze eines Köters. Hoffentlich würde die Verzögerung noch dauern. Ich hatte keine Hausarbeit gemacht.

Der Lehrer drehte sich um, und plötzlich wurde Hiller nervös. Lautlos mit sich selber redend, kramte er in seinen Utensilien, hob den Schnellhefter hoch, öffnete einen Buntstiftkasten, zuckte mit den Schultern. Lemko blickte auf die Uhr.
Was folgte, konnte ich mir denken, war doch nicht zum ersten Mal gestohlen worden in der Klasse. Man mußte den Ranzeninhalt auf den Tisch ausbreiten, sich daneben stellen, und der Lehrer ging von Schüler zu Schüler und inspizierte das Zeug, betastete Jackensäume, griff in Hosentaschen oder klappte Brote auf. Gewitzt durch seine Zeit in der Jugendstrafanstalt, hatte er ein fast untrügliches Gespür für den Dieb, und es bereitete ihm ein herbes Vergnügen, Spannung aufzubauen, indem er anfangs Unschuldige filzte.
An diesem Tag – man rückte Stühle, fuhr herum – ging er jedoch geradewegs auf Hiller zu, der sich langsam zurückbog, die Brauen hob und seine leeren Hände zeigte. Blaß war er, die Wangen sahen eingefallen aus, in den Augen nichts als Angst.
Steh auf, sagte Lemko und griff unter die Tischplatte, wo er »Woody Woodpecker«-Comics, Salmiakpastillen und ein welliges Aquarell hervorzog. Er hielt es mit spitzen Fingern in die Höhe; man reckte die Hälse, brach in hämisches Gelächter aus, und auch Racko grölte und blitzte mich dabei aus den Lidwinkeln an. Ich verzog keine Miene.
Was ist das? fragte Feldhoff, der wohl kurzsichtig wurde. – 'ne nackte Frau mit Flügeln?
Ich schüttelte den Kopf. – Ein Engel.
Racko schoß Papierkugeln auf unseren Tisch und

zischte meinen Namen. Als wir hinüberblickten, grinste er und wies mit beiden Daumen auf seinen Hosenladen, unter dem etwas Hartes zuckte, Auswuchs großer Langeweile. Ich tippte mir an die Stirn und drehte mich dem Kartenständer zu.

Wir saßen in derselben Reihe, nur durch einen Gang getrennt, und blitzschnell beugte er sich her und ließ etwas aus der Manschette in meinen offenen, an der Tischseite hängenden Ranzen gleiten, Zettel, Zigarettenschachtel, ich sah nach.

Als würde alles Blut mit einem Schlag ins Hirn gepumpt – um gleich darauf in irgendwelche unsagbaren Tiefen zu fließen und mich sprachlos zurückzulassen, fahl. Den Mund erst weit geöffnet und dann fest zusammengepreßt, starrte ich Racko an, der die Finger auf dem Tisch verschränkte und den Untersuchungen des Lehrers folgte.

Schande, Prügel, Schulverweis – von einem Moment zum anderen in ewiger Verdammnis, kam ich gar nicht auf den Gedanken, doch im Kartenraum gewesen und somit unverdächtig zu sein, hatte nur das Verhör vor Augen, die Qualen der Rechtfertigung, den Stock, und die Furcht nahm mir den Atem. Verhaspeln würde ich mich, stottern, immer unglaubwürdiger erscheinen, während Lemko sich die Handgelenke massierte …

Nachdem er Hillers Ranzen untersucht und alle Taschen seiner Windjacke herausgekehrt hatte, befahl er ihm, die Schuhe abzustreifen, und Ortwin, in der Hocke, zerrte weinend an den Senkeln, von denen einer sofort riß. Lemko ließ die Treter nach der Prüfung auf den Boden fallen und befühlte gerade die gestopften Socken, als es zur kleinen Pause klingelte. In der wir den Raum nicht verlassen durften. Feldhoff und Laake wurden vorm Eingang postiert.

Racko öffnete die Fenster, steckte eine »Roth-Händle« an.

Ihr seid vielleicht ein gemeines Verbrecherpack, sagte er, den Rauch steil in die Höhe blasend. – So jung und schon verdorben ... Weißt du, was sie jetzt mit dir machen, Hiller? Ich kenn das aus Dortmund. Die legen dich über den Tisch und schieben dir'n Rohr rein, *so* einen Oschi, mit Vakuumpumpe. Und dann ziehen sie diesen Füller – er sog die Wangen ein – fluppflapp aus deinem Arschloch raus.

Man grölte, ahmte das Schlürfen und Schmatzen der Pumpe nach, und auch Ortwin, unter Tränen, lächelte ein wenig. Er wischte sich die Nase mit dem Handrükken und sah erstaunt auf, als ich an seinen Tisch trat und ihm ein Papiertuch auf den Atlas legte.

Danke, sagte er leise; seine Finger zitterten. Er hatte Mühe mit dem Auseinanderfalten. Sich schnäuzend, kniff er die Augen fest zu und hörte wohl nicht das kleine Geräusch, das entstand, als der Füller aus meiner Manschette in seine Schultasche fiel.

Nachmittags traf ich Racko selten. Im Pfarrheim hatte er Zutrittsverbot, Alkohol, in der Pommesbude Schulden, und hing er mit seinen Freunden an der Raupenbahn irgendeiner Kirmes herum, schien er mich nicht mehr zu kennen.

Einige von ihnen waren älter als er und sahen bereits nach einer Menge künftiger Gefängnisjahre aus. Der dürre Grotz zum Beispiel, der sich die pomadisierten Haare à la Elvis kämmte und einen Mund voll zerfaulter Zähne hatte, machte nie einen Hehl daraus, daß er seinen Bier- und Zigarettenverbrauch sowie die Besuche in der Essener Gurke durch Einbrüche in Baubaracken finanzierte. Er trat vor die »Elpenbachklause« und rief: He, frag mal deinen Alten, ob er'n Tangohammer braucht, fast neu! Oder er nahm Bestellungen entgegen, Kreissägen, Schweißbrenner, Holz.

Und weil das Geschäft einiges abwarf, konnte er sich stets neue Klamotten und einen jener batteriebetriebenen Plattenspieler leisten, die lässig in der Armbeuge gehalten wurden, während man die Singles hineinschob und so tat, als wären alle Mädchen Luft.

Ein anderer aus Rackos Clique war Clarence, der hünenhafte, etwas schwabbelige Maurerlehrling, der seinem Vater vor kurzen zwei Rippen gebrochen hatte und manchmal mit Grotz zusammenarbeitete, indem er ihm günstige Einstiegsmöglichkeiten in Magazinschuppen verriet. – Er hieß übrigens Clarence, weil er ungefähr so schielte wie der Löwe aus jener Fernsehserie.

Der Schlosserlehrling Schulz wurde wegen seiner drahtigen Locken Bongo genannt und war Spezialist für Zigarettenautomaten. Außerdem lagen in der Heide nicht wenig Mopeds, »Zündapp« oder »Kreidler«, die er gestohlen, auf wüsten Geländerallyes mit Racko zu Schrott gefahren und dann abgefackelt hatte.

Die vier lungerten manchen Nachmittag am Spielplatz hinter dem Idiotenhügel herum, hörten Musik, pöbelten Spaziergänger an und verbellten ihre Hunde. Dabei wurde Rackos Anführergehabe ohne Murren akzeptiert, er bestimmte die Biermarke, und man folgte allen Kommandos und Fingerzeigen mit einer Promptheit, die mir, kam ich auf dem Rad vorbei, fast unterwürfig erschien. Wer immer dazu ausersehen wurde, ging Currywürste oder Zigaretten holen, und falls es ihm gefiel, zum zwanzigsten Mal hintereinander »19th Nervous Breakdown« in den Plattenspieler zu schieben, nahm man's hin und blickte Clarence drohend an, wenn er zu fragen wagte, was eigentlich auf der Rückseite sei.

Noch heute glaube ich nicht, daß der Respekt, den Racko einflößte, auf Körperkraft beruhte. Anläßlich einer Wette sah ich ihn zwar einmal hundert klassische Liegestütze machen, Kinnspitze auf den Boden; doch schien das ein Resultat von Übung und Technik zu sein; der sehnige Körper, schnell in Schwung gebracht, federte die hundert durch wie zehn. – Man bewunderte Racko eher deswegen, weil er überhaupt keine Furcht zu kennen schien, vor nichts. Vor niemandem. Nie.

Ohne Zögern lief er in jede Gefahr – und das hieß oft, in jede drohende Schlägerei –, als wär's eine Tanzveranstaltung und erzeugte bereits durch seinen Gesichtsausdruck eine Überlegenheit, die ihn die meisten Kämpfe gewinnen ließ. Er sah niemals grimmig, wütend, panisch oder sonstwie außer sich aus. Eine feine, fast erwachsene Ironie bestimmte seine Züge, ein

»Hoppla, fangt ihr ohne mich an?«, und er blickte noch auf seinen Gegner hinab, wenn der eine Stirnhöhe größer war.

Ging es hart auf hart, wurde so sparsam wie möglich agiert; nicht einmal die Zigarette nahm er aus dem Mund. Kopf im Nacken, Augen verengt, Halsmuskeln straff, bewegte er die Fäuste an den vorgestreckten Armen wie Hämmer in Gelenken, unglaublich schnell. Trotzdem schien er sich kaum anzustrengen, atmete nicht heftiger als sonst, und der Ausdruck zunehmenden Ärgers, ja Ekels in seinem Gesicht meinte wohl die Blutspritzer, das dichte Gesprengsel auf Uhrglas und Ärmeln.

Mit dem Fahrrad meines Vaters, das auch noch »Vaterland« hieß und von mir nach Winnetous Rappen genannt wurde, Iltschi, stand ich an der Heideböschung über dem Spielplatz. Racko hockte auf der Rückenlehne einer Steinbank und drehte Zigaretten, während Bongo und Clarence über irgendwelche Hubraumzahlen stritten; der »Ford Capri« war der Wagen jener Tage.

Johlend begrüßt, erschien Grotz zwischen den Siedlungshäusern und stellte zwei Plastiktüten in den Sand: Eine voll Cola, Korn und Bier, das sogleich verteilt wurde, und eine aus der Oberhausener »Mata Hari« Boutique, wo er sich drei Paar Schocksocken und eine Blümchenhose gekauft hatte.

In'er Gurke war ich auch, sagte er. Abgespritzt wie'n Gartenschlauch und noch siebzig Mark verdient.

Man runzelte die Brauen.

Naja, dreißig hat die Nutte gekostet, erklärte er. Und

mit Strapsen, Lecken und Blasen und allem war sie gut hundert wert. Nach Adam Riese hab ich also ... Clarence und Bongo grinsten müde; Racko spuckte seine Kippe ins Gestrüpp.

Ohne sich um die Hausfrauen zu kümmern, die ringsum Fenster putzten, Balkonblumen gossen oder Wäsche von den Leinen nahmen, zog Grotz die Bluejeans aus, legte sie zusammen und kratzte an den Sportflecken auf seinem Latex-Slip herum. Dann stieg er in die neue Hose, deren Gürtel etwa die Breite eines Schweinehalfters hatte.

Der sandfarbene Feincordstoff war über und über mit Rosen und ihrem schwarzgrünen Laub bedruckt, und die scharlachfarben ausgefütterten Schlitze im Schlag konnte man offen oder geschlossen tragen. Messingknöpfe blitzten in der Sonne, als er auf und ab ging vor dem Giebelgrau, mit den Fingern schnippte und sich wie ein Dressmann drehte. Wobei er die Zunge hinter die Unterlippe schob.

Doch der Applaus seiner Kumpel war ihm zu lahm. Er hob den Kopf. – Und was sagt unser Drahtesel-Indianer? Wie seh ich aus von da oben?

Keinen Arsch in der Hose, aber »La Paloma« pfeifen, dachte ich und rief: Nicht schlecht. Sitzt gut, die Buchse. Mimt!

Er grinste. – Thanks. Kannst dir einen abholen kommen.

Ich legte, zackiger Gruß, eine Hand an die Schläfe. Aber Racko fuhr herum und zeigte so abrupt mit der Flasche auf mich, daß Schaum aus dem Mundloch troff. – He! 's heißt nicht *mimt*, du Pinsel, merk dir

das! Sag hier bloß nicht wieder *mimt*, sonst spiel ich Sackhüpfen mit dir, kapiert? Wir wohnen nicht hinterm Mond, Mann ... Also?
Ich packte den Radlenker fester. Der unbemerkte Wechsel irgendwelcher Slang-Ausdrücke ließ mich nicht zum ersten Mal belämmert dastehen, und das knurrig Amüsierte in den Mienen seiner Freunde verdüsterte die Hoffnung auf Beistand. Zudem: Was war Sackhüpfen? Sicher nicht jenes Kinderrennen. Ich zuckte mit den Schultern.
Auch noch blöd, sagte er gedämpfter, fast resigniert. Um gleich wieder loszubrüllen: Das heißt jetzt *poppt*, du Arschficker! *Poppt einmalig,* klar?
Ich schluckte, nickte, und er trank das Bier aus, beklopfte eine neue Zigarette und riß ein Zündholz an. – Also, noch mal ... Ins Hohle der Hände hineingesprochen, klang seine Stimme nach Ohrenpfeffer, nach gezwirbeltem Nackenhaar. – Was ist nun mit dem Lappen?
Die Hose? rief ich, und Bongo bewegte den Arm, als triebe er eine Schwungwelle an. – Naja, prima, prima! – Ich räusperte mich. – Poppert einmalig, oder?
Man war's zufrieden.
Clarence zog Spielkarten hervor. Grotz mischte, Racko hob ab, und ich wendete mein Rad zwischen den Bäumen und bemerkte Kowanda am Rand des Idiotenhügels, dem Testgelände für Fahrschul-Aspiranten. Der Drahtzaun warf irritierende Schatten über ihn und seine Leute; seltsam gerastert, schienen sie sich erst Schritt für Schritt zu materialisieren, und ich sagte: Schätze, ihr kriegt Besuch ... Doch

nur Grotz blickte auf. – Mit Knackarsch und Titten?
Mit Eisenstange, wie nun alle hörten, denn einer der Männer schlug sie gegen jeden Pfahl, den er passierte, und ließ sie über die Maschen rasseln.
Kowanda war der Anführer der Kleekampbande, ein siebzehnjähriger Hilfsarbeiter unter Tage, nicht besonders groß, von stierhaft gedrungener Statur und mit so langen Armen ausgestattet, daß er sich die Knie im Stehen kratzen konnte. Der dicke, vom Biertrinken hellrote Schädel mit den kleinen Ohren, das zerdrückte Nasenbein und die wulstigen, wie ein umgekehrtes U geformten Lippen gaben ihm den Anschein eines immer Wutentbrannten. Zudem besaß er nur noch ein Auge, das rechte; zwischen den Wimpern des linken glänzte schieres Fleisch.
Fast rennend kam er heran, stoppte vorm Sandkasten ab, steckte die Fäuste in die Taschen. Er trug einen Trainingsanzug, Badelatschen, und seine beiden Freunde, so alt wie er, waren den ölverschmierten Monturen zufolge gerade unter irgendwelchen Autowracks hervorgekrochen. Ihre Gesichtsausdrücke, in Beton übersetzt, hätten zwei perfekte Brückenpfeiler ergeben.
Racko und seine Leute taten gelassen und redeten, als wäre der Besuch gar nicht da. Grotz verteilte Karten.
Ich weiß nicht, murmelte Bongo schließlich, es wird so schattig hier. Steht mir jemand in der Sonne?
Der schielende Löwe winkte ab. – Mich mußte nicht fragen, mir ist alles Nase. Was siehst'n du?

Racko spuckte ins Gras, blinzelte die Wartenden an. – Drei Neger im Tunnel.
Grotz' Lache verriet seine Nervosität, riß er den Mund doch besonders weit und wiehernd auf und zeigte sein Gebiß, das damals so unaufhaltsam zerfiel wie Würfelzucker in heißem Tee; dabei wurde jeder Zahn vorübergehend zu einem halben Dutzend nadelspitzer Zähnchen, zwischen denen Krümel und Fasern verschiedener Mahlzeiten hingen.
Hömma, du Mimer! rief Kowanda. Dich hätt dein Vatter besser inne Hecke tropfen lassen, weil du jetzt nämlich gleich *gar* keine Beißer mehr hast. Und die schwulen Wichsgriffel brech ich dir auch, damit du nicht noch mal unsern Raffa befingerst, klar?
Grotz verzog das Gesicht und zeigte mit dem Daumen auf sein Brustbein. Doch geriet ihm die überraschte Miene derart schlecht, daß man sah: Aus der Luft gegriffen war der Vorwurf nicht.
Raffa, eigentlich Raphael und vermutlich jüngstes Kind der großen Kowanda-Familie, ging in die vierte Klasse unserer Schule und war ein schöner Junge mit kohlschwarzem Haar, hellgrauen Augen, schwungvollen Wimpern und einem Teint, der auch im Winter eine sanfte Karamelfarbe hatte; überhaupt kamen mir die Rundungen von Stirn, Kinn und Nase irgendwie sahnig vor, und kaum ein Mädchen, das ihn nicht mit Leckereien verwöhnte.
Trotz seiner starken Brüder war Raffa nicht nur zurückhaltend, er war scheu, und Grotz rief: Willst du damit sagen, daß ich'n Süßer bin? Ich?
Er hat's erzählt. Du warst mit ihm unter der Brücke

und hast ihn befingert und besabbert, alles. Und dann dein Dingsda hingehalten, wo eine Fliege drauftätowiert ist.
Grotz wurde blaß, sah sich mit verrutschtem Grinsen nach den Freunden um. – Eine Biene, berichtigte er gedämpft und holte Atem.
Na und? Was ist schon dabei? Wolltest du noch nie mitwichsen dort? Eurem Kleinen hat's sogar Spaß gemacht, das kannst du glauben. Mit beiden Händen …
Der ist zehn! brüllte Kowanda. Ein Kind läßt man doch nicht unter diese Brücke! Das kriegt einen Knacks für sein Leben und spricht nichts mehr und ißt nichts mehr, und die Tränen kommen ihm raus, sogar im Schlaf! Aber einer wie du macht noch dreckige Witze und tut hier stolz wie der letzte Mimer in Zirkushose …
Stauröte in seinem Gesicht, und ich hätte mich nicht gewundert, wenn ein Blutstropfen in der leeren Augenhöhle erschienen wäre.
Racko biß sich Nagelhaut vom Daumen, schüttelte den Kopf und rief Kowanda beim Vornamen. Doch war der nicht zu unterbrechen, schimpfte Grotz Hurensohn, Sackratte, Hundertfünfundsiebziger, versypht, und stockte erst, als Racko seinen Namen schrie. Er hob das Kinn und nahm die Fäuste aus den Taschen. – Was willst'n *du*?
Der andere machte eine beschwichtigende Geste. – Ist gut, Elmar, bleib ruhig. Wir können doch über alles reden, oder? Komm mal bitte in mein Büro.
Um ihn genauer ins Auge zu fassen, mußte er das

Gesicht etwas abwenden. Er schniefte, runzelte die Stirn. – Warum? In welches Büro?
Clarence und Bongo schmissen lachend ihre Flaschen ins Gebüsch, und Racko blickte in den Himmel, als bäte er um Nachsicht für so viel Einfalt. Kowanda wischte sich mit dem Handrücken über den Karpfenmund. – Gar nichts komm ich, sagte er und trat in die Sandgrube. Dein schwuler Kumpel soll jetzt mal zeigen, was er sonst kann außer Kinder ficken!
Die Brauen bis zum Haaransatz erhoben, näherte er sich Grotz gebückt, harkte mit den langen Armen, den gekrümmten Fingern durch die Luft und knurrte: Wenn er sich hier einen abmimen tut in seiner Idiotenhose, wird er wohl auch bolzen wie ein ...
Racko glitt von der Bank und war mit wenigen Schritten bei Kowanda, der ihn sofort wegrempeln wollte, ein Ellbogenstoß. Die Bauchmuskeln eingezogen, wich er tänzelnd zurück und warf etwas Silbersand hoch, um sich dann schneller der erloschenen Gesichtshälfte zu nähern, als der Kleekamp-Schläger den Kopf drehen konnte. Mit der Linken packte er seinen Unterarm, das Gelenk, mit der Rechten den kleinen Finger und knickte ihn, ein Ruck bei gefletschten Zähnen, fast auf den Rücken der Hand. Kowandas Schmerzschrei hallte wider in der Heide.
Die Hunde der Züchter kläfften, und er sank auf die Knie. Ich schob mein Rad näher an den Böschungsrand. Grotz drehte sich grinsend nach mir um.
Racko hielt den Finger in der Faust und bog ihn empor, sobald der Bezwungene versuchte, sich mit

dem freien Arm zu wehren. – Paß auf, du Neandertaler! 's heißt nicht *mimt*, erzähl das in deinem Kuhdorf da. Mich kotzt das langsam an. Es heißt *poppt einmalig*, Scheiße! Poppt ein-ma-lig, klar? Na los, wiederhol's!

Kowanda schluckte, sah sich nach seinen Leuten um, die stumm am Rand der Grube standen, wie gebannt vom Anblick des Stiletts, mit dem Bongo sich die Nägel putzte. – Wirds bald? beharrte Racko.

Schweiß glitzerte auf der Stirn, deren Rundung mich entfernt an seinen kleinen Bruder erinnerte. Die Zungenspitze stieß gegen eine Lücke in der unteren Zahnreihe, das Atmen klang wie erstickte Klage, und Tränen flossen auch aus seinem leeren Auge.

Nach der Schulentlassung lungerte Racko fast täglich auf dem Spielplatz herum, und da ich manchmal Bier holte auf meinem Rad oder die Kasse beim Knobeln hielt, wurde ich bald zum »Maskottchen« der Clique ernannt, wobei ich freilich mehr Prügelknabe als Glücksbringer war. Neben erwähnten Dienstleistungen bestand mein Job hauptsächlich darin, auserwählte Mädchen anzumeiern, Schmiere zu stehen beim Aufbruch von Kaugummi- oder Zigarettenautomaten oder brav zu staunen, wenn man sich mit erlogenen Heldentaten in die Brust warf.

Lohn dafür war ein gewisser Respekt, eine Unberührbarkeit in der Siedlung, was meinen Hang zu Frechheit und großer Klappe natürlich ins Kraut schießen ließ; und wenn so ein Brocken wie Naumann aus der achten Klasse glaubte, nur weil ich seine kleine, bezaubernd lispelnde Schwester Moni nett fand, könnte er mir aufs Dubbel spucken, mußte er sich nach der Schule mit Clarence und Bongo auseinandersetzen.

Das eigentliche Anzetteln von Keilereien hingegen machte mich nur traurig, und einmal betete ich das ganze Hochamt lang ein »Vater unser« nach dem anderen vor Reue. Was meine Mutter, der es kreuzpeinlich war, daß ich sogar während der Predigt kniete, die es aber nicht wagte, mich auf die Bank zurückzuziehen, ein böses Übertreibs nicht! zischen ließ.

Doch wenn ich keine Schlägereien anheizen wollte, wurde ich selbst durch Pfützen gezogen, und so ging ich immer wieder auf die Kirmes oder in den Diskothekenraum des Jugendheims, stellte mich breitbeinig vor den Typen oder die Gruppe, auf die man es abgesehen hatte, und verlangte einen Sargnagel, wobei ich schnelle, fordernde Fingerbewegungen machte. Gewöhnlich wurde ich dann belächelt und mußte mir Sprüche anhören wie: Hose zugebunden? »Milupa«-Filter? oder: Wir mißhandeln keine Kinder.

Wenn ich aber log, aus den Ohren rauchen zu können, hielt mir meistens jemand seine »HB« oder »Reval« hin, und kaum einer versäumte, eine Miene herablassender Gönnerhaftigkeit zu machen. Lief ich dann, blitzschneller Griff, spöttischer Dank, mit der ganzen Packung hinters Haus oder zwischen die Wohnwagen, stürzte man sich natürlich auf mich: Und stand einer knarrenden Lederfront, stand Racko und seinen

Freunden gegenüber, die es doch sehr empörend fanden, daß fast erwachsene Kerle einen so kleinen Jungen würgten.

»Großer Gott wir loben dich; / Herr, wir preisen deine Stärke ...«
Offenbar hatte die Prozession begonnen. Ich stieg aus der Badewanne, trocknete mich ab, ging ins Atelier und zog die Glastür auf. Noch war er nicht zu sehen zwischen den Kastanien, der brokatverzierte Baldachin, unter dem das Allerheiligste durch den Ort getragen wurde. Schwalben flogen hoch am Himmel; ich machte zehn müde Kniebeugen. Ein Hauch von Weihrauch wehte über die Ziegeldächer, viele Fenster waren zum Durchlüften der Kissen geöffnet, und aus meiner Mansarde konnte ich hier und da einen »Röhrenden Hirschen« in den Schlafzimmern erkennen. Die Augen waren immer noch das Beste an mir.
Auch über dem Ehebett meiner Eltern hatte viele Jahre so ein achteckiger, graugrüner Schinken gehangen und sich verschwommen im Schleiflack des Schranks gespiegelt. Mit Kohle oder Wasserfarben in der Kindheit oft kopiert, hatte ich ihn als Jugendlicher zum Inbild der Barbarei erklärt, die zwei vergeblich zu Drucken von van Gogh bekehren wollen und ihn schließlich, wie einen unaustilgbaren Schimmelfleck an der Tapete, gar nicht mehr wahrgenommen. Bis zu ihrer Silberhochzeit.
Die wurde im Vereinshaus der Hundezüchter gefeiert, wo ich mich angesichts der Schmerbäuche und Sülz-

köpfe, die sich meine Verwandten nannten, derart rasch betrank, daß ich lange vor Mitternacht zu bellen begann und meine Mutter mich mit stillem Flehen in den Augen bat, um Gottes und des lieben Friedens willen heimzugehen.
Was ich tat. Doch in der Wohnung bekam ich noch mal Lust auf einen Schluck, und da der Kühlschrank nur Altbier hergab, schlich ich in ihr Zimmer – ich schlich, obwohl niemand zuhause war – und kramte die Likörflasche unter den parfümierten, wie Eierpappen gestapelten Büstenhaltern hervor.
Während ich trank, fiel er mir wieder ins Auge, dieser Hirsch. Er schwankte etwas im hohen Gras, und seine Kühe, den Schlafzimmerregeln der Natur gemäß im Hintergrund mit ihren Kindern, ließen sich nur widerstrebend zählen; erst als ich ein Lid zukniff, ging's. Über allem, im All, blinkte der Morgenstern, das Käuzchen schrie, und die nebelumwaberte Tannenwand deutete auf unseren wilden, dunklen Ursprung hin, auf die Wäldernacht, aus der wir alle kamen.
Ich gratulierte dem Hirschen zur Silberhochzeit, paffte Zigarrenrauch gegen seine Nüstern und dachte daran, daß er schon während meiner Zeugung so dämlich stolzgeschwellt dort oben ... Beschwingt lief ich aus der Wohnung, in den Keller, den Hobbyraum meines Vaters und raffte zusammen, was ich an Spachteln, Pinseln, Farben und Lacken finden konnte, um den Jubilaren ein besonderes Geschenk zu machen.
Bis zu den Knöcheln in Kissen versinkend, stand ich wohl eine Stunde lang auf dem Ehebett und malte, die Flasche parat, ein Gemenge von weißen Leibern über

Waldrand, Hirsch und Herde, eine saftstrotzende Kopulationsszene aus blauen Schwänzen, goldenen Mösen, grünen Zungen und großen Augen, denen ich, selig mit mir selber schunkelnd, rote Pupillen auftupfte, Nagellack. Das alles überglüht von einem Sonnenuntergang aus Rostschutzfarbe ... Und noch am nächsten Morgen, als ich verkatert durch den Türspalt sah, schiens zu juchzen über den schlafenden Eltern, das Werk.

Die Episode hatte mir zu allem Spaß verblüffende Erfahrungen gebracht. Auch wenn es nur ein Fabrikbild war: Der Pinsel glitt über die Lasur wie ein warmes Messer über Butter, was noch beiläufigsten Linien haargenau den Schwung gab, den ich mir immer gewünscht, doch nie erreicht hatte. Folglich durchstöberte ich alle Floh- und Trödelmärkte in der Stadt, um mir rudelweise »Röhrende Hirsche«, »Wilde Pferde« oder »Schutzengel« zu besorgen, und die darauf entstandenen Arbeiten waren die ersten, für die sich ein Galerist interessierte.

Kein anderer als Hiller schrieb mir später, daß diese Art zu malen nicht neu sei. Schon *Soutine,* 1893-1943, habe sie gepflegt, wobei er allerdings nur italienische Stilleben aus dem siebzehnten Jahrhundert verwendete.

»Vor dir neigt die Erde sich / Und bewundert Deine Werke ...« Dem Klang der Blechbläser zufolge entfernte sich die Prozession Richtung Kleekamp, und ich zog mir einen Morgenmantel an, legte mich aufs Sofa und riß das Kuvert auf, jenen unfrankierten Brief der Kulturkommission.

Vorübergehend hatte ich auch die Aufgabe, alle Bandenmitglieder zu tätowieren, was etwa zu der Zeit passierte, als Sarah Lilienthal – oder Lilly – in der Siedlung erschien. Sie war mit ihrer Familie aus dem Stadtteil Boßheim hergezogen und mir nicht ganz fremd, besuchten wir doch dieselbe Schule und hatten vor etlichen Jahren sogar in einer Bankreihe gesessen. Offenbar mehrfach zurückgestuft, stand sie nun vor der Entlassung und war in dem Frühsommer, in dem sie Racko und seinen Leuten auffiel, vierzehn oder fünfzehn. Meistens trug sie Bluejeans und einen kurzen roten, von den Lehrern mißbilligten Lackmantel, und obwohl ich sie nie in Begleitung eines Mannes, immer nur mit jüngeren Geschwistern sah, munkelte man, sie habe bereits »Erfahrung«.

Mit ihren tiefbraunen Haaren, dem schmalen Gesicht, der flachen Brust und dem ausladenden Hinterteil war sie vielleicht keine Schönheit, doch drückten ihre dunklen Augen Witz und frivole Neugier aus, eine zärtliche Angriffslust, und wenn sie damals auch noch das meiste vor sich hatte, lächelte sie immer so, als hätte sie schon alles hinter sich.

Wir lagen faul an der Böschung zur Heide und konnten bis zum Supermarkt sehen, dessen Wahrzeichen, die Neontanne, an- und ausging unterm spätroten Himmel. Kinder tollten zwischen Obstkisten und Radständern herum, ich erkannte den humpelnden Bruder Schmucks und zwei von Hillers Schwestern,

und Sarah kam durch die Glastür und verteilte irgendwelche Süßigkeiten.
Ich wette, sie hat ihre Days, wenn sie diesen Mantel trägt, sagte Racko und spuckte einen zerkauten Grashalm aus. Grotz runzelte die Stirn.
Was? Sie trägt diesen Mantel doch *immer*!
Der andere gähnte und räkelte sich, daß die Gelenke knackten. – Dann hat sie eben immer ihre Days, fertig.
Clarence schielte an diesem Abend, als wollte er sich selbst in die Augen sehen. – Geht das denn überhaupt? Ich dachte ...
Herrgott! rief Racko. Was soll die saudumme Frage wieder? Hast du keine Ahnung von *Frauen*?
Der Angeraunzte blies kurz die Backen auf. – Na doch, schon. Aber die sind so wahnsinnig verschieden, oder?
Racko, mit beiden Händen, kratzte sich den Hinterkopf. – Worauf du einen lassen kannst. Beim Sack des Propheten, in Jamaika hatte ich mal eine, die flötete dauernd: Alles klar, krieg meine Tage, außer Blut wird nichts passieren. Und ich: Gebongt. Echter Seemann sticht auch ins Rote Meer. Doch was kommt raus? ’n blauer Brief, Rathaus Jamaika: Guten Tag, Sie sind Vater, Alimente bitte, und zwar bald. Weißt du, was das heißt?
Clarence nickte, winkte ab; keiner mußte ihm erklären, wie gemein die Welt war.
Gar nichts weißt du, verdammter Klugscheißer! Ich kann nie mehr nach Jamaika!
Als ich die Augen schloß, glühten zwei winzige

Tannen hinter meinen Lidern nach. Grotz schob eine Single in den Plattenspieler, »Gloria«, und Bongo gab mir Geld und schickte mich Bier, Zigaretten und Wacholder holen; den brauchten wir zum Desinfizieren.

Es war seine Idee gewesen: Eine Clique müsse ein Zeichen haben, Erkennungsmerkmal, respekteinflößend, und er hatte an Ringe, Ketten oder Amulette gedacht, die er in der Schlosserwerkstatt der Gute-Hoffnungs-Hütte herstellen wollte; wohingegen Grotz und Clarence von brennenden Rädern sprachen, von Säbeln, Totenschädeln oder anderen Stickereien auf dem Rücken der Jacke.

Weiberkram! hatte Racko geknurrt und entschieden, daß wir uns tätowieren sollten. Ich war mit den Entwürfen beauftragt worden und zeichnete einige Nachmittage lang Anker, Schlangen, Schwerter, durchbohrte Herzen und gehörnte Drachen, denen Blitze aus den Nüstern zuckten. Doch Racko zerknüllte Blatt um Blatt.

Nur einen schwarzen Löwen besah er länger und sagte: Verflucht, wer soll denn Angst kriegen vor so'ner Mieze? Kannst du nicht mal einen Tigerkopf malen, ein wütendes Vieh mit aufgerissenem Maul und richtig scharfen Reißern?

Tags darauf brachte ich eine Skizze, die ihm gefiel, und wir stiegen hinab ins sogenannte Pariser Tal, wo Krüppeleichen und Holunderbüsche derart dicht standen, daß man trocken blieb im Regen. Aus altem Bauholz und Wellblechresten hatten wir uns einen geräumigen, warm mit Pappe ausgepolsterten Unterschlupf gezimmert, »Rackos Ranch«, und ich zündete Teelichter an und begann, ihm das Motiv mit Kugelschreiber auf den Arm zu zeichnen.

Es war natürlich nicht dasselbe wie die Arbeit auf Papier, was einerseits an der weichen, über den Muskeln verrutschenden Haut, zum anderen an Rackos Unruhe lag, dem abrupten Gestikulieren, wenn er irgendwelche Witze erzählte; sie kam mir ziemlich verzerrt vor, diese Raubkatze. Doch er schien das nicht zu sehen, ihn interessierten nur die Zähne; immer noch ein bißchen länger mußten sie werden und waren am Ende so spitz wie das Instrument, mit dem ich sie eintätowierte.

Zunächst wurde die Haut mit Schnaps abgerieben und der Patient gefragt, ob er das Blut mit schwarzer, blauer oder roter Tinte vergiftet haben möchte; Racko entschied sich für schwarze. Dann bündelte man drei gewöhnliche Nadeln und umwickelte sie dicht mit Zwirn, bis nur noch die Spitzen hervorschauten. Die tunkte man in Tusche, ließ das Garn sich vollsaugen und stach dann sorgfältig den Entwurf nach – ein Vorgang, der mehrmals wiederholt werden mußte an den Folgetagen und den Unterarm bis zu doppelter Dicke anschwellen ließ.

Racko selbst hatte mir das beigebracht. Er besaß schon einige dieser Verzierungen, die übrigens nie mehr entfernt werden können; im Gegensatz zu den Apparaten professioneller Tätowierer dringen die Stecknadeln in Hautschichten vor, denen höchstens durch Operation beizukommen wäre, und Racko befahl, die Namen erloschener Flammen auf seinem

Arm – *Gitti, Doris* und *Angelika* – kurzerhand durchzustreichen.
Dann machten wir uns an den Tigerkopf, den ich schon nach wenigen Millimetern kaum noch erkannte vor Tinte und Blut, so daß Clarence tupfen mußte mit seinem verpopelten Taschentuch. – Die Arbeit war anstrengender, als ich gedacht hatte, kam man doch nur haarbreit voran und mußte stets darauf achten, eine bestimmte Tiefe einzuhalten, wenn der Strich gleichmäßig schwarz werden sollte. Auch durfte man nie von der Zeichnung abweichen, nichts ließ sich radieren, ein kleiner Stich daneben sah später wie eine Fliege über der Raubtiernase aus.
Ich brauchte zwei Stunden für den ersten Durchlauf, und während ich Krämpfe in den Fingern kriegte, schien Racko die Nadeln gar nicht zu fühlen. Halb abgewendet auf der Matratze liegend, las er mehrere »Auto-Illustrierte«, trank Bier und rauchte, und nur einmal, als mein Schweiß auf die Einstiche tropfte, runzelte er die Brauen und brummte: Mach das bloß anständig, Kleiner.
Ich machte es anständig. Zumindest bei ihm ähnelte das Ganze nach dem Schwinden der Schwellung einem fauchenden Tiger, wutentbrannt, was die rot umrandeten Augen betonten, und eine Zeitlang war Racko nur noch mit aufgekrempeltem Ärmel zu sehen.
Bei den anderen glückte die Arbeit weniger; Desinteresse und Erschöpfung nahmen zu. Drei Wochen lang stach ich täglich Stunden auf sie ein und wurde mehr und mehr entnervt von ihrem verpimpelten, dem Auf-

treten völlig widersprechenden Gehabe, ihrem Zukken, Zappeln, Zähneknirschen. Besonders Clarence, der letzte in der Reihe, stellte sich haarsträubend an.

Schweißtropfen traten ihm schon auf die Stirn, wenn ich die Nadeln mit Garn umband und, Zungenspitze zwischen den Lippen, nur ein bißchen genüßlich knurrte. Als wollte er durchsichtig werden, nahm seine Blässe immer noch zu, und er trank den Schnaps wie Saft, bevor er auf die blutige Matratze sank.

Aber kaum packten Grotz und Bongo seine Arme – festhalten mußten sie ihn, seit er mir, Reflex, aufs Kinn geschlagen hatte – schnellte er hoch und sagte heiser: Wartet! Moment noch! Wär's nicht besser, wir ließen die Tusche von gestern richtig trocknen? Was? Muß doch *nachdunkeln* da, und wenn wir jetzt gleich reinstechen ...

Grotz grinste, Bongo drückte ihn in die Horizontale zurück, und ich sagte: Heute werden wir fertig. Furz nicht wieder ... Und machte mich ans Werk.

Atemstillstand. Dann holte Clarence fast schluchzend Luft, und obwohl Racko rittlings auf seinen Beinen saß und Beherrsch dich! knurrte, zuckte er wie auf dem Grill. Die Qualen waren so ansteckend, daß ich schon vor Mitleid nur einmal kurz ritzte, wo es drei Stiche gebraucht hätte, und mir ausmalen konnte: Wenn diese Tätowierung an ein Tier erinnern würde, dann an das graue, sehr grob gerasterte Bild eines verregneten Teddys.

Da knackte es am Hang, Sand, Kiesel, Zweige prasselten in den schmalen, das Pariser Tal durchfließenden

Abwasserbach, irgendein Vogel flog auf. Nichts war zu sehen im Dickicht über der Höhle, doch offenbar rutschte jemand zu uns herunter, ein Fremder, der den Zick-Zack-Weg nicht kannte, und Racko langte nach dem selbstgeschnitzten Schlagstock mit der Lederschlaufe. Alle horchten.

Schmatzen und Quietschen von Schuhen im Matsch, ein leises Igitt!, und dann wurde gepfiffen: »As Tears Go By«. Es klang schräger, als die Böschung an ihrer gefährlichsten Stelle war, und besonders jenes letzte hohe »I sit and watch ...« ging derart daneben, daß mir das rote Blitzen zwischen den Blättern wie der Absturz der Töne ins Optische erschien.

Clarence, seufzend, richtete sich auf. Grotz hob beide Hände und sagte, fast ohne die Lippen zu bewegen: Ganz ruhig. Ich mach das ...

Er knotete sein Hemd überm Bauch zusammen und huschte geräuschlos durch den Holunder. Staubige Streifen Sonnenlicht in den Zweigen; das Flöten verstummte; nur der gluckernde, gurgelnde Bach war zu hören, und Bongo kratzte sich den Nacken.

Ich wette, der besorgt's ihr schneller, als wir austrinken können.

Rackos Augen waren umschattet, die Wangenknochen zuckten. Er schob den Stock tief unter die Matratze und zog ihn wieder ein Stück hervor. – Abwarten ...

Es blieb still, ich beugte mich erneut über Clarences Arm. Doch er drückte mich weg, wischte den Schweiß von der Stirn und öffnete ein Bier. – Nicht jetzt. Laß es nachdunkeln.

Grotz kam durch das lichtgrüne Laub, und ich sah, wie verwaschen und eingelaufen die Blumenhose schon war, die Schläge baumelten auf Hochwasser. Er ging vorm Eingang in die Hocke, betrachtete den Ballen der linken Hand, kratzte dran herum. Fuhr mit der Zunge über die Zähne. Spuckte aus und sagte endlich: Will *dich* sprechen.

Obwohl er niemanden angeblickt hatte: Racko federte hoch, reichte mir seine Zigarette und verschwand im Gestrüpp. Besonders, daß er so schlank war, gefiel mir an diesem Nachmittag sehr.

Als er die schmunzelnde Sarah Lilienthal in unsere Höhle führte, fand man natürlich keine Spur von Stolz in seinem Gesicht. Er gab Clarence einen Tritt, damit der gefälligst rückte, ihr Platz auf unserer Matratze machte, zündete noch mehr Kerzen an und nahm mir den Zigarettenstummel wieder weg.

Ganz hübsch, sagte sie und setzte sich auf den Tisch, die Apfelsinenkiste. – Richtig gemütlich. Und ein Bild von den Beatles. Habt ihr vielleicht auch'n Schluck Cola oder so?

Grotz verzog den Mund. – Cola? Sind wir hier in Angola oder wo?

Zwar wußte ich nicht, was daran witzig war, lachte aber mit und reichte ihr meinen Sprudelrest. Sie trug ein Kleid unter dem offenen Mantel, kurzes, rotgrün kariertes Hängerchen mit plissiertem Rock, zu dem die Schuhe mit den großen Schnallen etwas klobig wirkten. Die übereinandergeschlagenen Beine waren erstaunlich muskulös, und besonders die lange Mulde an der Oberschenkelseite kam mir, dem Mädchen noch wenig sagten, beinahe edel vor. Eine seltsame Unruhe beschlich mich angesichts der leicht gebräunten, im Kerzenlicht glänzenden Haut, die so glatt war, so zart – mehr als die eines Körpers schien es die einer Seele zu sein. Ich mußte schlucken.

Puh! – Sie stellte den Sprudel ab und ließ ihren Mantel von den Schultern gleiten. – Hat jemand mal 'ne Läuseharke?

Alle außer Grotz kramten in den Taschen, und sie entschied sich für Rackos verbeulten Aluminiumkamm, hielt ihn kurz gegen das Licht und toupierte dann einzelne Strähnen, daß es knisterte. Obwohl doch nur wenig über meinem Alter, hatte sie die Achselhöhlen einer erwachsenen Frau, tiefschwarz behaart, und rasch, als hätte ich ihr Intimstes gesehen, neigte ich mich Clarence zu. – Nachgedunkelt. Weiter im Text.

Man konnte sich keine bessere Narkose für ihn wünschen als Lilly. Ihren interessierten und bewundernden Blicken ausgesetzt, ihrem Mann! Das würde *ich* nicht ertragen!, blieb unser schielender Recke eine Stunde steif wie ein Brett, lächelte mit zusammengebissenen Zähnen und ließ kaum mehr als leises Schnaufen hören, auch nicht, wenn ich versuchsweise etwas tiefer ...

Schließlich war sogar sein Raubtierkopf halbwegs gelungen, und Lilly, nachdem ich Blut und überflüssige Tusche fortgewaschen hatte mit dem Schnaps, klatschte in die Hände und rief: Astrein! Das will ich auch.

Racko grinste. Bongo schüttelte den Kopf. – Kommt nicht in Frage. Das bleibt unser Erkennungszeichen. Du bist kein Mitglied hier.
Sie toupierte die halblangen Haare offenbar nur, um sie gleich wieder glatt zu kämmen. – Reg dich schon ab. Meinste ich nehm' euren dämlichen Tiger? Da denkt doch jeder, ich wär bei »Esso«! Nee, nee. – Sie wendete sich an mich. – Ich möchte einen Flügel, so eine süße Drachenschwinge, weißt du, nicht viel größer als diese Streichholzschachtel, rot und blau. Machst du mir das?
Naja, mal schauen, sagte ich, ein wenig pikiert von ihrem »dämlichen Tiger«. Drachenflügel kann ich eigentlich nicht ... Wo soll das Ding hin?
Sie hob den Arm, zeigte hinter sich mit dem Kamm: Hier, aufs Schulterblatt.
Wo? knurrte Grotz. Was für ein Quatsch. Da siehts doch keiner!
Lilly, schon wieder mit der Frisur beschäftigt, träumte ins Baumlaub hinaus. – Soll ja auch niemand sehen, sagte sie gedehnt. Und nach einem Seitenblick auf Racko: Jedenfalls nicht jeder.
Am nächsten Tag brachte ich Entwürfe mit, die ihr alle mißfielen. So ein feuerspeiendes Märchenwesen hatte wohl eine ganz eigene Flügelarchitektur, und meine Skizzen erinnerten sie an Froschflossen und Federvieh ... Ich tat gekränkter, als ich war, und hoffte doch, die Sache wäre damit erledigt.
Sicher, ob ich ein Stück Schweineschwarte ritzte oder in ihr Schulterblatt stach, Job blieb Job. Es war aber so, daß die Tätowierungen auch bei sorgsamster Aus-

führung nur mäßig glückten. Abweichungen vom Entwurf, verschiedene Konzentrationen der Tusche, ungleiche Stichtiefen und zerfließende Linien waren selten zu vermeiden, so daß mehr Zeichen als Verzierungen entstanden, und was bei einem Kirmesrocker Eindruck schinden mochte, stellte ich mir auf Lillys Haut nur abstoßend vor.
Sie habe ein Zeitungsfoto von so einem Drachenflügel und bringe es demnächst mit, sagte sie.

Donner, Blitz. Regen fiel, und wir lungerten in der Höhle herum, lasen bei Kerzenlicht Illustrierte. Mittlerweile unser Dauergast, bestrich Lilly sich die Fingernägel mit klarem Lack. Sie hockte dicht neben Racko, blickte ab und zu in sein »Bravo«-Heft und summte irgendeine Melodie. Die Stimme klang dann tiefer als sonst und machte mich angenehm schläfrig; bei geschlossenen Augen hatte ich die Vorstellung, nicht Wellblech, Teerpappe, Holz – ihr Summen bildete den Raum, in dem wir warm und trocken blieben.
Kannst du mal die Klappe halten! sagte Racko, und sie nickte. – Klar. Kennt ihr eigentlich die B-Seite von »As Tears Go By«?
Niemand antwortete, und sie wedelte mit den Händen durch die Luft und zog ihm den Kamm aus der Gesäßtasche, zupfte Flusen von den Zinken. Das Haar durchharkend, streckte sie Grotz, der sie länger lauernd ansah, die Zunge heraus. Der Abwasserbach schien zu schäumen hinter den Sträuchern, roch nach feuchtem Schwefel.

Oh! rief sie plötzlich. Und als keiner reagierte, abermals: Uh! Dabei hob sie die Schultern fast bis an die Ohren und bemühte sich ächzend um Aufmerksamkeit.

Was! murmelte Racko und blätterte weiter.

Sie kicherte. – Dein Kamm ... Ist mir leider oben reingerutscht.

Oben wo?

Na, ins Kleid, Mann!

Er runzelte die Stirn. – Dann steh auf, und er rutscht wieder raus.

Als hätte sie das nicht gehört, griff sie sich unter den Mantel. Der Lack schien zu flackern im Kerzenlicht.

Ach, Mist. Ich komm nicht ran, verdammt. Kannst du ihn nicht mal *rausholen* da?

Hm? Rausholen? Wo?

Hier, aus'm Kleid natürlich!

Racko hob erstaunt den Kopf, und ich sah, daß er »Mein erstes Erlebnis, Teil 5« gelesen hatte. – Sonst geht's dir gut, oder? Was soll das Affentheater! – Er fixierte sie wie eine Fremde. – Steh auf!

Rot geworden, senkte sie die Lider, wand sich und tastete weiter zwischen den Schulterblättern herum. Er gab ihr einen Stoß. – Auf die Haxen! brüllte er mit einer Stimme, die mir rauher vorkam, sandiger als sonst. – Wird's bald?

Lilly schnitt ihm ein Gesicht. – Kannst mich ... Offenbar hatte sie den Kamm zu fassen gekriegt, doch ließ er sich – das Kleid war vielleicht zu eng, der Stoff nicht griffig genug – nur schwer zum Kragensaum schieben,

und letztlich blieb ihr die Schmach kaum erspart. Sie stand auf und blickte mit uns zwischen ihre Schenkel, wo nach einigem Hüftwackeln der Kamm erschien.
Die erste Frau, die Aluminium kackt, sagte Bongo. Sollten wir im Zirkus zeigen.
Es wurde wieder ruhig auf »Rackos Ranch«, man las, trank, hörte Radio Luxemburg, und ich krümmte mich zusammen und fiel in eine Art Katzenschlaf. Als es jählings stärker regnete, kam's mir vor, als blätterten alle gleichzeitig um. Ich öffnete die Augen. Da blätterten alle um.
Hat jemand Feuer? fragte Lilly.
Keiner reagierte, und ich schob ihr gähnend ein Teelicht hin. Doch sie schüttelte den Kopf. – Ist ungesund! –, stieß Grotz an und beharrte: Ey! Hast du Feuer?
Er sah nicht hoch von seinem Blatt, kratzte sich zwischen den Beinen, zupfte irgendwas zurecht. – Meinst du, in Form von Streichhölzern?
Clarence, grinsend, versuchte seinem Blick eine Richtung zu geben, und Lilly tippte auf die Schnittfläche ihrer »Juno«. – Wie sonst? In Form von deinem schlappen Docht wohl nicht!
Verdutzt über die eigene Antwort, legte sie eine Hand ans Brustbein und fiel in unser Lachen ein, wobei die Schönheit ihrer Zähne dem Gesagten alles Ordinäre nahm.
Grotz, die Augen schmal wie Messerrücken, hob das Kinn. – Der Pimpf sollte doch Bier holen, oder?
Er hatte die Frage an Racko gerichtet, der nach wie vor zu lesen schien und nichts sagte, auch nicht, als ich

die Zeit wissen wollte; sein Arm lag auf dem bloßen Schenkel der halb knienden, halb sitzenden Lilly, und leises Zucken der Muskeln und Sehnen bewegte das Raubtier, seine Brauen, die Nase ruckte wie witternd herum: Kaum verdeckt vom »Schöner Wohnen«-Heft in ihrem Schoß, hatte er die Hand bis zum Gelenk, zur Uhr, zehn vor vier, unter den kurzen Rock geschoben und vollführte dort irgendwelche Fingerspiele.

Lilly, die Zigarette fast zerdrückend, hielt sich aufrecht, ja steif, und dachte wohl nach? Ab und zu bewegte sie die Lippen, lautlos, und einmal, kaum merklich, durchschauerte sie etwas, ihr Stützarm begann zu zittern. Dann holte sie Atem, öffnete die Augen und kam mir plötzlich entfernter vor, in einer anderen Welt.

Schaff Bier ran! wiederholte Grotz und warf einen Geldschein hin. Neun vor vier.

Geh *du* doch, sagte ich, fasziniert von dem Gefummel, und obwohl sie beinah unterm Rock verschwunden war, tickte mir die Uhr in den Ohren.

Mit einem Schlag wurde es acht vor vier, fluchend trat ich in das Unwetter hinaus.

Kehrte aber sofort um. – 's pißt wie geschissen! Holt euch die Granaten selbst.

Grotz langte erneut nach mir, und ich entwischte an die Rückwand, zu Racko, von dem ich mir leise Beistand erhoffte, sah er doch selten friedlich aus, gutmütig auch, ein bißchen wie mein Vater am Zahltag.

Ich setzte mich neben ihn, verschränkte die Arme vor der Brust. Der Höhleneingang spiegelte sich in seinen

Pupillen, und die Stimme war anheimelnd sanft, als er sagte: Leihst du ihm deinen Mantel?
Lilly schrak zusammen. Ihre Wimpern zuckten wie Fliegenbeine in einem Tropfen Honig, die Unterlippe glänzte feucht. – Waaas? fragte sie, blickte erstaunt in die Runde. Während Bongo sich schon hinter sie stellte, um ihr aus den Ärmeln zu helfen.
So stapfte ich in der lackroten Regenhaut durch Buschwerk und Matsch bis zur Trinkhalle hinter der Schule und beschloß wütend, statt Pils nur Exportbier zu kaufen. Und fürs Restgeld Mausespeck.
Übrigens war der dicke Kioskpächter einer der Menschen, die glauben, ein Heranwachsender brauche nichts nötiger als Zurechtweisungen. Selbst wenn es keinen Anlaß dazu gab, war ihm das ein Grund für Zurechtweisungen: Nun sei nicht so brav und fad! In deinem Alter muß man doch mal einen Ball ins Fenster schießen. Und weil er der einzige im Umkreis war, der Minderjährigen Alkohol verkaufte, hieß es gute Miene machen zu Sprüchen wie: Du steckst in Lillys Mantel, sieh an. Und wer steckt jetzt in Lilly? – Er sprühte vor Witz.
Als ich, Backen voll süßem Plastikspeck, zur Ranch zurückkam, war Clarence fort. Meine Fragen wurden überhört, Grotz nahm mir die Tüte ab, verteilte das Bier, und Bongo, nach einem langen Schluck, schob mir die Zigarrenkiste mit den Nadeln und der Tusche hin; er wollte nachbehandelt werden. Die Augen seines Tigers waren ihm nicht rot genug und sollten wenigstens so wütend glühen wie bei Racko.

Der, Zigarette kalt im Mundwinkel, lag auf der Matratze und drehte an den Knöpfen des Transistorradios, wobei etwas von einem müden Haustier in seinem Gesicht war, von einer rundum zufriedenen, satten Sau, die alle ihre Jungen aufgefressen hat, und ich ahnte dunkel, was hier geschehen war während meiner Abwesenheit.

Lilly bat mich, an die andere Wand zu rücken, stapelte Comics und Illustrierten separat, brach Kerzenreste aus den Haltern, fegte Kronkorken und Kippen mit einem Pappstück hinaus und murmelte: Eigentlich müßten wir noch Sitzkissen haben. ... Dann schlüpfte sie wieder in den Mantel, toupierte die Haare und lächelte mir aus einer Spiegelscherbe zu. – Wie geht's in der Schule?

So lala, wollte ich sagen, doch erwartete sie gar keine Antwort, zog Grotz ein Schuhband auf, blies Racko das Streichholz aus und wich theatralisch zurück, als er eine Hand hob.

Nachdem die Farbe in Bongos Haut gestochen und das Bier ausgetrunken war, machten wir uns auf den Heimweg, wobei ich ein Stück vorausging. Es regnete nicht mehr, die Büsche trieften, und Moos und Lehmerde schmatzten unter den Sohlen.

... wirklich zu dick? fragte Racko, der mich wohl außer Hörweite glaubte. Oder hat dich nur sein Schielen gestört?

Zu dick, sagte Lilly. Er ist ein Vieh mit ... Ihre Wörter wurden zerhäckselt von Zweigen, die auf den Lackmantel klatschten.

Und warum dann nicht in ... Man hatte Bäume ge-

streift, herabprasselnde Wassertropfen steppten ein akustisches Muster auf die Lederjacken.
Mach ich nicht! rief sie. Dafür könnt ihr euch eine andere suchen. So was ist Pornograpie.
Bongo keuchte, die Steigung war steil. – Pornogra-*was*?
Doch Lilly schwieg. Sie holte mich ein und legte mir einen Arm um die Schultern.

Da ich nicht dauernd zum Kiosk geschickt werden konnte, blieb mir das neue Geheimnis der Höhle nur kurz verborgen – zumal es eines Tages sang- und klanglos in ein offenes umgewandelt wurde.
Große Hitze; ich hatte zwei druckfrische »Akim«-Hefte und eine Tüte Lakritzpfeifen dabei und lag vorm Eingang, unter Sträuchern. Die anderen spielten Karten auf einer nahen Lichtung. Lilly war die Bank und ließ Kleingeld klimpern in der hohlen Hand. Sie trug den Bikini ihrer älteren Schwester, rosa Satin, und hatte sich die Zwölferpackung Zigaretten in den Höschenbund gesteckt. Ihre Haut glänzte vor Öl.
Die Geschichten wurden langweilig, und ich vertrieb mir die Zeit mit dem »Kolorieren« der schwarzweißen Bilder, legte sie in die Sonne und hielt abwechselnd den Rückstrahler eines Kinderrollers, ein Stück braunes Plexiglas oder verschiedene Bonbonpapiere darüber. Die Karawane des Sultans zog unter blauen Monden Richtung Fez, das Haar der Forscherin flammte orange, violette Schlangenaugen funkelten

durchs Dickicht, und plötzlich ging ein grüner Hintern auf im Gras.

Auf und ab und auf und ab. Ich warf den Flaschenboden fort und trat an die Lichtung. Niemand sprach. Alle hatten Schuhe und Hemden ausgezogen, Racko mischte Karten, Clarence und Bongo zählten Geld. Während ihr kariöser Kumpel etwas machte, was ich zwar von Fotos kannte, die mein Vater unter der Bibel im Nachtschrank verbarg – ein Karnevalsspaß zwischen Cocktailgläsern, viele Nackte trugen Hütchen, und sowohl Lendenbereiche als auch Augenpartien waren schwarz übermalt –, das ich aber in natura nicht für möglich gehalten hatte. Die Arme sportlich straff, Hose in den Kniegelenken, lag Grotz zwischen Lillys Beinen und vollführte rasch jene nasse Gymnastik, die man Geschlechtsverkehr nennt.

Dabei blieb es so still in der Nachmittagssonne, daß ich das Geräusch ihrer Körper hörte. Oder war das mein Puls im Hals, in den Ohren?

So was gibt's also wirklich, dachte ich atemlos, und immer tiefere Mulden entstanden auf dem Hintern, wenn Grotz sein Becken vorstieß. – Die tun das, obwohl es unkeusch ist ... Dann sprang er auf, wendete sich ab, grunzte, zuckte, fletschte die Zahnreste, und eine milchweiße Sternschnuppe fiel ins Moos.

Während Lilly wie schlafend liegenblieb, zog er den Rosenstoff hoch und steckte sich eine Zigarette an.

Ihm folgte Bongo, der mir zuzwinkerte und die Sache wie ein ordentlicher Schlosser anging. Er beäugte das Werkstück, bog die Schenkel weiter auseinander und nahm eine Fluse vom Schamhaar, ehe er

seinen Reißverschluß öffnete und – Na denn ... – auf die Ellbogen, in einen ruhigen, kräftigen Maschinenrhythmus sank.
Übrigens hättest du den Buben vorhin abschmettern sollen, sagte er dabei zu Racko. Ich hab doch gemauert. Wir hatten zwei Asse und eine Karo sieben und wären glatt damit durchgekommen. Diese blöde Pfennigfuchserei ...
Und schon wurden seine Stöße dringender, Schweißtropfen glitzerten im Nacken, Muskeln traten hervor an Stellen, an denen ich nichtmal Fett hatte, und er knurrte Achtung ... und rutschte auf den Knien zur Seite, ins Gebüsch. Wo er sich mit einem mahnenden Nach-ar-beit! den Rest gab.
Es folgte Clarence, dessen verblüffende Ausmaße Lilly inzwischen wohl ertrug; sie blies nur kurz die Backen auf und genoß oder erduldete diesen Akt wie die bisherigen, regungslos und still. Das Gesicht abgewendet, die Lider geschlossen, lächelte sie vage oder nagte an dem Daumen der Hand, in der noch ihre Zigarette glomm.
Auch Clarence brauchte nicht lange, und nachdem er sich weggewälzt und seinen kalten Bauer, wie er das nannte, in die Wildnis befördert hatte, kam die Reihe an Racko.
Er gab Bongo Instruktionen für das Spiel, stieg, federnd die Rute, aus der schmutzigen Jeans, und Lilly wurde unruhig, empfing ihn mit einem Seufzen. Sie schüttelte Haare aus der Stirn, blickte ihm in die Augen, ließ Fingerspitzen um seine Lippen gleiten. Ihn, der sich nur wenig bewegte, schien sie vor Lust

kaum ertragen zu können, schenkte ihm lange, verschlingende Küsse, stemmte ihn weg, um sich gleich wieder festzuklammern, biß in seine Schulter, zerkratzte Pickel und bat ihn keuchend, noch nicht zu kommen. Drohend: Noch nicht!

Und Racko ließ sich Zeit, viel Zeit und flüsterte ihr ins Ohr, was sie wie Schmerzen zu quälen schien. Aber auch irgendwie schön war. Und einmal hob er grinsend das Kinn und schnitt mir äffische Fratzen.

Doch geriet nun etwas Heiseres in sein Atmen, die Bewegungen wurden schnell und schneller von Lilly erwidert, und schließlich – *ein* Wesen, das vor lauter Armen und Beinen nicht weiß, wie es fortlaufen soll, sich aufbäumt und schreit – sanken sie auseinander, ins Gras, wobei Lillys Körper immer noch weiter zitterte, zuckte, und ich Tränen in ihren Augen sah.

Nein, Racko machte sich nicht die Mühe, »abzuspringen«, wie man hier sagte. Ein Kind mehr oder weniger – wer nie mehr nach Jamaika darf, dem ist auch das egal.

Das Erlebnis bewirkte eine seltsame Krise, eine Verstörung eigener Art, wobei nicht der körperliche Akt mich schockierte, nicht das erstaunlich Rohe und Häßliche daran.

In meiner bisherigen Erziehung gab's ein besonderes Gebot, ein Zeigefingerwort; man senkte die Stimme, dämpfte den Ton, wenn man es aussprach. Von allen Ermahnungen der Priester, Lehrer, Eltern und Verwandten war die zur *Keuschheit* stets die eindringlichste, und selten verging eine Beichte, ohne daß Pastor Maaßen fragte: Das ist alles? Bist du unkeusch gewesen?

Ehrlich gesagt: Keine Ahnung. Schon allein deswegen nicht, weil ich kaum wußte, worin sie eigentlich bestand, die berüchtigte Unkeuschheit. Mein Spargelkraut wuchs vorerst im Verborgenen, und außerdem ging es nur gesittet bei uns zu; immer schloß man sich ein im Bad, nie sah ich meine Eltern nackt, und ihr kaltes Schlafzimmer ließ eher ans Klinikum denken als an einen Sündenpfuhl. – Ich konnte mir einfach keine Geschlechtsteile unter ihren stets gebügelten Kleidern vorstellen, sowenig wie unter denen der geschniegelten Onkel und Tanten, die zum Kaffee kamen und wissen wollten, ob ich noch zur Heiligen Messe ginge.

Und kaum allein, greifen sie sich also zwischen die Beine, kneten ihre Speckrollen durch, lecken einander ab und bekleckern sich röchelnd und stöhnend mit Samen und anderen Körpersäften? Und, fast schlimmer: Stehen kurz darauf wieder zugeknöpft und haarspraystarr an der Bushaltestelle mit Nelken und einer Flasche »Liebfrauenmilch« und ermahnen die brav gescheitelten Jungen anderer Verwandter, immer die Hände über der Bettdecke zu lassen?

Alle tun's. Und alle tun so, als täten sie's nicht. Das konnte ich nur schockierend finden; lachhaft und traurig zugleich.

In den nächsten Wochen war es meistens Racko, der Geld für Bier und Würste hergab, neue Schallplatten brachte oder mir, Zeigefinger vor den Lippen, einen Fünfmarkschein schenkte. Er fuhr gebrauchte Mopeds, rauchte nur noch »Aktive« und kam plötzlich in nagelneuen Wildlederstiefeln, schwarzem Fransenhemd und einer *Blümchenhose* in die Heide – Grotz nahm sich aus wie eine Primel neben wilden Orchideen.

Oft hatten wir nun Fremde zu Gast, angetrunkene Bauarbeiter, Italiener aus dem Ledigenheim und zweimal sogar unseren Nachbarn Watz, den Berufsbayern, der seine Kinder bei geringsten Vergehen in den Keller sperrte und noch Sakra, ihr seids welche! Ihr *seids* mir ja welche! rief, als er schon in Lilly steckte.

Die Freigebigkeit, zu der Racko sie animierte, sprach sich rasch herum, und auch Kowanda und seine Orang-Utans tauchten auf, hockten sich vor den Eingang und zählten ihre Münzen. Doch da er ihnen keinen Kredit gewähren wollte – Erst latzen, dann spritzen! war seine Devise –, zogen sie leise palavernd ab. Und erhielten am nächsten Tag, in nahezu doppelter Anzahl, tatsächlich so etwas wie Mengenrabatt.

Schließlich wurde mir das alles zuwider. Der immer übler riechende Unterschlupf, jetzt »Fickfarm« genannt, die lauernde Geilheit in den Augen, der Anblick der fleckigen Unterhosen und krummen Auswüchse, das Knurren und Stöhnen und Lillys ungerührtes Gesicht, ihr Kaugummikauen dabei – abgestoßen blieb ich fort.

Ich widmete mich gleichaltrigen Freunden oder pflegte meine Eigenbrötlerei, und eines Tages, nach der Schule – wieder hatten die Groschen nicht für Mausespeck gereicht, nur für Eßpapier, das so glitschig wurde im Mund und den Gaumen tapezierte –, eines Tages trat Lilly aus der Tür der Apotheke und steckte mir einen Finger ins Ohr.

Na, du untreue Tomate? Was frißt'n da? Dein Zeugnis?

Zu ihrem schwarzen, sehr kurzen Kunstlederrock trug sie eine Jeansjacke voller Nieten und ein weißes Hemd und hatte sich Lippen und Lider geschminkt. Das Haar wurde von einem Samtreif aus der Stirn gehalten, die Nägel waren dunkel lackiert, die kleinen Monde ausgespart, und ihr sonst eher kümmerlicher Mund schien verzaubert: Ich hätte mich nicht über das Blitzen jener winzigen Sterne gewundert, das man aus Zahnpastareklamen kennt. Dieses Lächeln meinte so sicher und liebevoll mich, daß ich wohl rot wurde.

Wo steckst du denn immer? fragte sie, und ich kratzte mir den Nacken.

Keine Ahnung. Mal hier, mal hier.

Willst du denn gar nicht mehr in unsere Höhle?

Was? Glaub kaum.

Schade, echt. Irgendwie gehörst du für mich dazu. – Sie setzte sich auf eine Bank neben der Bushaltestelle und klopfte mit der Handfläche auf den freien Platz. – Komm ...

Ihre Zigarette rauchte schlecht. – Eckenbrand. Gibt schiefe Kinder ... Muß nach Oberhausen. Die suchen einen Lehrling bei »Lantermann«, Gardinenverkäuferin. Wär vielleicht ganz gut, oder?
Ich antwortete nicht, kramte in der Tasche.
Jedenfalls ist das krisensicher. Ich meine, Gardinen brauchen die Leute immer. Und abends stinkt man auch nicht so wie unsere Nachbarin, die bei der »Nordsee« schubbert, stimmt's?
Ich zuckte mit den Schultern, und als der Bus kam, zerzauste sie mir die Haare. – Laß dich mal wieder sehen, ja?
In der Höhle? Vielleicht ...
Ach, hab dich nicht so. Der Racko vermißt dich auch. Glaub ich jedenfalls ... Weiß schon, was du denkst. Meinst du, *mir* gefällt das? Bin doch nicht *so* eine. Ich mach das ja nur, weil ich den liebe, verstehst du?
Ich verstand nicht, nickte, hängte mir die Tasche um. Sie korrigierte den Gurt.
Also, morgen?
Na gut, mal schaun ...
Der leere Bus stoppte ab, alle Halteschlaufen ruckten gleichzeitig vor, zurück und pendelten dann durcheinander, und schon auf dem Trittbrett, reichte Sarah mir etwas aus dem Portemonnaie. – Mein Drache! – Die Tür klappte zu.
Im Davongehen faltete ich ihn auseinander, den mürben Zeitungsfetzen, ein Funkbild. Es zeigte eine dünnbehaarte, an den Flügeln ins Blitzlicht gehaltene Fledermaus, schneeweiß, und ich staunte über den hundeähnlichen Kopf, die spitzen Ohren. Das Tier, die

Augen fest zusammengekniffen, riß sein Maul auf und erschien mir trotz der Winzigkeit schrecklich. Die ganze obere Zähnchenreihe sah aus wie die von Grotz.

Als ich am nächsten Tag ins Pariser Tal hinabstieg, war nur Racko in der Höhle, las »St.-Pauli-Nachrichten« und hatte wohl schon einige Biere getrunken. – Ach du, sagte er mit verwischter Stimme. Wo bleibt denn unsere Tigerlilly ...

Wen meinst du?

Die heilige Barbara natürlich. Kann sie aber auch Fotze nennen, wenn dir das besser schmeckt.

Naja, weiß nicht ... Ich setzte mich fühlbar zu nah heran und hatte doch Angst, wieder abzurücken. – Gehst du eigentlich mit ihr? Ich meine, aus Liebe und so?

Er blies den Zigarettenrauch nach mir, als ob ich ein lästiges Insekt wäre. – Liebe? Ist das was Alkoholfreies?

Ach, bist du blöd! sagte ich, und Clarence kam herein und stellte Flaschen auf den Tisch. Er trug eine neue schwarze Lederhose, die noch etwas knarrte.

Der Pickel hat heut seinen Moralischen! rief Racko. Er meint, wir sollen ins Hochamt gehen, bevor wir Lilly ficken.

Ist schon ein Fuchs, sagte der andere, öffnete sein Bier mit den Zähnen und spuckte den Kronkorken aus. – Hat nur nicht so'n buschigen Schwanz, nehm ich an.

Ich wette, der hat überhaupt keinen! Dem baumelt ein Rosenkranz da ... Racko zog mich am Gürtel heran. – Zeig mal, was in dir steckt!
Clarence grunzte, packte mich im Nacken, und als ich abwehrend die Hände hob, umfaßte er beide Gelenke mit einer Pranke. Ich wand mich, spuckte und trat aus – was den Hünen müde grinsen ließ.
He! sagte Lilly, die in diesem Moment vorm Eingang erschien. Was macht ihr da mit meinem Zuckermäulchen?
Racko riß an meiner Hose. – Dem wird heute die Unschuld geknackt!
Von wegen. Den spar ich mir für später, wenn ihr alle im Rollstuhl hockt.
Sie sah auf die Armbanduhr, zog Pullover und Büstenhalter aus und legte sich bäuchlings auf die Matratze. – Ah ... machte er und langte ihr unter den Rock. Heute mal anal?
Flossen weg! – Sie schlug nach ihm. – Rote Woche. Gib dem Jungen die Zigarrenkiste. Werd jetzt tätowiert.
Clarence ließ mich los, und ich zerrte mir das Hemd zurecht und steckte ungesehen eine Schabe in sein Bier. Dann kramte ich das Foto hervor, stellte ein Teelicht zwischen Lillys Schulterblätter und begann, den Fledermausflügel abzuzeichnen.
Rote Woche! knurrte Racko. Wenn ich so'n Mist schon höre. Weibertricks. – Er stieß mit dem Schielenden an. – Na, prost! Kannst du Lilly nicht ergattern, muß die Handmaschine rattern. Schiller.
Wir hatten keinen Schnaps zum Desinfizieren, ich

hielt die Nadeln über Kerzenflämmchen, bis sie glühten, und kühlte sie mit Spucke ab.
Sowohl bei den ersten Stichen in ihre glatte, leicht schimmernde Haut als auch beim Nachpunktieren der rasch anschwellenden Partie atmete Lilly ruhig und regelmäßig und verzog keine Miene; jedenfalls nicht vor Schmerz. Lächelte aber nach Rackos: Ein Flügel? Der Pimpf macht uns alle zu Hühnerfikkern!
Er hatte sich den Büstenhalter wie eine Pilotenhaube über Haarschopf und Ohren gestreift, die Träger unterm Kinn verknotet, und skizzierte mit dem Kugelschreiber eine Art Banderole zwischen jene durchgestrichenen Namen, zwischen *Gitti, Doris* und *Angelika* auf seinem Arm; da hinein sollte ich später *Sarah* stechen.
Was war das? fragte sie und hob den Kopf, blinzelte ins Dickicht.
Nichts, sagte ich. Lieg ruhig.
Clarence klappte seinen Comic zu. – Doch, doch, zischte er. Da schleicht jemand …
Ein Hase, erwiderte ich. Vorsicht, das Tintenfaß!
Denkste … Racko warf den Kuli fort und huschte hinaus. Ohne einen Zweig zu berühren, schlich er um die Sträucher. Trillerpfeifen gellten durch die Zuchtanlage, und man hörte das Kratzen der Krallen der Hunde, die sich rudelweise über Hürden mühten.
Ich räusperte mich, wollte weitermachen, stach daneben. Etwas platschte in den Bach, und das Brechen morscher Äste, der dumpfe Ton, als schlüge ein Kör-

per mit Wucht auf den Boden – ich fühlte es in meinen Knochen. Gedämpfter Schmerzlaut, wildes Rascheln, das nur langsam erstarb, und die folgende Stille, unser Atemanhalten in der Höhle, war beklemmend wie ein zu enges Hemd.
Racko hatte dem Opfer die Strickjacke übern Kopf gezogen und einen Arm hoch auf den Rücken gedreht; mit der freien Hand langte er von hinten zwischen die Schenkel und quetschte, was er zu fassen bekam, woraufhin eine Art Hoppelgang entstand, das berüchtigte Sackhüpfen.
Da habt ihr euren Hasen!
Clarence stellte ihm ein Bein. Er stolperte über Kisten, Hefte, leere Flaschen, fiel auf die Knie und riß sich japsend das Wollzeug vom Gesicht. Schweiß glänzte in den Schläfenmulden, auf der Nase, und etwas von der Helligkeit des Eingangs flackerte in Hillers Augen, Nachmittagslicht. Das wie sein ängstliches Grinsen erlosch, als Racko vor ihn hintrat und sie fester knüpfte, die Büstenhalterträger unter dem gereckten Kinn.
Was hast du hier zu suchen?
Hillers Stimme war hoch und dünn, das beteuernde Leiern stieß mich schon ab. – Ich? Weiß nicht ... Bin spazierengegangen und dachte ... Wollte euch nicht stören.
Der ist in Ordnung, sagte ich, und Racko knurrte: Maul!
Er zupfte die Hügel des Halters spitz. – Spazierengegangen. Oh, wie schön. Blümchen gepflückt? Häschen beglückt, Astloch gefickt? – Goethe,

stieß er seitlich durch die Zähne, und Clarence lachte auf.
Hiller, rot im Gesicht, sah mich an. Ich schüttelte den Kopf, löste das trockene Blut mit Bier und stach die Flügelspitze nach. Wange auf den Unterarmen, verengte Lilly kurz die Augen.
Natürlich war er nicht zufällig da. Mehrfach von ihm nach den »unschamhaften Sauereien« in der Heide gefragt, hatte ich alle Ahnungen nicht nur bestätigt, sondern jedesmal so getan, als würde ich bereits kräftig mitmischen im dichtbehaarten Geschlechtsleben und ihm die grauweißen, mit Kerzenwachs imitierten Sportsflecken auf meiner Jeans sowie den kleinen, von mir selbst in den Arm tätowierten Pferdekopf gezeigt, Pferde waren damals meine Lieblingstiere: Sie nennen mich »Der Hengst«.
Meinst du, ich darf mal mit?
Werd' meine Leute fragen, hatte ich gesagt, dann aber nichts mehr hören lassen.
Racko sank auf die Knie. – Und? fragte er, nun auf gleicher Augenhöhe. – Wie heißen wir?
Ich? Aber das weißt du doch. Sind ja in dieselbe ...
Deinen Namen! bellte Clarence, den Ausgang blokkierend, und der Angeraunzte zuckte zusammen. Er wischte sich die Nase mit dem Ärmelbündchen ab, ehe er leise Ortwin sagte. Ortwin Hiller.
Racko trank einen Schluck. – Und warum bist du vorbeigekommen, Onkel Piller?
Lilly kicherte; ich unterdrückte mein Grinsen.
Mit H, verbesserte er zaghaft, und der andere schlug ihm ins Gesicht. – Piller! schrie er; Halssehnen traten

hervor. – Was suchst du hier, Pillemann Piller! Was!
Ortwin befühlte die Wange, starrte uns aus den Augenwinkeln an. Ein feuchter Fleck erschien auf seiner Jeans.
Gar nichts, sagte er. Bin nur gelaufen, so zur Erholung ... Hab doch hier'n Furunkel. Ich muß jetzt auch heim, Tabletten besorgen, wollte euch nicht unterbrechen ...
Racko hatte das Bier weggestellt und neigte, Hände wie Pfötchen vor der Brust, den Kopf abwechselnd auf die linke und die rechte Schulter. *Unterbrechen*? Wobei?
Keine Ahnung, ehrlich. Eure Sache. Seid ja viel älter und stärker und ... Wißt ihr, wie spät?
Der andere, ruckartig, hob das Kinn. – Du wolltest Lilly lecken, stimmts?
Hiller machte große Augen. – Was? Ich? Nie! Um Gottes willen!
Racko steckte eine Zigarette an, blies ihm Rauch in den offenen Mund. – Was soll das heißen: Um Gottes willen? Ist sie etwa nicht nett?
Doch, natürlich ... Sehr.
Also willst du sie lecken.
Hiller fand keine Worte.
Aber du glotzt ihr doch dauernd auf den Arsch mit deinen Pillerklüsen!
Das war gelogen. Nur ihn sah er an – und zwar mit der starren Aufmerksamkeit eines Geohrfeigten, der weitere Schläge erwartet und nach eventuellen Vorzeichen sucht.

Nein. – Er hustete, sank zur Seite, drückte den Rücken gegen die Wellblechwand. – Nicht, was *du* denkst, Racko. Hab die Tätowierung bewundert, die Marre da macht. Mimt total.
Poppt! sagte ich schnell. Der andere rutschte dicht an ihn heran.
Na klar, die mimige Tittowierung hast du bewundert. Und jetzt möchtest du auch mal in Lilly reinstechen, tief rein, bis Blut kommt, stimmts?
Zigarette zwischen den Zähnen, griff er ihm erneut in den Schritt, dieses Mal mit beiden Händen, und Hiller wand sich und stöhnte: Nei-in! Ich will ja nur, dachte bloß, hab mir doch ...
Er verdrehte die Augen, fuchtelte vor Racko herum, wagte aber nicht, ihn fortzustoßen.
Hä? machte der. *Wie* war das? Ein bißchen deutlicher, mein Freund.
Hiller bewegte die Lippen. Tränen liefen über sein Gesicht.
Ich kann dich schlecht verstehen! beharrte Racko und rückte ihm noch näher auf den Leib. – Du möchtest *was*? So eine wunderbar poppige ...
Der andere schüttelte entsetzt den Kopf. Seine Sprache war nur mehr Atem, hohes, panisches Gehechel, und Racko packte fester zu. Sichtbar spannten sich die Rückenmuskeln unterm engen Hemd.
Aber ja doch ... Schöne, affengeile Verzierungen, stimmts?
Hiller, zitternd, stieß eine Kerze um. Er riß den Mund auf, kniff die Lider fest zusammen und nickte heftiger, als er vor Sekunden verneint hatte. Racko ließ ihn los.

Fast war er geschafft, der Flügel.
Für mich ist aber Schluß jetzt, Leute. Hab echt schon Krämpfe in den Fingern.
Schon gut, knurrte Clarence und hielt seine Bierflasche gegen das Licht. Machen wir selbst.
Der andere blickte auf die Uhr, kramte in der Kiste nach den Nadeln. – Also dann. Laß hören.
Hiller war aschfahl. Er schluckte, wischte sich die Augen, schien nicht zu begreifen. Racko blätterte Skizzen durch. – Na, was willst du? Glaube, Liebe, Hoffnung? Anker auf dem Schwanz?
Ach so, jetzt schon ... Er linste zum Ausgang. – Ich könnte ja noch überlegen ... Und als der andere drohend schwieg, die Faustknöchel befühlte: Oder wie wär's mit eurem Tiger, etwas kleiner?
Clarence winkte ab. – Nur für Mitglieder hier. – Er schlug sich auf die Lederschenkel. – Für echte Kerle mit Rammlerblut.
Klar, verstehe. Dann vielleicht dieses Pferdchen, wie beim Marre?
Pferdchen? Das Erkennungszeichen von dem Hausmuli da?
Sehr witzig, sagte ich, und Racko griff Hiller, er schreckte zusammen, ins Genick.
Paß auf, mein Junge. Du hast den Test bestanden. Du bist clever, stark, siehst gut aus. Du mußt dich nicht mit Kinkerlitzchen abgeben. Ich meine, jeder Mensch hat doch so'n spezielles Vieh, wie soll ich sagen, ein Charakter-Tier ... Bei mir ist es die Raubkatze, und für dich kommt genaugenommen nur'n Adler in Frage. »Adler von Irrlich«, wäre das nichts?

Hiller blickte uns der Reihe nach an. Niemand außer Lilly verzog eine Miene. Sie benagte lächelnd ihre Unterlippe, und er prüfte die zerknitterten Zeichnungen, die ich seinerzeit gemacht hatte, hielt sich verschiedene an den Arm. Clarence reichte ihm das Bier. Er trank einen winzigen Schluck, noch einen, blinzelte ins Freie, wo es dämmerte, kratzte etwas Schorf vom Ohr ... Und endlich stimmte er zu. – Also gut. Wenn du meinst. Aber auf dem Rücken!

Klarer Fall, bestätigte Racko. Mit gespreizten Schwingen auf'm Kreuz. Mach dich lang.

Zögernd streifte er die Wolljacke ab und breitete Hemd und Unterhemd über ein zertretenes Stück Wellpappe. Um seinen mageren Oberkörper herumgestellt, wurden alle vorhandenen Kerzen und Teelichter angezündet, und Clarence riß das Pflaster von einem Pickel, schmiß es weg.

Schwarze Tinte, sagte Racko, während er sein Motiv mit Kugelschreiber auf die Haut strichelte. Ich nehm vier Nadeln, geht schneller. Und dann stechen wir gleich so, daß keiner mehr drüber muß.

Der »Drachenflügel« schien gelungen. Zwar erinnerte die untere Zackenreihe entfernt an eine Brotmesserschneide, doch fiel das bei der Winzigkeit kaum auf. In dem taubengrauen, vermutlich nachblauenden Farbfeld gab es ein paar weiße Stellen, was irgendwie gestirnt aussah, und das Ganze war von einer feinen roten Linie umrissen. Auch Lilly, der ich mein Werk mit zwei Spiegeln zeigte, war zufrieden.

Sie pustete mir einen Handkuß zu, zog den Pullover an und rutschte tiefer in die Höhle.

Die Brauen erhoben, vollführte Racko zügig Stich um Stich und starrte noch auf den Rücken, wenn er die Nadeln ins Glasfaß tunkte, das Clarence ihm hielt. Fast fiebrig glänzten seine Augen im Kerzenlicht, die Büstenhalterhügel verliehen dem Schatten an der Wand spitze Ohren, und er nahm einen langen Zug von Lillys »Juno«. – Papiertaschentuch!
Ortwin stöhnte zwar öfter oder fletschte die Zähne, wenn Racko an den Blattknochen kam, bat einmal auch um kurzes Pausieren und holte japsend Atem, blieb aber sonst erstaunlich ruhig, und angesichts der allgemeinen Ernsthaftigkeit und stummen Konzentration glaubte ich immer wieder, nicht richtig zu sehen. Doch als ich nähertrat und Lilly, in dem blakenden Geflacker, Farbe von den Hautstellen tupfte, erkannte ich es zweifellos.
Oh, Mist! Verdammter Scheiß! rief ich und kickte, hinauslaufend, eine Spiegelscherbe ins Gras.
Was ist? Was hat er? fragte Hiller erschreckt, und Racko murmelte: Durchfall. Lieg still.

Nun mied ich das Pariser Tal endgültig, und an den Wochenenden, ehe sich Jungs in meinem Alter vor der »Tonhalle« trafen und stundenlang kichernden Mädchen nachstiegen, klebte ich ein Pflaster über das Pferdchen und log: Verbrüht.
Einmal »ging« ich kurze Zeit mit einer Verwandten von Lilly, Monika Köppel, das heißt, wir setzten uns ins Kino und hielten, kaum war das Licht aus, einander bei den schwitzigen Händen; oder rauchten Ziga-

retten, indem wir den Glutschein in leeren Streichholzschachteln verbargen. Sie trug meistens einen modischen Umhang aus schwarzem Loden und offenbarte mir nie, wie es sich darunter anfühlte. Nannte ich ihre Cousine beim Spitznamen, wurde sie wütend, entzog mir die Finger und sagte: Das klingt wie eine Bordsteinschwalbe: Tigerlilly! Ist aber echt in Ordnung, hat mir sogar diesen Poncho gekauft ...

Später war zu hören, sie sei bei »Lantermann« hinausgeflogen, und an einem warmen Abend während der Fronleichnamkirmes sah ich sie in ihrem Lederrock und einer ärmellosen Bluse unter dem Baldachin der Tanzdiele sitzen. Sie sprach mit einem Mann, der mir fremd vorkam auf den ersten Blick. Das Haar pomadisiert, trug er einen deutlich neuen Anzug sowie ein Rüschenhemd, von silbernen Fäden durchwebt. Rummellichter huschten über die dunklen Gläser der Pilotenbrille, und das Freundschaftsarmband samt Goldplatte war beinahe daumenbreit.

Racko faltete ein Papierstück zu einem winzigen Kuvert und schob es unter das Ziffernblatt ihrer Uhr; sie spielte an seinen Jackenknöpfen. Gut sahen sie aus in dieser blauen Stunde, zusammengehörig, und ich rollte vorüber auf meinem Drahtesel. Da hob sie den Kopf und rief: He, Jan!

Der Renner, billig von einem Nachbarn gekauft, war etwas zu groß; ich mußte stückweit aus dem Sattel, um die Bremsen zu erreichen, und Racko sagte: Wieso Jan? Das ist Marre, Mensch! Marre hat Panne auf Karre!

Rasch blickte ich mich um, starrte auf das Hinterrad,

wo wirklich etwas zu schleifen schien; während das vordere – im rechten Winkel knickte es weg an dem Kabelstrang, der übers Pflaster zur Geisterbahn lief, und ich stürzte in das Schattengeflacker irgendwelcher Mondraketen und schlug mit der Stirn gegen einen Trafokasten.
Sarah griff sich an den Mund mit beiden Händen. Racko lachte. Blut tropfte mir in die Augen, und ich wandte mich ab.

»Lobe den Herren, den mächtigen König der Ehren ...«
Das matte Schwarz von Topfmützen und Uniformen, das seidige der Säume, Kordeln, Hosenbänder: Eine Kapelle aus Kohle tauchte zwischen Schule und Rosenheim auf und lobte Gott in dem Himmel, der sich blau im Trichter der Tuba spiegelte. Die Augen der Rentner glänzten, ihre aufgeblasenen Wangen glühten, und stilisierte Goldhämmerchen auf Knöpfen und Litzen schienen Funken zu schlagen aus dem sonnigen Nichts.
Der Brief der Kulturkommission enthielt Rutenkolks Visitenkarte, Büttenpapier, von einem lichtgrauen Mäander umrahmt. »Würde Sie gern zum Tee bei uns sehen. Wäre vier Uhr fünfzehn recht? Ihr R.« Und in einem Zusatz, in blumigerer Schrift: »Freue mich riesig! Hubsilein.«
Ich ahnte vage, was auf mich zukommen würde. Schon am Telefon hatte der Mann von einer Ausstellung gesprochen und angedeutet, daß ich nun ein

halbes Jahr nicht wenig Geld bezöge und die Bürger und Stifter der »Kulturgabe Irrlich« mit Fug und Recht neugierig seien auf die Werke, die der geförderte Künstler in ihrem Städtchen schaffe.

Ich knipste den Rasierer an. Der Dicke-Backen-Musik folgte ein Ministrant in rot-weißem Spitzenornat und hielt jenes Kreuz, das ich früher selbst oft getragen hatte, meistens bei Beerdigungen: Eine unbeschreibliche, von gottlosen Devotionalien-Designern fabrizierte Scheußlichkeit, ein nahezu quadratisches, an den Ecken rund ausgesägtes Eichenschild, klar lackiert und über und über mit sogenannten Halbedelsteinen besetzt, blauen, gelben, roten Klumpen, zwischen denen der kleine Silberjesus wie ein Wurm auf dem Desserttisch wirkte.

Diese Halbedelsteine – schon als Kind hatte ich mich gefragt, wer eigentlich festlegt, wann ein Stein edel, wann nur halb edel ist – machten das Kreuz derart schwer, daß es einem laufend wegschwanken wollte auf der langen Stange und man beträchtlich ins Schwitzen kam. Während die Folgenden Gerade! zischten. Halt es doch *gerade*, Mensch!

Das ging aber, hatte man einmal die lotrechte Linie verpaßt, gar nicht so einfach.

Neigte sich das Kreuz nach *vorn*, war es zwar mit einigen schnellen Ausfallschritten wieder abzufangen; doch verlieh das dem Trauerzug eine etwas unschöne Choreographie. Neigte es sich nach *hinten*, konnte man es zur Not mit der Schulter halten und durch das gnädige Zupacken eines Mitministranten aufrichten. – Sofern das Biest aber links oder rechts ausbrechen wollte, half nicht einmal mehr Beten, und Gott weiß, wie oft ich mir fast Muskelrisse zugezogen und vor Anstrengung ins Meßkleid gefurzt habe, um sein Hoheitszeichen hochzuhalten. Vergebens. Am Ende blieb nichts, als den Stab durch die nassen Hände aufs rettende Pflaster rutschen zu lassen.

Und während hinter einem alles aus dem Gleichschritt kam, Rappen schnaubten, Geschirre klirrten, Blumen knickten und die Trauernden einander in die Hacken traten, trocknete man seine Finger am Spitzenlatz, holte Luft und nahm das Kreuz von neuem auf.

Da machte es sich die junge Generation, wie ich sah, entschieden leichter. Der pickelige Bursche, der hinter der Bergwerkskapelle spazierte und einen Kaugummi im Mund bewegte, hatte den Stiel bequem auf die Schuhspitze gestellt und ließ es sozusagen mithumpeln, das Kreuz, wobei er sich einen Teufel darum scherte, ob es wahrgenommen wurde oder nicht.

Ihm folgte eine lange, nach Körpergrößen ausgerichtete Doppelreihe Ministranten, Buchsbaumzweige in den Händen, und nach einer Lücke, durch die ein Rauhhaardackel trippelte, kamen zwei Weihrauchschwenker, Erwachsene schon, und rasselten und klimperten souverän mit den langen Ketten, den Deckeln und Zwischendeckeln der Amphoren, in denen die Holzkohle glomm. Ernst blickten sie drein, diese Kirchenmänner, fast düster, als gälte es wirklich, Dämonen zu vertreiben mit dem rhythmisch hervorpuffenden, blaugrauen Gewölk, und ich atmete tief... Schon immer war mir das der Gipfel des Meßdienens gewesen: So ein altes, ziseliertes Silberfaß schwenken, den paradiesischen Duft verbreiten zu dürfen. Doch hatte ich es nur bis zur Klapper am Karfreitag gebracht.

»Lasset den Lobgesang hö-ren!«

Aus dem Rauch, etwas schief, tauchte der Baldachin auf, ein weiß-goldener, mit Kristallklunkern behängter Prunkhimmel, der an seinen grün umwundenen Stützen von vier Honoratioren getragen wurde: Von Dr. Mundhenke, dem ehemaligen Bürgermeister und jetzigen Ortsvorsteher, von Herrn Katz, dem Apotheker, von Schuldirektor Salander und Dr. Rutenkolk, dem Chef der Drahtfabrik und Vorsitzenden der Kulturkommission. Sein Anzug war eine Spur weniger dunkel als die Kleidung der anderen, und er hatte als einziger keine Krawatte umgebunden; eine Schleife. Die Gläser der randlosen Brille schimmerten matt, als er zu meinem Fenster hochblickte, und ein Windhauch spielte mit dem feingrauen, à la Künstlermähne aus der Stirn gebürsteten, bis auf den Kragen fallenden Haar des Mannes. Ich dachte schaudernd an seinen Befehl zum Tee.

Unter dem Baldachin, umhüllt von einem cremefarbenen, schwer mit Brokat bestickten Gewand, dessen Scharlachfutter manchmal herausblitzte, humpelte Pastor Maaßen in seinen orthopädischen Schuhen. Steinalt, die tränenden Augen stier und den gereckten Kiefer fest im Ewigen verkeilt, trug er die Monstranz wie eine goldene Fliegenklatsche vor sich her und

würde zweifellos jeden damit niederhauen, der auch nur irrtümlich in seinen Weg träte.
Immer noch gab er Religionsunterricht und trieb den Schülern allen Glauben an höhere Gerechtigkeit mit seiner Kasernenhofstimme aus. – Leichte Schläge auf den Hinterkopf fördern das Denkvermögen! hatte er stets behauptet und auch mir den Katechismus an den Schädel gedonnert, bis dunkle Punkte vor den Augen tanzten.
Hinter dem Traghimmel schritten weitere Weihrauchschwenker; dann kam der Kirchenchor, von dem hageren, oft rückwärts gehenden Organisten dirigiert; in der Mehrzahl wohlgenährte Bürger um die Fünfzig. Das erste Kinn ins zweite gedrückt, sang man mit einer Seelenkraft, die an Völlegefühl denken ließ, und manche Stimmen klangen durchaus kulinarisch; ich hörte Mehlschwitze und Hühnchenbrust, ich hörte Herrentorte.
Dem folgte die Schar der Gläubigen, allen voran die Roma aus dem Wohnwagenlager jenseits der Bahn, wobei die Männer, vielleicht zwei Dutzend, getrennt von den Frauen gingen. Ungeachtet der Wärme trugen alle Westen unter den Anzugjacken, und keine Krawatte war gelockert; je jünger ihr Träger, desto fester der Knoten.
An den Frauen gefiel mir neben dem schwarzglänzenden, meist im Nacken zusammengebundenen Haar vor allem die stolze Anmut der Körperhaltung, bei einigen noch betont von der Art ihrer Kleider: Hochgeschlossene, enge Oberteile, magenta, safran, pulverblau, die etwas unterhalb des Hüftansatzes in knie-

lange Rüschenröcke übergingen, und hier und da glitzerte Goldschmuck am Fuß.
Übrigens konnte man in den Mienen der Folgenden deutlich das Mißbehagen darüber lesen, daß sie gleich die Spitze der Prozession eingenommen hatten, diese Zigeuner, und unser ehemaliger, längst ergrauter Nachbar Watz, ohne aufzublicken von den Noten, drückte eines ihrer trödelnden Kinder mit der Ecke des Gesangbuchs weiter.
Ich cremte mir die Wangen ein, reinigte das Scherblatt, stellte noch einmal Wasser auf den Herd und zog mich an. Drehte das Gas wieder ab. Es gab keinen Teebeutel mehr; verklumpt der Rest Kaffee im Glas.
Als ich danach ans Fenster trat, waren die Reihen lichter, die Stimmen schwächer geworden. Ein Polizist, im Gehen, las ein Romanheft, zwei Mädchen tauschten die Cassetten ihrer Walkmen aus; andere spielten Fangen.
Dann – gleißende, flammende neue Speichen – fuhr Karlchen vorbei in jenem Stuhl, den Hiller erwähnt hatte, einer Konstruktion aus blauem Kunststoff und Chrom: Lampe vorn, Elektromotor hinter dem Sitz, Schaltpult neben der Armlehne, bunte Knöpfe, schicke Regler, die der Junge im Moment aber nicht bediente; er ließ sich von seiner Mutter schieben.
Auch in diesem Gefährt hing er so krumm, daß man Angst bekam, er könne herausrutschen und aufs Pflaster schlagen. Doch war er ja angeschnallt. Die linke, oft unkontrolliert herumfuchtelnde Hand, die er sich mehrfach gequetscht hatte am Rad, war ebenfalls festgebunden, und seine Füße steckten in den hochge-

schnürten Spezialschuhen aus schwefelgelbem Leder. Unter dem Rechten, dem Teufelshuf, wie Hiller ihn nannte, gab es eine zwanzig Zentimeter dicke Holzsohle mit einem Borussia-Dortmund-Aufkleber.

Karlchen, das Kinn speichelnaß, hatte eine Wange an die Schulter gelegt und blickte zu mir hoch, wobei ich wie stets mehr Nachdenklichkeit und Erfahrung in seinen klaren braunen Augen fand, als er, knapp siebzehn, besitzen konnte. Aus seiner Hemdtasche ragten zwei Buchsbaumzweige hervor.

Grüßend hob ich die Hand, doch reagierte er nicht, leckte sich die Unterlippe, schloß die Lider und fingerte an einem Ohr, klappte es um. Dann sah ich ihn und seine Mutter, ihren kurzgeschorenen Kopf, auch schon von hinten.

Sie hatte Leinenschuhe an, die kräftigen Waden glänzten wie eingeölt im Licht. Zu dem bequemen, schwarzen Rock trug sie eine leichte Bluse, weiß, und als Wind den Stoff gegen ihren Rücken drückte, erkannte man ein Perlenkettchen, seinen Goldverschluß, und den kleinen, nur wenig verwachsenen Fledermausflügel.

Am Ende der Prozession gingen zwei Afrikaner in fabrikneuen Overalls. Der eine hatte seinen Plastikbesen geschultert, der andere zog ihn hinter sich her, und manchmal winkten sie wie Karnevalsprinzen nach links und rechts und hoch zu den Balkonen.

Meine Eltern essen Punkt zwölf Uhr zu Mittag. Schon eine Verspätung von Minuten kann Grund für lausige Kräche und haarsträubende Taschendramen sein: Denen dann Besäufnisse folgen, trotzige, in getrennten Räumen.

Gewöhnlich beginnt ihre Pia, eines jener kupferfarbenen Retortenviecher, die gleich mit Schleife zur Welt kommen, knapp vor zwölf zu winseln, was meine Mutter, die vielleicht noch Fäden von den Rouladen fummelt oder Petersilie für die Kartoffeln zerhackt, mit einem entnervten Ja doch! beantwortet. *Ja!*

Das ist dem Hund Signal, vom Schoß meines Vaters zu springen und sich schwanzwedelnd in den Flur zu stellen, vor die offene Zimmertür. Dabei dreht er den Kopf mit den Knopfaugen so abgemessen hin und her, als gäbe es eine Mechanik im Hals.

Himmel, *jaaa!* schreit seine Herrin, eine kleine Frau, die auch zuhaus in hohen Schuhen geht; sie stampft mit dem Pfennigabsatz auf.

Nun beginnt Pia zu jaulen, herzerweichende Laute, von heiserem Harr-Harr! durchsetzt, und meine Mutter bläst sich Strähnen aus der Stirn und schüttet das Gemüsewasser weg oder gießt Jägersoße in ein Porzellanschiff. Dabei fällt ihr die Zigarette ein – irgendwo glimmt immer eine Zigarette –, und sie setzt den Topf ab und nimmt zwei lange, genüßliche Züge, wobei sie aus dem Fenster blickt, als befände sich hinter den Begonien ein Ozean, nicht der nächste Siedlungsblock.

Jetzt bellt der Hund, es klingt empört, dreht sich

bellend um sich selbst und kratzt auf dem neuen Teppichboden, der feinen Schlingware herum.

Meine Mutter zerstößt die Glut, knickt die Kippe, macht einen schnellen Schritt zum Besenschrank und zückt – Na warte! – jene Drahtbürste, mit der sie Pias Fell täglich strählt. Davor hat das Tier eine panische Angst und jagt auch schon zu meinem Vater, versteckt sich hinter seinen Beinen.

Der wirft die Zeitung zur Seite, die Brille aufs Kissen, drückt den Sessel zurück und erhebt sich. Schüttelt den Kopf.

Herrgott, dann gib doch wenigstens dem *Hund* schon mal zu essen! sagt er und geht zur Flurgarderobe, um den Schuhlöffel gerade zu rücken oder unsichtbare Flusen vom Mantel zu zupfen. Aufgrund seiner Taubheit spricht er lauter und volltönender als andere Menschen, was keinem vertrauter ist als seiner Frau. Doch fühlt sie sich nun angeschrien.

Der wird schon noch warten können! brüllt sie zurück. Soll ich mich zerreißen? Wär längst alles fertig, wenn du nicht das zähe Fleisch gebracht hättest!

Während mein Vater ihr die Wörter vom Mund abliest, bewegt er selbst die Lippen. – Zähes was? fragt er verblüfft und kratzt sich einen Handrücken. Wie läppisch der Grund auch ist, sein Stirnrunzeln sieht immer nach Weltende aus, und er holt Atem.

Das *war* kein zähes Fleisch. Niemals! Ich hab der Blonden extra gesagt, sie soll mir – hier sticht er mit dem Finger ein Loch in die Luft – *nicht* das aus dem Angebot geben, das billige! Lieber ein paar Groschen mehr, hab ich gesagt, dafür aber gut! Keiner guckt genau aufs Gramm, hab ich gesagt, wenn es dafür ...

Ja, ja, leck mich doch am Arsch mit deiner »Blonden«, murmelt seine Frau dann, abgewendet, damit er nichts verstehen kann. Sie haßt es, wenn er die Verkäuferinnen im Supermarkt »Die Dunkle«, »Die Brünette« oder »Die Rote« nennt. Nur die singhalesische Hilfskraft, bei der man angeblich nie weiß, ob sie saubere Hände hat, ist auch für sie »Die Schwatte«.

Schließlich bekommt der Hund sein Dosenfutter, der Mann sein Fleisch, und schweigend wird gegessen, wobei das Kauen meines Vaters wie Zähneknirschen klingt und meine Mutter vor Nervosität selten mehr herunterkriegt als eine halbe Kartoffel und ein Blättchen Salat.

Es blieb noch Zeit für eine Tasse Kaffee bei Kleine-Gunck, und ich schnappte mir die Krawatte und lief, im Treppenflur den Knoten knüpfend, hinaus. Kehrte jedoch wieder um, überprüfte die Flügel der Villentür: Sie waren, wie immer, geschlossen. Dann dachte ich an den Wasserhahn, ans Gas ... Ich gab mir einen Ruck und ging.

Kleine-Gunck war ein Familienbetrieb, und Walburga, Enkelin der Kneipengründer und einst auch in der Hasenklasse, hatte mir die Dreisatzergebnisse mit Himbeerbonbons abgekauft und leidenschaftlich gern »Küssen« gespielt. Sie konnte Zungenschlag.

Unglaublich dick geworden und fast kahl, lag sie jetzt meistens im Krankenhaus, an der künstlichen Niere,

und Aushilfen kümmerten sich um den Laden. Ihren Mann, einen Fernfahrer holländischer Fischkonserven, hatte ich noch nie gesehen, doch das kaugummikauende, mit beiden Daumen auf einem Game-Boy herumdrückende Nymphchen hinterm Tresen war augenscheinlich die Tochter: Dieselbe blasse Himmelfahrtsnase, ähnlich dicke Lippen und honigfarbene Haare wie einst Walburga.
Mein Hallo! verhallte in dem leeren Raum, düster trotz der großen Fenster, denn das wenige Licht, das die farbigen Scheiben mit dem aufgemalten Brauereiwappen hereinließen, fand nichts, an dem es sich vervielfachen konnte, sah man von Fußballpokalen und verchromten Zapfhähnen ab.
Die Kleine, die meinen Gruß nur nickend erwiderte, trug einen Sportdreß, grau, und lehnte an der Luke, durch die man Zigaretten und Bier zur Straße hinaus verkaufte. Dort standen immer noch die bauchigen Bonbongläser mit den schräg aufgesetzten Deckeln; aber statt Prickelpitt, Colalutscher, Seifendrops enthielten sie nun Plastikfeuerzeuge, Salamisnacks oder einfach nur Kram: Wolle, eine Billardkugel, Rechnungen.
Was soll's sein, sagte der Backfisch, verloren im Spiel, und auch die Stimme klang nach Walburga: Besonders unter Tränen ein Ton, den wir früher Kieshupe genannt hatten. Da der Kaffeerest in der Glaskanne schon wie schwarze Galle aussah, bestellte ich mir einen Cognac.
Wo stecken denn die Gäste heute?
Klein-Walburga ließ sich Zeit. Sie schickte erst noch

ein paar Strichmännchen zur Hölle, ehe sie den Apparat weglegte und ein Likörglas aus dem Regal nahm. – Auf Kirmes natürlich, wo sonst. »Bols« oder »Asbach«?

Sie trug Pantoffeln in Tierform, schwarze Plüschmäuse, und die Steggummis ihrer Hose hingen locker um die Knöchel. Da das Oberteil etwas verrutschte, konnte ich ein schmales, doch gelungenes Po-Rund bewundern, suchte die Sliplinie unter dem Stoff und sagte: Cognac, bitte.

Sie drehte sich, das Glas in der Hand, aus der Taille nach mir um. – Naja, schon verstanden. »Asbach« oder »Bols«?

Ein schwer zu schätzendes Alter ... Entweder zwölf und frühreif, oder vierzehn, fünfzehn und noch ziemlich grün.

Das sind bestenfalls Weinbrände, erwiderte ich und ahnte, daß es gar nichts anderes gab.

Die Kleine blies die Wangen auf, überblickte den Flaschenbestand, Wacholder, Korn, Apfelkorn, Kümmelkorn, Doppelkorn, Rum, und schüttelte den Kopf. – Höchstens Whisky, sagte sie, und ich knurrte: Okay.

Sie langte nach einem anderen Glas und mußte sich auf die Mausschnauzen stellen, um den Portionierungsriegel zu erreichen, wobei sie das Sweatshirt nicht nur festhielt überm Bauch; sie zog es ein wenig herab. Also doch eher fünfzehn ...

Eis? fragte sie.

Lieber pur, sagte ich, und schon der erste kleine Schluck offenbarte mir: Ein kapitaler Fehler. Konnte

man klar durch das Lupenrund des Bodens blicken, würde ich so breit wie um Mitternacht sein.
Walburga lehnte an einem Kühlschrank voller Aufkleber wie »Keine Panik«, »Immer fit« und las im neuesten »Bravo«-Heft. Dabei produzierte sie Kaugummiblasen und sog sie geräuschlos wieder ein. Neben dem Tresen führte ein Flur zu einer grob gezimmerten Tür, durch deren Ritzen Mittagslicht schien und die sich auf einen asphaltierten, von Ziegelschuppen umstellten Hof öffnete, schräg zu überqueren, wollte man zum Klo.
Das Mädchen blätterte um und schlug die Fingerrükken aufs Blatt, ein strenges Na bitte! in den Augen. Pimpert also doch nicht mit Kids, dieser Jackson. Draußen kein Laut, kein Mensch, nirgends fuhren Autos. Ein Tropfen Kondenswasser fiel vom Deckel der Kaffeekanne ins Schwarze zurück, der Eisschrank brummte kaum hörbar, und kam es mir nur so vor, oder wölbte sie die Hüfte wirklich etwas weiter ins Erwachsene hinein, die Kleine?
Mit wem gehst du? fragte ich, doch sah sie nicht auf, runzelte nur die Brauen und schüttelte den Kopf; hatte wohl einen Druckfehler entdeckt.
Na komm ... Wie alt bist du?
Sie schniefte, ließ den Gummi knallen, knibbelte die Fetzen von der Lippe. – Und wozu woll'n Sie das wissen?
Nur so. – Ich nippte am Drink. – Vielleicht, weil ich dich nett finde?
Sie hob den Kopf und machte eine Miene, als schienen ihr zwei Sonnen ins Gesicht. – *Wie* bitte? Sehr witzig!

Mundwinkel in die Wange gezogen, blickte sie durch das Verkaufsfenster zur Straße hinaus und strich sich eine honigfarbene Strähne hinters Ohr. Unwirsch sollte das aussehen, genervt, und doch ging jetzt in ihrem Innern eine Blüte auf.
Dann funkelte sie mich an. – Ey, find's schon schlimm genug, hier rumhängen zu müssen, wo alle auf Kirmes sind! Ich brauch mir nicht noch diese Tour reintun, echt. Und wenn Sie's unbedingt wissen wollen: Bin fast sechzehn und hab'n Freund. Gut jetzt, ja!
In Ordnung. Kann ich vielleicht doch etwas Eis kriegen?
Sie seufzte, suchte vergeblich nach einer Zange, einem Löffel und stellte den Thermokübel vor mich hin. – Nehmen Sie sich selbst.
Ich rührte mit der Hand im kalten Wasser, fand ein paar münzdünne Stückchen, und Walburga sah in den Spiegel, der neben dem Sparklub-Kasten hing, glättete ihren Pony. – Hübsche Figur, sagte ich. Sexy. Wieso trägst du keinen Schlüpfer?
Ich hatte erwartet, daß sie nun herumschnellen und Verwünschungen zischen würde. Den Bauch gegen die Reliefleiste des Sideboards gedrückt, ließ sie ihr Konterfei aber nicht aus den Augen, fuhr mit der Zunge hinter die Hautstelle, auf der ein Pickel prunkte, befühlte ihn mit beiden Daumen und taxierte mich heimlich im Spiegel.
Erst als unsere Blicke sich dort trafen, trat sie einen Schritt zurück und zupfte den Hosenstoff glatt, die Fältchen vor der Scham. Das Lächeln war älter als fünfzehn Jahre. – Sonst noch was?

Über ihr, in den leeren Etagen des Regals, standen einzelne Krabbenkonserven auf weißen Papierservietten, und ich steckte eine Zigarette am Stummel der vorigen an und sagte Ja durch den Rauch. Zeig mir deine Möpse.
Walburga, mit einem Fleck in Kniehöhe beschäftigt, erstarrte. Sah nicht auf.
Oben knackten Bodendielen, hustete eine ältere Frau, und am Ende des Korridors verdunkelte etwas die Ritzen der Brettertür. Von fern waren Glocken zu hören, St. Barbara, ein Moped röhrte vorbei, Kinder schrien, und das Mädchen, bleich wie geohrfeigt, fragte: Was?
Du hast mich verstanden, murmelte ich. Die Tür wurde spaltbreit aufgedrückt. Sonnenlicht drang in den grün lackierten Gang, ein keilförmiges Feld, worin der Schatten einer Katze erschien. Ich kramte Münzen für den Whisky hervor und schnippte zehn Mark hintern Tresen.
Machen Sie Witze?
Ohne sie aus den Augen zu lassen, schüttelte ich den Kopf, und Walburga stemmte ihre Fäuste an die Hüften, wölbte die Brauen und holte theatralisch Luft. – Al-so ...
Na komm, ganz kurz. – Ein zweiter Schein fiel auf die Spüle. – Ich bin Künstler. Wir brauchen das. Anatomische Studien, du weißt schon.
Sie hob das Kinn. – Komische Studien? Was'n für'n Künstler?
Herrgott, mach! Will ja nicht dran *nuckeln*, knurrte ich und meinte, bei aller Strenge auch etwas Amüsier-

tes in ihrer Miene zu lesen, gar einen Hauch Verständnis für den alten Knaben; Perverse können liebenswert sein.

Und das Moos hier? Nur fürs Raustun?

Nichts weiter, bestätigte ich, und sie schluckte, griff nach dem Bund des Sweatshirts, rieb ihn zwischen Daumen und Zeigefinger und blickte rasch zur Tür. Die Katze, schwarz-weiß, war auf einen Tisch gesprungen und leckte sich die Pfötchen. – Was *bringt* Ihnen das denn?

Sie flüsterte jetzt, und als ich schwieg: Na gut. Wenn Sie unbedingt wollen ... Einmal schnell. Aber die sind nicht besonders groß, damit das klar ist. Hab auch so eine Stelle, Schuppenflechte. Wehe, Sie denken ...

Was immer sie noch sagte, ich hörte es nicht, sah nur die vollen Lippen, das reine Weiß der jugendlichen Zähne, Pickel an ihrem Kinn. Leichter Schwindel, jähes Ziehen hinterm Brustbein, ein Schmerz bis in den Ellenbogen. Seltsame Töne wurden laut im Ohr, Sirren, Fiepen, und die Trommelfelle – weiß der Himmel, warum ich an Gewitter dachte, an meine Kindheit, als Milch schon nach dem ersten Donnern sauer wurde –, die Trommelfelle zuckten wie winzige Schwingblätter, wie Membranen bei schwankendem Druck. Ich lockerte die Krawatte, den harten Knoten, rieb mir Eis unters Hemd.

Daß ich mit der Schläfe am Zapfchrom lehnte, wurde mir erst bewußt, als Walburga mich kniff. – He! Was ist los? Hacken voll?

Plötzlich heiser, verlangte ich ein Glas Wasser, das sie schneller auf den Tresen stellen wollte, als es aus der

Leitung kam. Zitternde Hände. Ich hielt mich fest, atmete tief, fühlte aber irgendeine Grenze, einen Verschluß, und starrte durchs Straßenfenster. Die Sonne schien blasser, und der Fiepton im Ohr klang nun sternweit entfernt. Aber immer noch bedrohlich nah. In der Stille empfand ich meinen Herzschlag wie etwas Gezacktes.

Das Mädchen, halb abgewendet mit verschränkten Armen, musterte mich aus den Augenwinkeln, und um zu zeigen, daß alles okay war, schmiß ich eine Münze in den Spielautomaten an der Wand, »Goldene Sieben«.

Also was ist, fragte Walburga. Noch sehen?

Die Mark, ein Klack!, fiel durch. Der Stecker lag neben der Dose.

Was sehen?

Meine Dings. Für Ihre Studien.

Auf der Spüle kein Geld mehr, das Whiskyglas war abgewaschen, und ich sagte: Vielleicht später. Bin etwas in Eile. Aber ein paar von den Bonbons nehme ich mit.

Sie runzelte die Brauen, drehte sich um. – Bonbons? Was soll'n das schon wieder? Wo haben wir denn *Bonbons*?

Na, da! – Ich streckte den Arm, und die Kleine, jähes Glitzern in der Stimme, lachte auf. – Das? Sind doch Feuerzeuge!

Sicher. Aber daneben, unter der Wolle und dem Plunder!

Sie trat nah vor das gesprungene Glas, bückte sich, hielt zwei Haarsträhnen unterm Kinn zusammen und

verengte die Augen. – Tatsache. Ich werd nicht mehr …
Eine Schicht Himbeerbonbons, fingerdick, lag auf dem Boden des Behälters, und Walburga nahm den Deckel ab und kramte Strickzeug, Billardkugel und Papiere hervor, blickte durch die Öffnung. – Daß Sie *die* entdeckt haben. Müssen uralt sein. Und völlig verstaubt. Können Sie nicht lutschen.
Doch, doch! Ich wasch sie ab. Gib mir eine Handvoll, bitte!
Sie seufzte, schob die Ärmel hoch, entblößte einen Disco-Stempel unter klarem Klebeband. Rümpfte das Näschen. – Die sind ja schon versteinert. Total festgepappt, Mann!
Dann *nimm* irgendwas, Flaschenöffner, Pittermesser … Hack sie raus!
Kopfschüttelnd zog sie eine Lade auf, suchte darin herum, fand nichts, öffnete eine andere.
Hier erlebst du Sachen, murmelte sie und kramte einen Eispickel hervor. Mit dem sie dann, Zunge zwischen den Lippen, ein paar der grauroten Bonbons löste.

Es war kurz nach halb eins, als ich bei meinen Eltern klingelte. Zwar hatte ich Schlüssel, trat jedoch selten einfach ein; irgendwelche Streitereien oder Übellaunigkeiten schwelten stets, und das Schrillen der Glocke gab ihnen Gelegenheit, die Mienen zu neutralisieren. Wenigstens als harmonisches Elternpaar wollten sie noch gelten.
Der Hund kläffte wie aus Gummilungen, was kurz

darauf von seiner Herrin, ihrem Ja! Ruhig jetzt! Pia! Still! überbrüllt wurde. Seit mein Vater nichts mehr hörte, war ihr Stimmvolumen enorm gewachsen. Sie öffnete in Strumpfhose und Bluse, hatte sich also schon zum Mittagsschlaf aufs Sofa gelegt, und blickte mich vorwurfsvoll an.

Kannst du nicht *ein* Mal pünktlich sein?

Ich wich ihrem feuchten Mündchen aus, streifte die Wange mit der Wange, und während der Hund sich fast überschlug vor Freude und hechelnd hoch und höher sprang, stellte sie ein Glas Milch auf den Küchentisch, entzündete das Gas unter der Pfanne voll Bratkartoffeln und steckte eine Zigarette an. – Was glaubst du, was hier wieder los war.

Sie trug cremefarbene Sandaletten, steile Korksohlenkeile, und gern hätte ich gesehen, wenn sie nicht länger in dieser Strumpfhose vor mir herumstolziert wäre, schwieg jedoch.

Heiland-Schottland. »Ich tau die Fische auf; ich fahr nach Sterkrade, Räucherspäne kaufen; ich hack das Kraut; ich stell mich tagelang an den verfluchten Ofen. Und wer kommt nicht? Dein Herr Sohn!« Fast hätte er die Viecher ins Klo geschmissen. Und unsereins kriegt alles ab.

Mein Vater war Mitglied im »Forelle Blau e.V.«. Einmal pro Monat radelte er zu dem Teich an der Autobahnböschung und kaufte vom Vereinswart, der vor dem Blockhaus saß und seine Beitragskarte stempelte, die Mindestmenge von zwei Kilogramm Forellen. Sie wimmelten in einem riesigen Aquarium im Keller der Hütte, wurden mit dem Käscher herausge-

schaufelt und standen vor Feier- oder Wettbewerbstagen in abgewogenen Portionen neben der Kasse.
Nachdem mein Vater die Uhrzeit in sein Mitgliedsbuch geschrieben und der Wart, der immer eine Kapitänsmütze trug, sie bestätigt hatte, nahm er sich den Plastikeimer, ging an seinen numerierten Platz, kippte die Fische ins quadratische Wasser und durfte nun innerhalb von zwei Stunden genau zwei Kilo Forellen angeln. Sowohl für jedes Gramm mehr als auch für jede Viertelstunde, die er länger am Teichrand stand, mußte nachbezahlt werden. Zweimal im Jahr war Clubfest.
Nicht zuletzt, weil der Mann über eine Ausrüstung verfügte, um die ihn Hochseefischer beneidet hätten, quoll seine Kühltruhe schnell über, und er kam auf die Idee, einen Räucherofen zu kaufen. Mangels Garten mußte er auf das Hyazinthenbeet unter dem Wohnzimmerfenster gestellt werden, und da mein Vater jeden, der nur annähernd hungrig guckte, sofort mit einem Fisch beschenkte, war an Räuchertagen viel Betrieb vorm Haus.
Und sie schmeckten ja auch gut, diese Goldstücke, besonders mit Bratkartoffeln und Salat, über den meine Mutter gerade ihre unnachahmliche Zitronensoße gab, während sie erzählte, was der Kerl ihr wieder alles angetan und vor den Kopf geworfen, womit er ihr gedroht und überhaupt, wie er sich verändert habe in den letzten vierzig Jahren.
Bei aller Stärke zählte sie zu den charakterschwachen Menschen, für deren innere Balance es unerläßlich ist, jemandem Schuld zuzuschieben. Nie würde sie einge-

stehen, daß auch sie Teile der Katastrophe verursachte, die beide manchmal noch Ehe nannten; Sündenbock war stets der Alte. Freilich knüpfte sie die Beweisketten oft so kompliziert, daß sie selbst darin hängenblieb, und ließ sich *ihre* Schuld an einem Vorfall dann nicht leugnen, zerdrückte sie die Zigarette, starrte aus dem Fenster und murmelte ihr Leckt mich doch alle am Arsch! Oder strählte das Hundefell, bis Pia jaulte.

Der Aberwitz wurde besonders deutlich beim Thema Alkohol. In den Augen meiner Mutter war ihr Mann ein Trinker, was sicher stimmte. Seit man ihn wegen seiner Verschleißsymptome und Berufskrankheiten, wozu auch die Taubheit zählte, zum Frührentner gemacht hatte, trank er wenigstens eine, in der Vollmondwoche gar zwei Flaschen Schnaps pro Tag. Er war einer jener Alkoholiker, die schon morgens um fünf mit einem Wasserglas voll Korn oder Wodka beginnen – beginnen müssen – und gefährlich werden können, wenn man ihnen den Stoff reduziert oder vorenthält. Was meine Mutter oft tat.

Denn weder erkannte sie den Grund seiner Sucht noch die Notwendigkeit einer Therapie. Sie sah darin nur eine Gemeinheit, eine von vielen, die ihr immerzu angetan wurden, und so vergrub sie die Flasche unter den Eierkohlen oder Kartoffeln im Keller oder sperrte sie in den Wohnzimmerschrank und fragte den tobenden, schwitzenden, zitternden Mann: Welchen Schlüssel? – Das Geld verwahrte sie sowieso.

Und wenn er dann Teller und Gläser zerschlug, Kohlen in die Kartoffeln oder Kartoffeln in die Kohlen schaufelte und ihr die »altdeutsche« Schrankwand eintrat, zeigte er aller Welt nur, was sie auszustehen hatte mit diesem Ungeheuer.
Sie selbst war natürlich frei von jedem Laster, und die siebzig bis achtzig Zigaretten am Tag: Reine Nervenkost. – Sonst habe ich ja nichts in dieser Hölle, pflegte sie zu sagen, und goß sich jeden Morgen gegen zehn ein großes Glas voll Limonade.
Nachdem sie gut ein Drittel davon abgetrunken hatte, füllte sie es mit Wacholder auf und bezeichnete das trotzig als »meine Fanta«, auch noch am Abend, beim sechsten oder siebten Glas, wenn sich das Mischungsverhältnis längst umgekehrt und der Drink eine Farbe angenommen hatte, die mein Vater »Schmetterlingspisse« nannte.
Doch im Gegensatz zu ihm schwankte oder lallte seine Frau nie im Rausch; sie sprach etwas langsamer, leiernder, und in der Stimme klang ein vages Krächzen mit, das war alles. Und weil sie schon mal ohne diese »Fanta« auskommen und stundenlang an einem Pinnchen Likör nippen konnte, gab es nur einen Säufer im Haus, ihren Mann.
Mit ihm über die Sucht zu sprechen, scheiterte weniger an seiner Taubheit als an Scham. Inzwischen Mitte sechzig, sah er immer noch gut und kräftig aus, besaß irgendein silbernes Sportabzeichen, hatte als Kohlenhauer unter Tage Leistungsprämien und Ehrenurkunden erhalten und sich die Schmach des frühen Ruhestands längst mit der imponierend hohen Rente

vergoldet, die er bezog: Er konnte und wollte nicht zugeben, dem Schnaps ausgeliefert und neben allen Leiden noch *alkoholkrank* zu sein. Und wenn ich auf die nie benutzten, angeblich falsch justierten Hörgeräte zeigte, winkte er nur ab und schob seine Videocassetten in den Recorder, Krimis mit Charles Bronson, Western mit John Wayne.

Doch gab es Tage, an denen er aus eigenem versuchte, nichts zu trinken und das Wort Doppelkorn, das meine Mutter auf den Einkaufszettel schrieb, doppelt durchstrich.

Das waren stille Tage, an denen seine Bedächtigkeit, seine melancholische Ironie und der Witz nach erfrischender Rasur die Enge der Wohnung aufhoben, Stunden voll Erinnerungen und Pläne, und er zeichnete wieder ein bißchen oder kramte Postkarten und Atlanten heraus und fuhr meine früheren Reiserouten, meine Wanderung über den Andenpaß, die Radtour durch Spanien bis nach Cádiz, mit der Bleistiftspitze nach.

Als sollte er nicht erschüttert werden, der gute Vorsatz, schien man behutsamer aufzutreten in den Zimmern, zog die Türen sachter ins Schloß, räumte Geschirr und Besteck weg ohne Geklirre, schmückte den Eßtisch mit Blumen. Der Hund verkroch sich nicht mehr im Korb, sondern schlief, wo Müdigkeit ihn überkam, und meine Mutter, falls sie nicht ganz auf ihre »Fanta« verzichtete, stellte das Glas hinters Radio oder zwischen die Sessel, damit der Mann es nicht immerzu sah.

Doch nach drei, vier Tagen wurden sie fad, die Was-

serabende bei Salzgebäck oder Konfekt, während im Fernsehen Korken knallten, und die Ruhe wich leiser Gereiztheit: Deckchen rücken. Flusen zupfen. Fransen bürsten.
Zunehmendes Zittern machte das Essen mit Löffel und Gabel zur Qual; Schlaflosigkeit begann, sich mit dem Horror vor Schlaflosigkeit zu multiplizieren. Nikotin und Fruchtsäfte bis zum Erbrechen, Angstzustände, Hautjucken, kalter Schweiß, und als mein Vater den Hund zum dritten Mal in einer Stunde »Gassi« führen wollte, sagte seine Frau mit ihrer langsam leiernden, im Grunde etwas krächzenden Stimme: Na komm, ein Bierchen wird dir schon nicht schaden ...
Und am nächsten Morgen war es wieder Schnaps.

Dem Poltern im Schlafzimmer zufolge hatte er bereits eine Flasche getrunken, und meine Mutter, erschrokken, starrte mich an. Wie weit sie die Augen auch aufriß, sie blieben klein. – Sag bloß, du bist in Sterkrade gewesen, Bus verpaßt! Sonst krieg *ich* wieder alles ab ... Oder warst beim Arzt! Kreislauf, Magen, egal!
Ich nahm mir noch einmal Kartoffeln und nickte. – Erinnerst du dich eigentlich an meine Ausstellung in Oberhausen, vor einigen Jahren?
Horchend saß sie so schräg, als triebe die Wohnung auf See. – Wie? Aber natürlich, Junge. Ich mußte doch die ganzen Zeitungsausschnitte ...
Sie zuckte zusammen. Offenbar war ihr Mann mit der

Frisierkommode kollidiert und stellte nun Fläschchen und Sticks auf die Glasplatte zurück. Meine Mutter, bei geschlossenen Augen, trank einen großen Schluck »Fanta«.

Weißt du noch, wo die Bilder damals hingekommen sind? fragte ich. Sie steckte eine neue Zigarette an.

Die was? Wieso? Wurden die nicht verkauft?

Krachend flog die Tür auf, und mein Vater, in blaßblauer Wäsche, lief an der Küche vorbei zum WC. – Vergiß nicht, zischte sie: Bus, Kreislauf, Arzt!

Er stoppte jäh, drückte beide Fäuste gegen die Wände des schmalen Flurs, sah sich über die Schulter nach mir um. Erloschen das Gesicht, schlaff die Körperhaltung, der Boden seiner Unterhose hing tief zwischen den Schenkeln.

Aha, jetzt kommst du! – Schlafbenommen, wie er war, klang das wie Jeßkomßu. – Und weshalb so spät?

Ich legte eine Hand an die Schläfe und schrie: Kreislauf verpaßt, Bus gerannt, Arzt, zack, zack!

Meine Mutter, heimlich, trat mir vors Bein. Er runzelte die Stirn. – Was hat er gesagt?

Ist gut, antwortete sie mit überdeutlicher Lippenbewegung. – Geh Pippi machen. Na geh!

Er blickte mißtrauisch von ihr zu mir, schüttelte den Kopf, verschwand im Bad, und sie flehte: Sei nicht wieder so frech! *Ich* hab nachher das Theater.

Sie lief ins Schlafzimmer, bürstete und sprayte an ihren Haaren herum und schlüpfte in einen grauen Rock. Anschließend bereitete sie den »Big Shopper« vor, die Tasche für seinen Einkauf am nächsten Morgen, ein tägliches Ritual. Sie legte Pfandflaschen und

Videocassetten hinein, überprüfte den Zettel und zählte die voraussichtliche Geldsumme ab.
Wasser rauschte, mein Vater kam zurück. Auch er hatte sich gekämmt, zurrte den Gürtel eines Frotteemantels fest und sagte: Hömma, Langer! Glaubst wohl, du kannst dir alles erlauben, oder? Bin extra nach Sterkrade für die dämlichen Räucherspäne. Der reine Nepp. Dann mußte ich den Ofen neu nieten und hab endlos im Qualm gestanden, mach das mal. Außerdem ...
Jaaa! rief meine Mutter; ihr Hals wurde rot. Sie hatte sich gesetzt und hämmerte mit dem Knöchel eines Zeigefingers auf den Tisch. – Ist *gut*, sag ich. Gib Ruhe! Wenn mir der Junge nach Hause kommt, will ich *Frieden* hier, sonst gehst du gleich wieder zurück ins Schlafzimmer, das schwör ich dir, aber nackend in die Hand!
Mein Vater, einen Ausdruck amüsierter Verständnislosigkeit im Gesicht, sah mich an.
Was hat sie gesagt?
Ich zuckte mit den Achseln, nichts Besonderes, und er nahm die Milchtüte aus dem Schrank und goß mein halbleeres Glas voll.
Schmecken die Dinger denn?
Erneut stieß meine Mutter mich an. – Sag ja, sag ja, um Gottes willen, sag *ja*! zischte sie, und ich wies auf die beiden Fischgerippe neben dem Teller und klopfte mir vor den Bauch.
Mein Vater nickte. – Wir haben jetzt einen Computer im Verein. Er sprach das Wort deutsch aus, wie man es schreibt: Computergesteuerte Fütterung. Da

sind sie nicht mehr so verschieden, mal dick, mal spack.

Er öffnete ein Bier, trank im Stehen aus der Flasche. – Und warum kommst du zu spät?

Meine Mutter schaute durch die Blümchengardine hinaus, schloß kurz die Augen. Einen Ellbogen auf dem Brotbrett, hielt sie die Zigarette in Gesichtshöhe und drückte sich den spitzen Daumennagel fest ans Kinn. – Werd hier noch rammdösig, murmelte sie, ohne den Mund zu bewegen, und ich zeigte mein rechtes Handgelenk.

Uhr vergessen? – Zufrieden zog er einen Hocker unter der Spüle hervor und nahm Platz. Seine Frau, ganz erstaunter Revierblick, lehnte sich zurück. – Nur'n Moment, sagte er lächelnd und wischte Krümel vom Tisch.

Mein Lieber Scholli, gestern war wieder was los in der Glotze. Den ganzen Tag Bilder aus Berlin. Nichts als Gewalt: Scherben, Feuer und Rauch und diese Chaoten. Hast du's gesehen?

Ich verneinte.

Solltest du aber. Jedesmal, wenn sie so was bringen – frag die Mutti –, tu ich beten, daß du nicht dabei bist. Dann könnt ihr mich gleich begraben, sag ich immer. Dann ist Sense. Einmal, vor »Getränke Hoffmann«, haben sie einen am Arsch und Kragen, rumms, in die Minna geschmissen, der sah haargenau wie du aus. Als du noch solche Zotteln hattest. Da blieb mir vielleicht die Luft weg. *Das* stell dir mal vor, hab ich zu der hier gesagt: Unser Junge ein Terrorist ... Bist du eigentlich in'er Partei?

Sag nein, raunte meine Mutter, wie immer, wenn diese Frage kam und obwohl sie wußte, daß ich mich nie im Leben politisch betätigt hatte. Ein paar Demos gegen Atomkraft, das war alles.
Ich winkte ab, und mein Vater nickte, schien beruhigt. – Schöner Frühling, was? Da beißen sie wie verrückt. Werd mal wieder zum Teich.
Als ich etwas Joghurt löffelte, griff er in den Kühlschrank, stellte einen zweiten Becher vor mich hin und legte noch Schokolade dazu.
Du glaubst nicht, was ich mir für Sorgen gemacht hab, als du damals in Lüdenscheid warst, fuhr er fort. Jetzt kann man's ja erwähnen. Tiefstes Sauerland, hab ich zur Mutti gesagt. Wer geht da freiwillig hin, zu diesen Schieferköppen? Was in drei Teufels Namen will der Junge in Lüdenscheid? Stimmts?
Ich dachte nach. Das lag nun fast zehn Jahre zurück. Freunde hatten mir ein Landhaus in der Gegend zur Verfügung gestellt, damit ich, entnervt von dem Sanierungslärm vor meinem Berliner Atelier, ungestörter malen konnte.
Doch spielten Zeit und Raum im Augenblick wohl keine Rolle. Meine Mutter, winzige Schweißperlen auf der Nase, holte Atem und sagte: Na und? Wen geht das was an, Herrgott? Warum soll der Junge *nicht* da leben? Was ist schon groß in Lüdenscheid, du Dämlack?
Mein Vater, die Brauen erhoben, sprach ihre Worte lautlos mit, und ich warf Pia ein goldenes Forellenauge zu. Klappende Kiefer.
Wie? Du weißt nicht, was in Lüdenscheid ist? – Er

stellte die Bierflasche weg, schüttelte resigniert den Kopf. – Also manchmal glaub ich wahrhaftig ... Mit dem Daumen wies er hinter sich, auf die alten »Bild«-Zeitungen neben dem Toaster. – Verfolgst du denn keine *Presse*?

Kinn erhoben, sah meine Mutter aus dem Fenster. – Scheiß auf dein Revolverblatt, grommelte sie, und er rieb sich den Hals, zog an der Haut.

Mensch, Liesel! Wo lebst du? In Lüdenscheid und Umgebung sind die ganzen englischen Kasernen! Infanterie, Royal Air Force, Sprengstoffe, Magazine, Fahrzeugpark, alles. Das mach dir bitte mal klar!

Sie schien's zu versuchen, runzelte die Stirn, was bei ihr eine Art Faltenquadrat über der Nasenwurzel ergab, und mein Vater langte nach meinen Zigaretten. Er sank etwas zusammen, nahm ein weißes Haar vom Bademantel, starrte es an.

Was mag der Junge da wollen, hab ich gedacht. Sperrgebiet, Munitionslager ... Was hat der *vor*?

Das übliche Du weißt ja, wie er ist! in der Miene seiner Frau war von einer vagen, die Lippen anspannenden Skepsis grundiert, als könnte vielleicht doch ...

Oder? fuhr er fort. Red ich Quatsch? Sah der Terrorist, den sie gestern einkassiert haben, nicht genauso aus wie unser ...

Nein! brüllte sie und stampfte mit dem Absatz auf. Sah er *nicht*! Der hatte eine *Brille*. – Und leiser, zu mir: War auch überall voll Blut und Schmadder. Also, manchmal kannst du mir diesen Farbfernseher wirklich hinterherschmeißen.

Ihr Mann nahm stets nur wenige Züge von einer

Zigarette, wobei er den Rauch selten frei in den Raum blies; mit der ihm eigenen, natürlichen Eleganz ließ er ihn senkrecht auf die Brust hinabströmen, und meine Mutter nickte ihm freundlicher zu. – Jetzt ist aber gut, Schatz. Ekliges Thema. So jung sitzen wir nie mehr beisammen. Hol uns mal wieder die Ausschnitte, ja?
Er zerdrückte seine Glut, leerte den Aschenbecher. – Ausweis? Wozu?
Sie wiederholte das Gesagte mit übertriebener Lippenbewegung, und er winkte ab. – Kennen wir doch.
Trotzdem! Ich find's immer schön.
Aus dem Schlafraum brachte er eine Kunstledermappe, die neben allerlei Papieren wie Stammbuch, Hauerbrief und Glückwunschkarten zur Silberhochzeit einige graue, auf Pappe geklebte Artikel der Regionalpresse enthielt: Das Lob meiner Vernissage in Düsseldorf vor Jahren; Notizen über die Installation einer Brunnenskulptur in Aachen, ihre Zerstörung zwei Wochen später; die Kritik anläßlich jener Ausstellung in Oberhausen und den Bericht über die Verleihung der »Kulturgabe Irrlich« im Festsaal von Kleine-Gunck.
Schau, sagte er und zeigte zittrig auf ein Foto. – Da bist du, da ist der olle Rutenkolk. Kann den ja nicht leiden mit seinem ewigen Propeller am Hals. Hier kriegst du gerade den Scheck vom Bürgermeister, diesem Schleimscheißer. Soll mir einer erzählen, der wär' nicht stockschwul. Naja, und hier ...
Ich zog den Oberhausener Verriß hervor: Ob er wüßte, wo die Gemälde damals hingekommen seien?

Ich sprach so laut, daß die Stimmbänder schmerzten.
Mein Vater nickte. – Ein Sozi, garantiert. Diese ganzen Journalisten ...
Seine Frau stieß ihn an, biß die Worte in die Luft, und er stand auf. – Wie soll ich das denn *nicht* wissen? Hab sie damals doch selbst abgehängt, mit dem Ortwin. Während du dich in der Weltgeschichte ...
Und dann?
Und was? Sind sie nach Berlin zurück, per Spedition.
Warum? Verschütt gegangen?
Richtig, ja! – Ich tat, als fiel's mir wieder ein, und er öffnete den Kühlschrank und nahm einen Schluck aus der Schnapsflasche. Ignorierte den Blick meiner Mutter und trank erneut. – Nur, damit das blöde Zittern aufhört.
Dann las er den Einkaufszettel für den nächsten Tag.
Jagdwurst ist so labbrig diese Woche; ich bring Knochenschinken. Tomaten? Welche Tomaten? Holländische kannst du nämlich vergessen, null Geschmack. Klopapier dreilagig oder vierlagig? Na, ich hol vierlagig. »Ata« steht noch im Keller. – Er prüfte die Videocassetten. – »Ein Mann sieht rot« lassen wir mal hier. Wenn ich den jetzt weggebe, ist er wieder acht Wochen ausgeliehen.
Nachdenklich blickte er auf. – Was wollt' ich denn noch? Ach so ...
Mit dem Daumen ruckte er im Ohr herum.
Hömma, Langer, keiner will sich einmischen, klar? Ist ja eine schöne Sache, dein Stipendium, Moppen satt. Da kannst du dir mal'n Teppich auf den Stra-

gula legen. Aber ehrlich gesagt: Eins kapier ich nicht.

Was ist denn *nun* schon wieder, preßte meine Mutter durch die zusammengebissenen Zähne. Der bringt mich noch ins *Grab*, der Kerl.

Er ließ uns warten, sah seine Frau an, als suchte er nach möglichst schonenden Worten, und schmunzelte fast verschämt. Feuerzeug zwischen den Fingern, hämmerte sie auf das Brotbrett.

Was, zum Kuckuck! Was begreifst du nicht?

Mit der Zunge beulte er eine Wange aus. Schnalzte leise. – Ich meine, schließlich sind da Behörden im Haus, in dieser Villa: Standesamt, Sozialamt, Meldestelle. – Er rieb sein Kinn. – Es handelt sich also um Diensträume, oder? Da liegen Stempel rum, Ausweise, wichtige Formulare.

Na und? erwiderte sie und drückte eine Faust, die Knöchel, unter ihre linke Brust. – Was soll das heißen?

Wie »Na und«? Bist du denn so naiv?

Nun, sie machte jedenfalls ein Gesicht, als wäre ihr etwas entgangen, als müßte man doch noch auf der Hut sein vor der Intelligenz ihres Mannes.

Ich frag mich natürlich, warum der da Zutritt hat, verstehst du. Stempel, Pässe, Amtsgeheimnisse ... Wieso lassen sie den Jungen da *wohnen*?

Meine Mutter stutzte – Was? – und fuhr so heftig hoch: Der Stuhl kippte gegen die Spüle. – Ja, warum denn *nicht*! brüllte sie; ihr Kopf war rot. – Dein Sohn ist erwachsen, der darf, was er will. Und wenn er, wenn er ... Was weiß ich. Wenn er im *Polizeirevier* wohnte: Wen hat das zu kümmern, bitteschön. Wozu das Gestichel die ganze Zeit? Du stehst bald früher auf als die Angst! Kannst du nicht *ein* Mal Ruhe geben, oder soll ich einen Herzinfarkt kriegen? Geh doch zu deiner Mutter, dieser ollen Giftnudel. Schieb sie durchs Altenheim und erzähl ihr Räuberpistolen soviel du willst, aber hier ist Frieden jetzt, *Frieden*, sonst ...

Schon gut! donnerte er zurück. Reg dich ab! Man wird sich wohl sorgen dürfen um seine Kinder. Du hast selbst gesagt, wie der gestern aussah, in der Minna ... Und hör auf, mich so anzufunkeln! Ich bin nicht dein Köter.

Er nahm den Schnaps vom Schrank und steckte sich die Zeitung und einen roten Gummiball in die Bademanteltasche. Dann nickte er mir zu und schwankte, von Pia gefolgt, aus dem Raum.

Was für eine schöne Luft! sagte meine Mutter vor der Haustür, und ich versprach, beim nächsten Mal pünktlich zu sein. Wieder wollte sie mich auf den Mund küssen, wieder gelang's mir, ihren feuchten Lippen auszuweichen, und winkend verschwand ich zwischen den Hecken.

Krähen umflogen den grün patinierten Förderturm der Zeche Haniel am Horizont, die gute alte Sonne, das Monster, vergoldete mir die Pupillen: Als läge plötzlich ein Sandsack im Nacken, überkam sie mich, die Müdigkeit, und ich ging zum ehemaligen Idiotenhügel, wo es seit Jahren Parkanlagen gab, einen Weiher zwischen

Birken, Buchen, Farn, und streckte mich auf der nächstbesten Bank aus; dem Messingschild zufolge war sie von einer Frau *Hrzlbj* gestiftet worden. Halme der Wiese, über die ich gekommen war, richteten sich blitzend wieder auf. Der Teich schien zu schweben hinterm Schilf, und die Schnäbel von Schwänen und Haubentauchern glänzten wie glasiert.

Unter Tage ist es immer dunkel, immer Nacht, hatte mein Vater als jüngerer Mann oft gesagt, als Mann in meinem Alter. Staub, Durst, Staub, was soll ich dir erzählen. Da unten liegen versunkene Wälder, du steigst im Schacht durch Jahrmillionen, legst dich krumm und rackerst dich ab, und am Ende reicht es wieder nur für Margarine. Schau in den Ofen, da glüht die Kraft. Schau in den Aschenkasten.

Und ich, als Kind, ich malte mir aus: Die ganze Erdkugel gefüllt mit Nacht, nur hier und da ein Stück Kristall, ein Goldkorn gar, und irgendwo, verloren in der tiefsten Schwärze, das Helmlicht meines Vaters. Ich schwitzte unterm Gebirge der Bettdecken wie er in seinen Flözen, wir kämpften uns zu einer Kohlenader durch, fette Anthrazit. – Stärkere Stützen! Den Abraumpanzer nach vorn! – Doch plötzlich fernes Grommeln, Gasgeruch. Die Taschenlampe flackerte. Ein Stollen, der Fluchtweg, brach ein.

Sparsam atmen, Mensch! Kein Wasser verschwenden. Wir lagen und lauschten. Wir warteten auf den Rettungstrupp.

Doch ahnte ich bereits, daß uns niemand herausholen konnte hier, aus dem Herzen des Bergwerks, daß sie uns, Rache für den Raubbau, für immer begraben hatte, die steinalte Wäldernacht, und stellte mir »ewig« vor: Es hatte kein Ende, nie. Es machte nicht einmal Pause. Auch wenn man müde wurde und einschlief, ging »ewig« weiter, keiner konnte sich heraussträumen. Erwachte man, war »ewig« immer noch da ... Endlos ewig. Und ich riß mir das Bettzeug vom Leib und holte japsend Luft.

Neben einem Helm besaß ich alte Koppelschlösser mit dem Bergmannswappen, Karabinerhaken und eine Wasserflasche aus verbeultem Zinkblech, und manchmal brachte mein Vater mir Versteinerungen mit, Baumblätter, winzige Fische oder schneckenartige Gebilde, die ich bei Freunden gegen Plastiktiere für den Groschenzirkus tauschte.

Nur einen Farn behielt ich lange Zeit, und vielleicht liegt er immer noch irgendwo auf dem Speicher. Es war ein recht schwerer Graustein, oval, mit dünner Kohlenschicht und zerkratztem, bei Sonnenlicht grünlich schimmerndem Katzengold auf der einen Seite. Die andere zeigte den Zweig von der Größe einer Menschenhand, und nicht nur die Genauigkeit, mit der sich das Stück Urwald in den Stein geprägt hatte – fernöstliche Gravuren konnten feiner kaum sein –, auch der Aufbau dieser Pflanze faszinierte mich.

Jedes einzelne Blättchen entsprach in seiner Umrißform derjenigen, die es gemeinsam mit zwei anderen bildete, und diese Dreieinheit ähnelte der Form des Seitenzweigs, an dem sie wuchs und der zusammen mit vielen folgenden, nach oben sich verjüngenden einen dreieckigen Hauptwedel ergab.

Verblüfft lief ich hinaus, in die Heide, stellte mich vor's Farnfeld mit meinem Urgestein und sah, daß auch jeder Strauch, angefangen von den weit sich spreizenden, bräunlichen Bodentrieben bis hin zur oftmals noch eingerollten, zartgrün-flaumigen Spitze, dieselbe Form hatte, die schon im kleinsten seiner Blätter, ja in Teilen der Winzigblätter seit Millionen Jahren genau so enthalten war. – Das kam mir ganz wunderbar vor, und ich starrte in den blauen Himmel, wo das Blitzen von Insektenflügeln hier und da wie ein Zwinkern unsichtbarer Augen war.

Heiß, viel zu heiß für Mai. Ich träumte den Ausdruck *Gebratener Schlaf* und wurde wach.
Obwohl sie reglos dastand, ließ der dramatische Laubglanz die Blutbuche, die einen Steinwurf weit entfernt auf dem Rasen wuchs, momentlang wildbewegt erscheinen. Nichts an ihr war grün, einzelne Stellen im Innern der großen Krone glühten wie durchsonnter Granat, und zwei Meisen landeten auf einem Zweig und federten sofort weiter, zum Teich. Wo kein Schwan mehr zu sehen war, nur Libellen über der Entengrütze.
Im Baumschatten, hart vorm Stamm, parkte der breite weiße Wagen, jenes Cabriolet. Zurückgerafft das cremefarbene Verdeck, die Fahrertür offen, doch nirgends ein Mensch; außer Kröten nichts zu hören. Eine Radkappe fehlte, an der Stoßstange hing etwas fauler Flieder, und ein Gelbling umschwirrte das Huphorn aus Chrom und hockte sich auf sein Spiegelbild.

Ich verschränkte die Finger hinterm Kopf und holte langsam Luft; der Pulsschlag im Hals, in den Ohren änderte sich mit der Atmung. Als ich erneut zur Buche blickte, fuhr eine Antenne aus dem Wagen: Wie eine feine, von unsichtbarer Hand gezogene Quecksilberlinie stieg sie vom Heck ins Laub, verschwand ein Stück weit darin, kam höher schräger wieder vor, und das Rauschen und Krächzen eines schlecht eingestellten Radios erklang: Deutschverzei – zu vier – is grey! Und wurde abgedreht.
Ich setzte mich auf, rieb mir das Gesicht, drückte die Kniee durch. Am Außenrand der Lederbank erschienen zwei spitze Stiefel, schwarz und weiß geflammt, und über der Lehne ein fast transparenter Hut. Die Kröten im Riedgras verstummten.
Der Mann, der neben dem Trittbrett auf die Füße kam und gähnte, war vielleicht dreißig, von meiner Größe und dünn, ja dürr, ohne deswegen schwächlich zu wirken. Er hielt sich nur schlecht in seinen hellblauen Hosen, dem kurzärmeligen Hemd, ließ die Schultern hängen, drückte das Becken vor und verschmähte es souverän, sich in die Brust zu werfen. Statt dessen schob er den Sommerhut hoch aus der Stirn.
Er schaute umher, bemerkte mich nicht. Der Mund war nur ein Spalt, das Kinn kaum als solches zu bezeichnen; es sah beinahe aus, als ginge die Unterlippe direkt in den Hals über, an dem der Adamsapfel so stark hervorragte, daß er einen kleinen Schatten warf. Seltsam auch die Form seiner Augen; die Winkel nächst der Nase wiesen abwärts und erinnerten mich – ich weiß nicht, an welches Tier. Er drehte den

Außenspiegel, bis er im Bild war, legte den Hut auf die Kühlerhaube und kämmte das feine, dunkelblonde Haar.

Nichts hat sie davon, sagte er heiser, wie mit Glasgries in der Stimme. – Meint, mich vernatzen zu können und soll den Alten kennenlernen. Die kriegt ein Muster auf ihren Luxuskörper, die Schlange. Sechzehn Flaschen waren in dem Schrank. Und gestern ganze sechs. Das wird verrechnet. Die blechen, bis Blut kommt! – Er bog den Spiegel zurück. – Sechzehn Pullen, hörst du. Und ich Arschloch laß die in dem Zimmer ficken!

Hut wieder auf dem Kopf, lehnte er sich an die Heckflosse und kramte ein Lederetui aus der Tasche. Mit spitzen Fingern entnahm er ihm kleine, metallisch glänzende Scheiben, die er so lässig, als teilte er Spielkarten aus, gegen die Blutbuche schnellen ließ. Fünf japanische Wurfsterne, rasierklingenscharf – in einer Linie, fast senkrecht, blieben sie stecken im Stamm.

Na bitte! knurrte der Mann, zückte ein Läppchen und zog sie vorsichtig aus der Rinde. Er rieb den Saft ab, bevor er Messer um Messer in die Hülle zurückschob, und blickte nicht auf, als eine Stimme laut wurde am Wiesenrand, hinter den Büschen. – Ben-*nie*! Mein Gott, wo *seid* ihr denn?

Absätze kratzten übers Pflaster. Eine schwarzgelockte Frau in einem Paillettenkleid desselben Grüns, das an Hälsen von Teichenten glänzt, kam zwischen dem geplünderten Flieder hervor und stutzte. »Wilde Wunder« stand auf der Tüte in ihrer Hand. – Wieso parkt'n ihr *da*?

Es schien nicht gerade überlastet mit Ausdruck, dies reizvolle Gesicht; etwa fünfundzwanzig und mittelgroß, bekundete die Figur jedoch das Träumen unseres Schöpfers. Sie trug orangefarbene Stöckelschuhe, und bei jedem der wackeligen Schritte über die leicht abschüssige Wiese glitzerte das Kleid derart, daß man elektrisches Knistern mitzuhören meinte. Aber der Mund war wirklich schön. Sein trauriger Schwung kam ihrer Wahrheit am nächsten.

Ich lauf mich wund, und du spielst Taschenbillard hier, im Schatten!

Diese Gören! Werden immer gemeiner. Sag ich: »Southern Comfort«, ihr habt wohl »Southern Comfort« da. Jede Tankstelle hat mittlerweile »Southern Comfort« im Regal ... Sagt die: Wir *haben* aber keinen »Southern Comfort«, hatten wir noch nie! Und sieht mich an, als hätte ich ihren Daddy geknipst.

Ja, *wieso* denn nicht? frag ich. Wo soll ich denn heute am Feiertag, ich meine, warum *habt* ihr denn keinen »Southern Comfort« hier? – Sagt die doch glatt: Weil wir keine Tankstelle sind. Das stell dir mal vor. Die Schnute voll ekliger roter Drops: Weil wir keine Tankstelle sind. Und verkauft mir dann *das* mit 'nem Bitte! wie Gift. Mensch, wenn da nicht die Scheibe gewesen wär, ich hätte dem Blag ...

Okay! brummte der Mann, der sich in diesem Augenblick von den hinteren Polstern erhob. Er gähnte, harkte mit beiden Händen das graumelierte Haar zurück und stieg aus. – Schalt den Ton ab. Ist eh nur Chemie, deine süße Pazifikpisse.

Erstaunlich rauh beim ersten Hören: Die Stimme eines Menschen, der sich selber nicht durchströmt, zu schwer auf dem Grund seines Wesens liegt, und er spuckte ins Gras, verzog das Gesicht und schmeckte etwas Bitterem nach. Die Stirn war hoch, jene Kinnmulde tiefer geworden, und die Wangenknochen traten kantiger vor als ehedem.
Hast du was am Rad? rief die Frau. Kommt doch vom *Mississippi*, der Schnaps!
Er winkte ab. Zu weißen Schuhen, weißer Hose und schwarz und silber gestreiftem Hemd trug er eine leichte Kaschmirjacke: Wunderbares, nahezu metaphysisches Blau. Nicht um Gewebe schien es sich zu handeln, sondern um reine, von irgendeinem Geheimnis zusammengehaltene Farbpigmente. – Ja, gib schon her.
Er hatte eine Zigarette angezündet, warf das Päckchen ins Auto, und plötzlich, die Tüte von der Flasche raffend, nahm die Frau mich wahr. Fast berührten sich die Brauen über ihrer Nasenwurzel. – He! Wer is'n er dort? Da oben. Will der hier Stunk machen, oder was?
Der Dürre blickte hoch zu mir, die licht geflochtene Krempe seines Huts warf Gitterschatten über das Gesicht. Doch Racko musterte die Banderole, und obwohl mir unklar war, wann er mich bemerkt haben könnte auf meiner Bank, sagte er laut, ja dröhnend: Das ist *Marre*, Mensch! Kennt doch jeder! – Er trank einen Schluck, schüttelte sich, winkte mit der Flasche. – Na los! Komm her!
Etwas schneller auf den Beinen, als meiner Zirkula-

tion bekam, ging ich durch ein Gestöber dunkler Punkte, stolperte über Grasnarben, grinste verlegen, hielt ihm eine Hand hin. Er schlug mir an die Schulter. – Marre hat Panne auf Karre! Alter Mimer. Warum bist'n so blaß? Solltest die Biersorte wechseln.

Nur kurz, nur flüchtig sahen wir uns an, und er nickte und gab mir den Scotch. – Aber die Jacke ist gut. Viskose?

Die was? Vermutlich. Zum Teil.

Er runzelte die Stirn. – Und sonst?

Ich dachte, er frage nach dem Befinden. Doch sagte die Frau: Na, Seide! und klappte, ein Griff mit spitzen Fingern, mein Sakko auf. – Genau.

Das ist übrigens Lucia, dies Folterinstrument. Lucia Fox. Kennst du?

Sie biß sich lächelnd auf die Unterlippe, drückte den Rücken durch, und ich schaffte ihn nur knapp, den Blick vom Körper in die wasserhellen Augen. – Nein, bedaure.

Tanzt manchmal bei »Cookies« in Düsseldorf, sagte Racko. Nichts in der Birne, aber singt wie eine gesengte Sau.

Empört blies sie die Backen auf, und er legte ihr einen Arm um die Taille; gleich war sie versöhnt. – Und der hier ... Er wies mit dem Kinn auf den Dürren: Der stellt sich am besten selbst vor.

Au ja! rief Lucia. Sie schmiegte die Wange an den Kaschmirstoff, rieb die Kniee gegeneinander und ließ einen vergnügten Quietschlaut hören. – Bitte tu's, Bennie! Sag's!

Der Angesprochene reagierte nicht, sah scheinbar

gelangweilt über den Teich, stieß etwas Atem durch die Nase, und erst, als auch Racko einen ironischen Bettelton anschlug, drückte er sich weg vom Wagen und trat auf mich zu, wobei er den Hut abnahm und fächelnd vorm Gesicht bewegte. Über der Braue gab es eine kleine, kreuzförmige Narbe.

Er schwieg. Die Sonne brannte, das stehende Wasser stank.

Beiß mich! flüsterte er plötzlich, und ich versuchte, einen Blick auf seine Freunde zu werfen, doch nahm er mir, jäher Kopfruck, die Sicht, entblößte graue Zähne und kam so nah, daß ich Risse im Schmelz erkannte.

Kratz mich!

Pause, und schon wollte ich fragen, warum es ... Da rammte er einen Zeigefinger gegen meine Brust und sagte: Nenn mich *Iltis*!

Racko lachte, es klang wie Gebell, und schlug mit der Faust auf die Kühlerhaube, Lucia klatschte in die Hände.

Ich nickte blöde, rieb mir das Kinn.

Beiß mich! Kratz mich! Nenn mich Iltis! wiederholte er langsam, mit drohendem Unterton, und ich sagte: Naja gut, Mann. Schöner Name.

Immer noch sah er mir in die Augen. Die Narbe war nicht sehr alt, und selbst sein Nicken wirkte bedrohlich. – Worauf du einen lassen kannst ... Mister Schlips! stieß er aus dem Mundwinkel hervor, setzte den Hut wieder auf, und Racko, grinsend, legte uns seine Arme um die Schultern.

Was denn, ihr Kampfhähne, schön ruhig. Jetzt feiern

wir erst mal Marres Heimkehr, oder? Machen wir 'ne Sause!
Iltis wendete das Gesicht ab, spuckte aus. Lucia ging langsam um den Wagen, ließ ihre Fingernägel über die Kotflügel gleiten. Ich schüttelte den Kopf.
Tut mir leid, Leute, hab was vor. Ein Rendezvous. Zum Tee.
Racko stutzte, hob die Brauen. – Hör ich richtig? Du hast *was*? Na bestens, Alter, wir doch auch! Seit Tagen einen im Tee ... Er umklammerte mich fester. – Also komm, ab geht's!

Lucia startete barfuß. Iltis, neben ihr, hielt die orangefarbenen Stöckelschuhe auf dem Schoß.
Fast lautlos glitt der breite Wagen übers Gras; ein Primelbeet und eine knöchelhohe Buchsbaumhecke, man fühlte sie nur als vage Wellen, und erst als wir vom Randstein auf den Asphalt fuhren, krachte Bodenblech, und Racko rief: Vorsicht! Die Kutsche ist noch nicht bezahlt!
Meckerndes Gelächter; Lucias Augen erschienen im Spiegeloval, und er kniff sich den Nasenrücken mit Daumen und Zeigefinger. Seine flache Uhr, Platinreif, hatte vermutlich so viel gekostet, wie mein Vater im Jahr an Rente bekam.
Selbstgewiß gerade saß er in den Lederpolstern. Auch die Schultern waren breiter geworden, doch gab es, obwohl das vollere Gesicht es suggerieren mochte, keinen sichtbaren Bauch. Die Koteletten waren etwas grauer als sein dichtes, im Nacken gekräuseltes

Haupthaar; der Duft einer italienischen Rasierseife wehte mich an. Aber dies Air reifer Ruhe und lässigen Wohlstands verwischte sie nur unvollkommen, die Erinnerung an jene ungute Spannkraft, an den Tigerkopf unterm Kaschmirärmel.

Er hielt mir Zigaretten hin. – Was arbeitest du, Marre? Was bist du von Beruf?

Danke. Maler.

Er nickte, gab mir Feuer. – Bei welcher Firma?

Selbständig, sagte ich und fügte hinzu: Du, ich kann aber nicht ewig durch die Gegend gondeln. Diese Verabredung ist ...

Ohne wirklich zuzuhören, langte er nach vorn und griff Lucia in die Locken. – He! Wohin fährst du, Schlampe!

Er zog ihren Kopf ins Genick, der Wagen schlingerte, die Frau rief klagend: Na, Tour machen, oder? Ich dachte, Grafenmühle.

Denk nicht! knurrte er und ließ sie los. Frag Bennie, was läuft.

Sie überprüfte das Haar im Spiegel, schüttelte es zurecht und stieß ihren Beifahrer an. Doch der schwieg und blickte rauchend über den Weizen an der Kirchhellener Straße, ein großes grünes, hier und da silbern glänzendes Feld, das sich bis zu den Kohlenhalden hinzog. Dabei befingerte er die Schuhe im Schoß, und erst als Lucia ihn anschrie – Maul auf, Fetzer! –, drehte er sich um.

Natur machen, bitte. Ich bin so geil, ich könnte Schlüpfer fressen.

Racko grinste und zog ihm den Hut ins Gesicht. –

Denkt dauernd ans Nageln, der Sack ... Los, dann fahr zu Silvio!
Sie bog in die Dorstener Straße; er lehnte sich zurück. – Du hast also eine Firma, Marre? So'ne Zwei-Mann-Klitsche?
Ich verneinte und erklärte ihm, welche Art Maler ich geworden war. Irritiert und belustigt zugleich, sah er mich aus den Augenwinkeln an, ungläubig auch, so daß ich es nicht lassen konnte, ein bißchen mit meinen Ausstellungen, dem Stipendium und der dazugehörigen Wohnung zu protzen. – Nicht die Welt natürlich. Aber du weißt ja, wie die Provinzpresse so etwas aufbauscht.
Er nickte. – Witzig. In der Rathausvilla hab ich früher die Stütze für meine Alten abgeholt. Ist da jetzt nicht 'ne Meldestelle drin? Und Kurse, Deutsch für Kanaken und so?
Ich bejahte, und Lucia, unter der Eisenbahnbrücke, schlug auf die Hupe, ein heller, wild hallender Ton, fast eine Melodie, aus der wir auf den Sandweg glitten, in die Siedlung jener Roma.

Noch mehr Caravans waren dazugekommen, große, teure Modelle, einige bildeten ein zentrales Rondell; Hunde kläfften, und Männer auf Trittleitern befestigten Glühlampenschnüre zwischen den Dächern. Frauen rupften Geflügel, andere filmten sie dabei, und auch die meisten Kinder, die herangelaufen kamen, hielten sich Videokameras vor die Gesichter und nahmen den Straßenkreuzer auf. – Der machte viel Wirbel: Unmengen flaumiger Federn stoben hoch, hüllten uns in eine weiße Dunkelheit und schneiten rascher herab, als sich, Knopfdruck, das Faltdach schloß.

Lucia stoppte, und Racko sprang heraus und klopfte Hose, Hemd und Jacke ab. – Silvio! Verdammt noch mal, wir sehen aus wie Hühnerficker! brüllte er, und lächelnd trat ein kleiner, doch sehr breiter Mann vors Auto. Jeder Zahn goldgefaßt, und an seinem Anzug, den blauschwarzen Bartstoppeln und dem öligen Haar haftete ebenfalls Flaum. Der grellbunte Schlips war zu einem faustdicken Knoten gebunden; die Kompaktkamera schien winzig in den fetten Fingern.

Kein schlimm, mein Freund, sagte er und verneigte sich knapp. Sei froh, wir haben Gefliegelfest. Wär Schweine-Dank, du würdest dich rutschen auf Schwänz und Gedärm jedes Schritt.

Er zwinkerte mir zu. – Ein neues Gesicht? Sehr schönen Tag. Sie haben schlecht geschlafen, ich versteh. Und Racko strengt an, nicht wahr? Immer auf Achse, der. Mir hätten natürlich ein Pulverlein, ganz leicht, auch im Preis? Macht alles klar, gibt Kraft für zwei ...

Ich bedankte mich, und er hob die Brauen und fügte leiser hinzu: Die ganze Kopf wie Diamant! – Ich verneinte erneut, ein Schatten durchflog den begeisterten Blick, und er wendete sich ab, hielt Racko die Kamera hin.

Na sag, mein Gutster, wie soll ich filmen, wenn keiner weiß, wo genau kommt Eindruck herein, was tut er drinnen, und wie stell ich ihn klar? Wir meinten ein jeder hier schon: Wieder nett, was er gebracht hat von Disseldorf. Doch wozu diese viele Knöpf? Erklär!

Ach, Scheiße, knurrte Racko und wischte immer noch Federn vom Revers. – Will erst mal'n Bier ... Er zog mich beiseite und sagte Lucia: Zeig du's.

Ah! rief Silvio und fuhr herum. Ah ja, du? Stern von meine fettarme Nudelsupp. Leg du deine scheene Hand an Technik, und alles, alles wird gut!

Ein langer, ovaler Wohnwagen aus poliertem Blech – ohne anzuklopfen ging Racko hinein und öffnete die Kühlschranktür; ich blieb auf dem Treppchen. Abgesehen von einem Aquarium voller Plastikfische in neongrüner Flüssigkeit gab es dieselben, nur enger zusammengerückten »Stilmöbel« wie im Wohnzimmer meiner Eltern; ein Pfeife schmauchender »Seebär« hing an der Wand, eine »altdeutsche Rauchglaslampe« unter der Decke, und überall lehnten Petticoatpuppen, Teddybären und andere Kirmestrophäen.

Totchic, sagte ich. Hier wohnst du?

Racko verneinte, reichte mir ein Dosenbier. – Alles Freunde, auch wenn wir uns selten treffen. Manchmal tu ich ihnen einen Gefallen. – Er trank etwas. – Und manchmal sie mir.

Wie geheimnisvoll. Und Lucia ist die Tochter des Häuptlings?

Er kam aus dem Wagen, schlug mir aufs Kreuz. – Verarsch mich nicht, Marre. Ich bin älter. Sie reiten meine Ponys zu, das ist alles.

Wir blickten über den Platz. Jenseits der großen Feuerstelle, hinter Pfannen und Kasserollen, saß eine Frau auf Holzkohlesäcken und rupfte ein Huhn. Füllig wirkte sie in ihrer engen, hier und da eingerissenen Kittelschürze, und Sonne ließ die Härchen glänzen, die in dichten Wirbeln an den Beinen wuchsen. Sie trug rote Seidenblumen im Zopf und Perlmuttschmuck am linken Ohr. Iltis sprach mit ihr.

Rupfend begann sie zu schmunzeln; er gestikulierte verhalten; rupfend schüttelte sie den Kopf. Er setzte sich, legte ihr eine Hand an die Hüfte, sie spuckte Kaugummi darauf, rupfend. Schnell, immer schneller fraßen sich die Nägel durchs Gefieder; Iltis mußte nießen und zog sich Flaum von der Zunge. Die Frau lachte auf.

Doch plötzlich erstarrten ihre Finger. Der Anflug eines Runzelns huschte über Stirn und blauschwarze Brauen der Schönen, und trotz der Entfernung sah ich Funken in den Augen: Reflexe des Armbands, der Kette aus Gold, die Iltis pendeln ließ vor ihrem Gesicht. Das nun etwas Lauerndes kriegte, katzenhaft. Und diese regungslose, hellwache Benommenheit blieb auch darin, als er über den Brustansatz strich mit dem kühl glänzenden Metall und es stückweit im Ausschnitt versenkte.

Sie atmete tief, fuhr scheinbar fort zu rupfen, kraulte aber nur in den Federn und blickte sich aus den Lidwinkeln um. Bewegte kaum merklich die Lippen.

Hart am Rumpf war er abgehackt, der Hühnerhals, und Iltis hängte den Schmuck in die Wunde, sagte etwas, ließ ihn los. Er glitt in das Tier, und die Frau

stand auf und verschwand damit zwischen den Wagen.
Der Mann, gemächlich, ging ihr nach.

Ein seltsamer Ton wurde laut im Brachland hinter der Siedlung; die Blechflöten der Trödler meiner Kindheit fielen mir ein. So hatte es geklungen, wenn man zu fest in die billigen, schnell verbeulten Instrumente blies; heiseres, irgendwie irres Fiepen.
Wie alt bist du, fragte Racko, während wir, das Bier in der Hand, durch bauchhohen Ginster gingen. – Wir müßten paar Jahre auseinander sein, oder?
Gewiß. Bin vierzig.
»Gewiß«, äffte er. Farbe im Haar?
Ich schüttelte den Kopf.
Na, egal. Hätte auch nie gedacht, daß ich älter als dreißig werde. – Er spuckte aus. – Und jetzt rutsch ich auf die fünfzig zu. Krieg aber jederzeit einen hoch, ohne Creme. Und weiß immer noch, wie die Rückseite von »19th Nervous Breakdown« hieß. Du auch?
Ich zuckte mit den Achseln, trank einen Schluck und sah, zwei Schritte lang, Lucia zwischen den Caravans. Hände im Nacken, stand sie auf einem Wassertank und ließ ihre Konturen für die Filmer wackeln. Das grüne Kleid gleißte in der Sonne.
Hab dich was gefragt, Marre! – Ein leises Gewittern durchzog seine Stimme. – Wie hieß die ...
Keine Ahnung! sagte ich rasch, und er verstellte den Weg, starrte mich an. Momentlang hörte ich das

Prickeln in unseren Dosen, und mir wurde allein deswegen mulmig, weil ich zwei Fingerbreiten größer war. – Du kennst sie nicht? fragte Racko. Was soll das?

Naja ... Vielleicht hab ich ein schlechteres Gedächtnis?

Er packte meinen Schlips, wand ihn um die Faust, sprach durch die Zähne. – Dann denk nach, gottverdammter Pinselquäler. – An den Schläfen traten Adern hervor. – Streng dich gefälligst an!

Ich nickte. – Was war das ... »Angie«?

Er boxte mir gegen die Brust. – So siehst du aus! »Angie«. Das kam eine Steinzeit später! Spielst hier den Klugmeier mit deiner Kultur, und die wichtigen Sachen hast du nicht drauf.

Wie aus dem Herzen der Heiserkeit: Jene Geräusche hinter den Büschen. Wenn das Tierlaute waren, Schreie gar, dann wollten sie gellender sein, als die Kehle es zuließ.

Ich richtete meinen Kragen, und wir gingen am Toilettenhäuschen vorbei, einem Kasten aus blauem Plastik, von dessen Dach ein Huhn auf uns herunterlinste. Racko warf die Bierdose fort. – Weißt du übrigens, welcher Tag heut ist? fragte er ruhiger, und ich sagte: Natürlich. Donnerstag.

Er schwieg. Ein strenges, zurechtweisendes Schweigen. Seine Wangenknochen zuckten.

Fronleichnam? – Er schloß kurz die Augen, biß sich etwas Nagelhaut vom Daumen, und ich suchte krampfhaft nach dem Datum.

Mein Verlobungstag.

Ach so! Na dann ... Gratuliere!
Verblüfft sah er auf. – Wie? Red keinen Stuß, Mann. Ich meine, vor fünfundzwanzig Jahren. Auf dem Riesenrad. Weil sie Geburtstag hatte.
In der Toilettenbox kicherten Kinder.
Wer, *sie*? fragte ich, und er winkte ab, rappelte an dem Plastiktürchen, knurrte wie der Märchenwolf.
Wir stiegen eine Böschung hinunter. Überall im Gras lagen Hühner, manche einzeln, viele zu dreien, vieren aneinandergebunden, und zwischen einem hüfthohen Klotz und Blechkübeln stand der Junge in dem ärmellosen Hemd, den ich am Morgen durchs Busfenster gesehen hatte.
Ein Pubertierender, Kinn und Hals voller Pickel und Pusteln, und er schien etwas verwachsen, krumm. Haarfransen hingen tief im Gesicht. Folge wohl eines furchtbaren Unfalls, waren Nase und Oberlippe so zernarbt, daß der Mund sich nicht mehr schloß, und seine Antwort auf Rackos Hallo! Wie geht's? klang völlig unverständlich, ein Lallen schwerer Zunge. Mit der Linken, an den Krallen, hielt er ein braunschwarzes Huhn; in der Rechten ein Messer.
Mulo fühlt sich blendend, übersetzte Racko. Mulo geht's immer gut, wenn er Tierchen totmachen darf, stimmt's? Wo ist deine Mieze, mein Freund?
Der Junge kniff die engstehenden Augen zusammen, fletschte alle Zahnlücken, die er hatte, und gluckste vergnügt. Racko nickte. – Voll daneben, murmelte er. Aber fickt wie ein Lipizzanerhengst. Hab ihn dreimal hintereinander abschießen sehen, ohne daß ihm der Riemen schlapp wurde zwischendurch.

Mulo legte die Henne zurecht: Er schlug ihren Kopf leicht auf das blutige Holz, setzte die Klinge an den Hals, und obwohl sie doch nichts erkennen konnten im hohen Gras, im Unkraut ringsum, fingen alle Hühner an zu krächzen – eine zunächst verhaltene, im Ton fast menschliche Klage. Das Schlachttier hingegen blieb still.

Mulo ließ sich Zeit mit dem Schneiden. Die Brauen kraus, blickte er zwei Hummeln nach und brabbelte etwas Drohendes, wobei ihm Speichel übers Kinn lief, tabakbraun. Eine Tüte Lakritzpfeifen lag neben dem Klotz. Schließlich bewegte er die Klinge – ein altes Brotmesser mit offenbar stumpfem Wellenschliff – heftiger hin und her. Ich dachte Gefieder, feinste Kiele oder Knöchelchen knirschen zu hören, obwohl das gar nicht möglich war, denn die anderen Tiere kreischten nun so: Sand vor dem aufgerissenen Schnabel der Henne, die mit Draht verzurrt neben unseren Füßen lag, wurde glattgeweht von ihrem Atem.

Ich betastete meine Jacke, fand die Zigaretten nicht. Das Messer halb im Hals des Opfers, mußte Mulo den Druck auf den zitternden Körper erhöhen; weißgrauer Kot spritzte an seine Hose, während er Racko etwas zurief durch das Geschrill. – Der legte sich eine Hand hinters Ohr und brüllte: *Was?* Versteh kein Wort. Meine *Schuhe* quietschen so laut!

Der Junge ließ alles Blut abtropfen und warf das geköpfte Huhn in den randvollen Kübel, wo es noch paarmal die Flügel bewegte und den Toten Flaum ausriß mit seinen krampfenden Krallen. Die Tiere im Gras wurden still.

Racko nahm ihm das Messer weg, befühlte die Schneide.
Fünfundzwanzig Jahre, Mann. Ein Vierteljahrhundert ... murmelte er, und ich brauchte einige Sekunden, um zu begreifen, daß er wieder von seiner Verlobung sprach. Während Mulo ihm drei weiße, an den Beinen mit Klebeband zusammengefesselte Hennen auf den Hackklotz warf; Zunge hinter der Unterlippe, legte er den Zeigefinger über die Gurgel und ließ ein idiotisches Lachen hören.
Sie war schon'n feiner Kerl, Marre. Die einzige, die mich nie beschissen hat. Und ich bin bestimmt kein Engel gewesen.
Die Tiere, lautlos, doch mit weit geöffneten Augen, reckten die Hälse in alle möglichen Richtungen, und Racko hob das Bündel und schlug die Köpfe aufs Holz. Benommen lagen sie still.
Dabei fand ich sie nie richtig toll, so als Frau, verstehst du ... Mensch, ich hatte Geräte, damit wärst du beim *Kanzler* umsonst reingekommen. Samenfeger erster Güte. Aber die wußten nichts. Bei denen blieb ich allein, wenn sie zu dritt in meiner Kiste quietschten. Die wollten mit mir bei »Cookies« aufkreuzen, wo die Lederschlipse stramm stehen und ich im Suff Champagnerschuhcreme bestell. Hol's der Henker, das ganze Gevögel. Am Ende ist es nur ein trauriger Haufen Ärsche, Titten, Mösen. Gute Nacht.
Er setzte das Messer an und starrte in den Ginster. Hier und da hingen Hühnerköpfe zwischen Blüten.
Doch sie, obwohl sie immer diese billigen Klamotten

trug und gar nichts aus sich machte ... Er grinste. – Einmal mußte *ich* ihr zeigen, wie andere Schicksen die Haare stecken, damit's modern aussieht. Na, sie hatte jedenfalls was in den Augen, Marre ... Sagenhaft. Das ist es, hab ich oft gedacht, da drin bist du zu Hause, Alter.

Die Hühner auf dem Hackklotz krächzten leise, und er nickte. – Tja, meine Lieben, der erste Schnitt ist der tiefste.

Und weißt du, was sie mir mal geflüstert hat, gar nicht so lange her? – Er umklammerte die Beine fester, drückte aufs Messer, die Schnäbel klafften lautlos, und ringsum begann das heisere Geschrei. Mulo ging durchs Gras, trat mit Wucht in jedes Bündel. Die Tiere verstummten. – Vielleicht sind wir füreinander geschaffen, sagte sie. Doch nicht jetzt und nicht hier. Du mußt erst noch ein paarmal sterben.

Komisch, brummte er und schnitt, ein Ruck bei jäh gefletschten Zähnen, wieder schwollen Schläfenadern, durch alle Hälse gleichzeitig. – Das hab ich nie begriffen.

Mit der Klinge schob er die Köpfe vom Holz. – Aber vergessen, fügte er nachdenklich hinzu, vergessen hab ich's auch nicht.

Herb lachend warf er sie in die Luft, die zusammengebundenen Rümpfe. – Na, fliegt! Es hat sich ausgeeiert. Fliegt euren Seelchen hinterher ... Und wirklich zuckten die Opfer wild mit den Flügeln und sprangen – erneutes Geschrei der anderen Hühner – wie *ein* weißes Tier in hohen Zick-Zack-Bögen und sich immer wieder überschlagend durch Unkraut, Gras und

Farn davon. Mulo, besudelt vom Blut, das aus ihren Halslöchern sprühte, hatte Mühe, sie zu fangen.
Der Straßenkreuzer rollte an den Böschungsrand, Iltis hupte. Racko wischte sich die Hände mit einem Taschentuch ab, schloß kurz die Augen. Erstaunlich müde sah er plötzlich aus, schien gar etwas zu schwanken. – Also was ist, mein Freund, hast du noch Zeit? Fahren wir auf Kirmes?
Ich schüttelte den Kopf.

Beim Überqueren des Bahndamms, der rostigen Geleise, auf die wir als Kinder oft Nägel gelegt hatten, damit der Zug sie zu Pfeilspitzen walzte, versuchte ich angestrengt, mich an die Rückseite von »19th Nervous Breakdown« zu erinnern; doch mehr als die Farben der Plattenhülle, grau und hellbraun, fiel mir nicht ein. »The Last Time«?
Ich kletterte über den Zaun der »Kleingärten Eintracht«, eine Abkürzung, passierte die Barbarastraße und lief pfeifend das Rasenstück zum Kirchenplatz hoch. Geöffnet die Portale, Bänke standen ausgelagert im Akazienschatten, zwei Spatzen hockten auf den Haken für Taschen und Mützen. Nirgendwo ein Mensch.
Das Leben prüft euch, damit ihr Glauben findet! Das Leben liebt! hallte es aus dem Betonbau, und ich trat an eine der beiden Flügeltüren, die »Schrullenschleuse«, wie wir sie früher genannt hatten, denn natürlich herrschte auch bei Schulmessen Geschlechtertrennung. »Sondergottesdienst« stand auf einem fleckigen Pappschild.

Durch blaue Kuppelfenster fielen Lichtstrahlen übers Ornat, das Goldkreuz glühte: Pastor Maaßen, mit erhobenen Armen, predigte weniger zu seinen Schäfchen hinunter; die knotigen Finger krumm, Mundwinkel krummer, sprach er ins Unendliche hinauf – in Linie etwa mit dem steil vorragenden Dach der Edelstahlkanzel, die ein bißchen an Konservendose erinnerte.

Denkt nicht, ihr seid ohne Schuld! knarzte er in das winzige Mikrophon. – Gesündigt habt ihr lange vor der Zeit und müßt nun brennen. Aber eure Leiden sind Gottes Großmut, denn sie heilen die Seele!

Übel klang das schöne Wort in Maaßens Mund. Dieser Stimme zufolge war das Paradies ein Militärgelände, und der anklagende oder gar drohende Unterton seiner Reden hatte mich stets an innere Verließe denken lassen, hallende Folterkeller, in denen ich gequält wurde, weil ich mir nicht abgewöhnen konnte, *selig* mit zwei e zu schreiben.

Was hält oder behindert euch? fragte er. Unser Dasein bedeutet wenig. Noch seid ihr Bedürftige, doch Mängel werden Schätze, und königlich ist der Weg ins Reich des Allmächtigen, bereitet von der Kraft seines Sohnes Jesus Christus, mit dem ich euch sage: Öffnet eure Sinne! Steht auf und geht!

Die Spitzenärmel des Habits, sonnendurchblitzt, gaben seinem Gefuchtel eine irre Überschwenglichkeit, und einige Zuhörer machten große Augen, drehten sich angstvoll um. Abgesehen von ihren Betreuern und drei Schwestern ganz in Grau saßen dort nur Kinder aus dem Rosenheim.

Denn Gott ist euch näher als alles Leid, näher sogar als die eigene Seele! rief der Priester über die Rollstuhlreihen hinweg, und Cordula löste Kreuzworträtsel. Zwei ihrer Mitarbeiter blätterten in Gesangbüchern, wiesen einander grinsend auf Textstellen hin, eine Schwester strickte Socken, und keiner nahm Notiz von der wachsenden Unruhe der etwa dreißig, ihren erstaunten Glückslauten, dem Rucken an Gurten. Ein blondes Mädchen, die Hand zur Klaue verkrüppelt, schlug dem Nachbarjungen ins Genick.
Wer laufen kann, muß nicht vorwärts kommen! Und wer gebunden ist, kann zu den Sternen steigen, sofern er glaubt!
Etwas abseits der Gruppe, in einer Nische neben dem Beichtstuhl, entdeckte ich Karlchen, der mich wohl schon länger ansah mit seinen klaren, im Zwielicht fast schwarzen, von milder Ironie beseelten Augen. Das Kinn auf einen Daumen gestützt, schloß er kurz die Lider, stiller Gruß, und wendete sich langsam der Kanzel zu. Dabei verstand er bestimmt kein Wort. Er trug seine alten, tassenförmigen Kopfhörer mit Antenne und drückte den Startknopf des Recorders: Mozart vermutlich. Er spielte immer nur Mozart.
Denn wer glaubt, wird allen Glauben überwinden und begriffen werden von der Schrift. Jesus ging über Wasser …
Die kleine Blonde quiekte. Ein anderer Junge, Stirn im Rammschutz, riß an ihren Zöpfen wie an Zügeln, und sie fuchtelte herum und bäumte sich in dem Stuhl, wobei ihr eine Tüte Süßes vom Schloß fiel, Schokola-

denkekse, was viele sofort interessanter fanden als jede Predigt. Man löste die Bremsen.
Doch bei dem Versuch, das Naschzeug vom Boden zu angeln, gerieten drei Behinderte mit ihren Gefährten derart zusammen, daß sich Fußstützen und Chrombügel ineinanderschoben, festklemmten, was ein allseitiges Schubsen, Schlagen und Wutschnauben zur Folge hatte und die anderen amüsierte: Tapsiger Applaus, Gegröle, widertönend unter der kubischen Kuppel, und Maaßen verstummte, sah auf die Uhr.
Er ließ die Arme sinken und wartete, bis Betreuer dem Lärm ein Ende gemacht hatten mit ihrem lang anhaltenden *Pssst!*, das sich wie Seelenspray über alles Unbotmäßige legte. Trank zitternd etwas Wasser.
Man rückte die Kinder zurecht, und schließlich war nur mehr Karlchen zu hören aus seinem hallenden Abseits. Doch hatten die Laute nichts mit dem Tumult unter der Kanzel zu tun. Das Kinn auf der Brust, die Augen geschlossen, sang er Mozarts »Lacrimosa« mit, und seine Mutter trat hinterm Beichtstuhl hervor, legte ein Ohr an die Hörmuschel und regulierte den Walkman des Jungen.
Dabei bemerkte sie mich im Windfang und hob erstaunt die Brauen. Sie trug nun eine Wolljacke, schwarz, und immer noch konnte es einen Raum verwandeln, dies Lächeln mit den schönen Zähnen, das in überraschendem Kontrast zu dem sonst eher farblosen Gesichtsausdruck stand, der alltäglichen, etwas traurigen Sorge darin. Wenn sie lächelte, schien es heller zu werden auf ihrem Fleckchen Welt.
Maaßen räusperte sich, vollendete seine Predigt; das

Mädchen mit der Klauenhand zerquetschte weinend Keks um Keks.
Ich hab heut Geburtstag, flüsterte Sarah, kaum stand ich neben ihr. – Bitte schenk mir was, sofort!
Was brauchst du?
Einen Kugelschreiber!
Gut ... Ich griff in die Tasche und überreichte ihr meinen zernagten Bleistiftstummel. Sie war hocherfreut, schob ihn hinters Ohr. Dann knuffte ich ihren Sohn, der schmunzelnd zur Seite sank, die Augen aber nicht öffnete, und als ich wieder durch das Glasgeviert, den Windfang ging, wies sie auf die Armbanduhr, führte einen imaginären Löffel zum Mund. Ich nickte und schrieb die Zeit unserer Verabredung in die Luft, acht Uhr. Doch sie schüttelte den Kopf, korrigierte energisch Sieben!, und ich, schon vor der Flügeltür, winkte.
Denn in den Schwachen ist der Engel am stärksten! sagte Maaßen, und Sarah erwiderte meinen Gruß, kleine, verspielte Fingerbewegung, als kraulte sie eine Locke in der Luft.

Rutenkolk hatte seine doppelgeschossige, am Hang prunkende Kalksteinvilla selbst entworfen. Außer allen möglichen Schrägen, Nischen und spitzen Erkern wies der zinkblechgedeckte Bau als Clou eine gotische Fensterrosette in der Stirnwand auf – buntverglastes, fast zwei Meter durchmessendes Beutestück aus irgendeiner Klosterruine. Denn Rutenkolk liebte die Kunst.

Früher, während des Jurastudiums, war er Literat gewesen, hatte Lyrik und vor allem Stücke geschrieben und sich mit dem Verfassen von Rezensionen die Zimmermiete verdient. Doch als sein »Schrei des Phoenix« schon nach der zweiten, von einem Münchner Hinterhoftheater gewagten Vorstellung abgesetzt wurde, resignierte er, schmiß »die Feder auf den Mist« und heiratete das Drahtwerk, Huberta.

Vor ihrer Erbschaft hatte sie ein paar Semester Kunstgeschichte studiert und besaß ebenfalls viel Sinn fürs Ästhetische, was sich zuallererst in der Verabscheuung des eigenen Namens äußerte. *Hubsi* wollte sie genannt werden, die kleine, vitale Mitfünfzigerin, an der mich immer wieder das volle, ungetönte Schwarzhaar erstaunte. Und die dunkle Stimme.

Wenn die beiden nicht dem Unternehmen dienten – sie besorgte Buchhaltung, Personalverwaltung, er überwachte Produktion und Versand der Drähte –, pflegten sie ihre Zweisamkeit in großen, reich mit Kunst geschmückten Räumen, die ihnen derart behagten, daß sie, so Rutenkolk, schon seit Jahren nicht mehr in den Urlaub fuhren. Seine Frau nähte riesige Patchwork-Decken, er feilte an Vorträgen für den Rotary-Club. Oder sie hörten klassische Musik, lasen einander aus literarischen Neuerscheinungen vor und schauten Theaterstücke an, Videokonserven, wobei Rutenkolk von seinem Kräutertee nippte und Huberta Martini schlürfte. Rosso.

Zwar sah die Villa nicht gerade anheimelnd aus; neben üblichem Schnickschnack einer fußkalten Gebärdenarchitektur, dreieckigen Fenstern, unterschiedlich hohen Wohnebenen und indirekten Lichtquellen, verfügte sie jedoch über eine echte Besonderheit: Innen war alles aus weißem Carrara. Und wenn ich alles sage, meine ich nicht nur Böden, Wände, Stiegen, Bäder. Auch Tische, Regale, Sesselunterbauten, auch die Gehäuse der Lautsprecher und des versenkbaren Fernsehers bestanden aus weißem Marmor. Ebenso wie – vollständigkeitshalber sei's erwähnt – Spüle, Brotbrettchen, Messer-, Löffel-, Gabelgriffe und vermutlich auch die Frühstückseier der beiden. Carraramarmor.

Glaubte man Rutenkolk, hatte es ihn seinerzeit fast die Gallenblase gekostet, dieses Traumgestein halbwegs erschwinglich zu beschaffen und, schwieriger noch, Lieferungen stur zu reklamieren, wenn ein Äderchen querstrebte oder Treppenplatten Stiche ins Rauchgraue oder Cremefarbene aufwiesen. Anfangs wollte man ihm gar einen Satz Thassos-Kacheln verkaufen. Ihm. Als könnte er Zaziki nicht von Spaghetti unterscheiden! Naja, der »Dr. jur.« war nicht umsonst erworben.

Ein Jahr hatte der eigenwillige Innenausbau die Fertigstellung des Hauses verzögert – »Ein Jahr meines Lebens!« –, und dann brachte der Gipsgießer auch noch diese mißratenen Skulpturen. Das war der Anfang des Magengeschwürs.

Denn Rutenkolk brauchte, Rutenkolk liebte Vollkommenheit, auch und gerade in der Kunst. Sein Empfinden, seine ganze Ästhetik kristallisierte, unglaublich aber wahr, in dem Wörtchen *schön*. Ein Kunstwerk mußte vollkommen schön sein, sonst war

es nichts, und dieses *schön* bedurfte natürlich keiner Erklärung, es verstand sich seit jeher von selbst. Im Zweifelsfall wies er auf den »David« von Michelangelo, die »Venus von Milo« oder den »Hermes« von Praxiteles – alles Statuen übrigens, die man neben archaischen Torsi, römischen Kriegerschädeln und griechischen Götterhälften in seinem Haus bewundern konnte. Aus Gips natürlich, Perlgips, und in verkleinertem Format. So reichte die Flügelspitze der »Nike von Samothrake« knapp an den Lichtschalter aus Marmor heran.
Rutenkolk hatte da nämlich eine Firma im Schwarzwald entdeckt – wunderbar! Nur einmal, bei der ersten Lieferung, habe man sich im Ton vergriffen, Elfenbein statt Marmorweiß, aber das sei fast behoben. Lediglich ein Philosoph müsse noch umgetauscht werden. Schauen Sie, hier ... Und wirklich, der lebensgroße Kopf des guten Sokrates, den doch nichts so leicht aus der Sandale hauen konnte, sah ein bißchen käsig aus in dem Milieu.
Wo keine Skulpturen standen, prunkten Gemälde, oder was man dafür halten mochte, hübsch gerahmte Augenleiden mit Namen wie »Alpha 3«, »Kosmische Liebe« und »Ohne Titel I-XIV«. Die Werke von Hubsis Schwester, bescheiden mit »Aramis« signiert, waren nicht nur so bunt, daß sich das Geschrei der Vorhölle wie ein Domchor gegen die akustische Umsetzung der Farben ausgenommen hätte; sie hingen auch reihenweise übereinander und ließen dem kleinen Dufy und zwei Rötelzeichnungen von Hopper nur eins: In aller Ehre untergehen.

Die Inhaber der Drahtfabrik hatten keinen Zaun um ihr Grundstück gezogen, jedenfalls keinen sichtbaren. Es gab Laserkontrollen, die wohl nur nachts eingeschaltet wurden; als ich eine Rose aus dem Garten brach, blieb die Anlage stumm. Auch mein Klingeln hörte ich selber nicht. Aber der Hausherr öffnete unmittelbar.

Er hatte einen dunkelgrauen Westover an, die Fliege abgebunden, den oberen Hemdknopf geöffnet. Seinen Hals verbarg er mit einem Atlastuch, und die feine Brille milderte den Blick, in dem der Geist der Stechuhr blitzte, kaum.

Sie kriegen den Künstlerbonus, sagte er, als ich wegen der Verspätung um Pardon bat. Er legte mir einen Arm um die Schultern und führte mich durch das ovale Entree. – Wären Sie freilich mein Angestellter, müßten wir eine kleine Notiz ... Liebling schau, wen ich uns bringe!

Huberta Rutenkolk warf die Modezeitschrift aufs Sofa und kam rasch durch den langen Raum. Zu einem schwarzen Kostümrock trug sie eine rote Bluse mit schwarzen Manschetten, und das kraftvolle, im Nacken nach außen gedrehte Haar wippte bei jedem Schritt. Auch ihre Schuhe waren rot und hatten Chromabsätze, nagelspitz.

O nein, Herr Marrée, eine weiße Rose? Das kann ja noch *alles* bedeuten!

Wir reichten einander die Hand und schenkten uns ein Lächeln, Carrara, während Rutenkolk etwas übers Wetter sagte, den Mai, der entschieden zu heiß sei, entschieden. Er bat im Salon zu Tisch. – Unsere Nahkampfterrasse kriegt erst nächste Woche ein Schattendach, erklärte die Hausherrin, und ihre neue Bedienstete, eine Frau um die Sechzig, stellte Glaskannen auf den Rechaud und zog mit zitternden Fingern Cellophan vom Gebäck. Es gab Erdbeerkuchen, Petits fours und eine kleine Auswahl bunter Liköre.

Autsch! machte Hubsi, die beim Verrücken des Stuhls an eine Stechpalme gekommen war. – Seit ich diese Pflanze hasse, wächst sie. – Dann sah sie mich freundlich grollend an. – Ich *bin* vielleicht hungrig gewesen. Aber jetzt muß ich erst noch mal schmöken.

Sie fingerte eine schwarze Zigarette aus der Schachtel, ein Damenzigarillo mit goldfarbenem Filter, und Rutenkolk legte seine Serviette über den Schoß und betrachtete die CD neben der Tasse. Seufzend erwartete er wohl eine Frage, und als ich sie nicht stellte, wies er, leises Bitte!, auf den Kuchen und tunkte etwas Zwieback in Kamillentee. Was mich an die Magenoperation vor ein paar Wochen erinnerte.

Nun, wie geht es Ihnen? Alles gut überstanden?

Ich gab Huberta Feuer und erhielt ein dunkles Danke! aus Rauch. Ihr Mann nickte mümmelnd, tupfte sich das Kinn mit dem Handrücken ab.

Ach, wissen Sie, dazuliegen zwischen Maschinen, zur Reglosigkeit verdammt mit all den Schläuchen und Kathetern im Leib und fast wahnsinnig zu wer-

den vor Durst, das wünscht man nicht einmal Feinden. Mein lieber Herr Marrée, denken Sie über Krieg und Militär, wie Sie wollen, eines steht jedenfalls fest. Ohne die eiserne Schule der Selbstüberwindung, ohne unseren un-vor-stellbaren Drill seinerzeit hätte ich diesen Eingriff kaum so schnell verkraftet. – Er blickte seine Frau an. – Liebes?
Sie schüttelte bestätigend den Kopf. – Aber du hattest auch keine Schmerzen, Schatz.
Rasch rückte er die Brille zurecht. – Wohl wahr! *Die* Gnade blieb mir vergönnt. Nicht einmal Wundschmerz. Bis heute nicht.
Zigarillo zwischen den Lippen, legte sie mir ein Erdbeertörtchen auf den Teller. Die Früchte waren frisch und doch von demselben toten Rot wie ihr Nagellack. – Erzähl halt mal. Simon, gestern ...
Rutenkolk, der etwas Konfitüre auf den Zwieback gab, nickte zwar, ließ sich aber Zeit mit der Antwort. Unser Warten genießend, musterte er den Löffel, als wäre ihm soeben erst klargeworden, daß er nicht aus Marmor bestand. – Tja, diese nette Anekdote ...
Er holte Atem. – Es war in Professor Simons Büro in Düsseldorf, müssen Sie wissen, einem alten Raum mit Eichenpaneel. Die Sekretärin hatte Gladiolen hereingetragen, und im Park vor der Klinik, einer Privatklinik, zwitscherten Amseln.
Ganz privat, brummte Hubsi, doch er lächelte nicht. – Es wurde Abend, und wir drückten uns die Hand: Der Mann, der meinen Körper vor dem Verderben gerettet hatte, und ich, sein dankbarer Patient. Ein

gutes Gesicht, dachte ich noch, bleibt stets ein gutes Gesicht.

Schon Gladiolen, sagte er versonnen, und ich bewunderte mit ihm die Pracht, diese ... diese Posaunenstöße der Natur. Erhebend schön. Dann gingen wir meine Befunde durch, alles in bester Ordnung, plauderten noch ein wenig, und beim Abschied nahm ich mir ein Herz und fragte: Bitte, lieber Herr Professor Dr. Simon, warum eigentlich, das würde mich doch interessieren, warum fühle ich bis heute keinen Schmerz? Nicht einmal Wundschmerz?

Er biß die Zwiebackecke ab, trank etwas Tee. Das Schlucken machte wohl Mühe. Behutsam legte er eine Hand auf die Brust, schloß kurz die Augen. Ich beugte mich vor.

Weitersprechend sah er seine Frau an. – Und was antwortet der famose Arzt? – Er nahm die Brille ab, schüttelte den Kopf, setzte die Brille wieder auf. – Ach wissen Sie, mein lieber Rutenkolk, bei mir haben Leute selten Schmerzen. Selten. Wenn man gut schneidet, bedankt sich das Gewebe.

Verblüfft hob ich die Brauen, das war nun wirklich stark, und Hubsi blies Rauch in die Sahne. – Ist das nicht doll? Ist *das* nicht großartig? Ein Genie, ein absolutes Genie! Von *dem* – sie tippte mir an die Schulter – müssen Sie sich auch operieren lassen!

Den Mund voll Kuchen, konnte ich nur nicken, und bevor sie ihren Zeigefinger zurückzog, fuhr sie mit dem Nagel noch ein Stück weit über meinen Ärmel.

Das zeigt uns wieder einmal, sagte Rutenkolk und räusperte sich, um die Aufmerksamkeit seiner Frau

zurückzugewinnen; denn obwohl sie bisher nichts getrunken hatte, sah sie mich an, als wäre er doch auf dem OP-Tisch geblieben. – Dieses Beispiel zeigt, daß man in jedem Metier ein Künstler sein kann.
Aufgeschreckt fuhr sie herum. – Aber natürlich, mein Liebling! Natürlich, immer! Schöpferische Arbeit ist schöpferische Arbeit, egal was man tut. – Sie zerdrückte den Zigarillorest. – Nicht wahr, Herr Marrée? Ob wir nun ein Buch schreiben, Bilder malen, Patchwork machen oder Firmen leiten: Alles schöpferische Arbeit!
Ich lächelte Rutenkolk aufmunternd zu, und er langte in den Aschenbecher und machte die Kippe richtig aus. – Ach, naja ...
Seine Frau gab vor, die Bluse im Rücken zu richten, wollte aber nur ihren Busen betonen und drohte mir gleich darauf mit der Kuchengabel.
Übrigens, Schlawiner, übrigens, übrigens! Was hat er uns da wieder verheimlicht? Hm? Glaubt er denn, wir wüßten nicht, was jenseits der Grenzen von Irrlich passiert? Unsere Leute sind überall. – Sie neigte die Stirn, hätte ihren Blick sicher durchdringend genannt und fügte leise hinzu: Auch in *Firenze* ...
Ich war das letzte Mal vor zwei Jahrzehnten in Italien gewesen und hatte keine Ahnung, worauf sie anspielte. Doch Rutenkolk zuckte, als käme er nun doch, der Wundschmerz, und knüllte die Serviette im Schoß zusammen.
Meine Schwester war nämlich in den Offizien, sagte seine Frau. Rundreise. Und was glauben Sie ...
Moment, unterbrach er. – Liebling, warte. – Er legte

ihr eine Hand auf den Arm. – Du hast dich versprochen. Es heißt Uffizien, mit U.
Sie hob das Kinn. – Wieso? Sagte ich doch.
Eben nicht ... Er sah mich rasch aus den Lidwinkeln an, lächelte verlegen. – Eben nicht, Hubsilein. Du nanntest sie O-ffizien. Es muß aber ...
Menschenskind, beruhige dich! Wir wissen alle, was gemeint ist, oder? – Also: Unsere Gunni geht durch die Kunstsammlung da und ist schon ganz erledigt vom Gequassel des Reiseleiters; ich kenn' den aus Bottrop, Skilehrertyp, nicht uninteressant. Da sackt sie halt auf die nächste Bank und läßt den reden. Und plötzlich, mein Gott, kommen ihr fast die *Augen* raus. Denn was muß sie sehen?
Sie zielte auf mich mit dem Daumen; verständnislos zog ich die Schultern hoch.
Bitte, sagte Rutenkolk und strich eine Künstlersträhne hinters Ohr, hören Sie nicht auf meine Frau. Sie plappert gern ... Und schärfer: Gut jetzt, Huberta, lassen wir das! Es gibt Wichtigeres zu bereden. Die Ausstellung unseres Stipendiaten. Und überhaupt ...
Meine Hände, Reflex der Magenfarben an den Wänden, erschienen mir momentlang grün. Doch Hubsi wurde eindeutig fahl, aschfahl. – Was soll denn *das*? Willst du mir jetzt den Mund verbieten?
Sie legte alle Fingerspitzen an die Tischkante. – Unglaub-lich ... Die Lippen zu einem Strich gespannt, stieß sie ihren Stuhl zurück, zog im Hochfahren ein Zigarillo aus der Schachtel und lief ans Regal, den

Raumteiler, wo sie auf einem großen Marmorfeuerzeug herumdrückte.
Schweigend glättete Rutenkolk die Serviette im Schoß, faltete ein Quadrat, rollte es zusammen, überblickte das Geschirr, konnte den Silberring nicht finden. Breitete sie wieder über den Schoß. – Nun gut, dann ist das eben unglaublich. Worüber sprachen wir noch?
Das Klicken am Sideboard klang nach Wildwest; ich dachte an nasse Revolver und zeigte auf die CD vor dem Teller, Beethovens Violinkonzert, gespielt von irgendwelchen Philharmonikern unter Karajan. Solistin Anne Sophie Mutter. – Eine Neuerwerbung?
Wie? O ja, sagte er, hörbar froh über den Themenwechsel. – Und zwar eine ärgerliche. Sie kennen sicher die Aufnahme mit Yehudi Menuhin?
Ich verneinte.
Sie haben ganz recht. Auch wir sind der Ansicht, daß die künstlerische Kraft gelitten hat durch sein Humanitätsgedusel. Doch das Wunderwerk unseres deutschen Titanen hier entspricht ihm, das kann er, seit jeher.
Und dann die Mode-Mutter! Grandios. Beethoven als Mehlspeis', sag ich immer. Über ihr Gekratze will ich gar nicht richten, da gibt es sogar Schlimmeres. Aber keiner stellt sich vor, wie *die* das Tempo schleppt! Eine Frechheit. Ich saß mit der Stoppuhr daneben. Ganze drei Minuten und ...
Er schien zu grübeln, drehte den Kopf. – Was wollten wir uns notieren, Schatz? Drei Minuten siebzehn?

Hubsi, in seinem Rücken, hatte sich einen großen »Racke Rauchzart« genehmigt und zeigte mir die Flasche. Ich winkte ab. Sie schenkte ein.
Liebling?
Krachend brach Eis aus der Schale. – Bin ich dein Sekretär? Drei Minuten siebenundzwanzig.
Noch schöner. – Er kehrte die Handflächen vor. – Da hören Sie es. Beethoven als Mehlspeis'. Es würde den Meister entzücken. Drei-ein-halb Minuten! Umtauschen sollte man das Ding.
Hubsi stellte mir den Whisky hin und sank mit kessem Hüftschwung auf den Stuhl. – Warum denn? Sei doch froh, daß es mehr Musik gibt fürs Geld. Je länger, je lieber ... Cheers!
Wir stießen an. Nachmittagssonne hinter der Fensterrose am Ende des Raums projizierte blaue und rote Flecken auf Gipshelme und Göttertorsi, die Schatten der Stechpalmenblätter waren länger geworden. – Also gut, sagte Rutenkolk, ich bin besiegt. – Er lächelte mühsam. – Einer Schönheit ergibt man sich schließlich gern. Könnte ich denn auch etwas Kühles haben?
Seine Frau zwinkerte mir zu. – Mineralwasser? fragte sie, schon auf dem Weg in die Küche. – Stilles, bestätigte er und lehnte sich zurück. Der Blick verriet innere Sammlung, die Falten um den Mund herum wurden schärfer, das Gesicht bekam etwas Dezidiertes. Ich konnte einen Vogel im Vorgarten hören; fast heiser sein Zirpen, monoton; es klang wie kleine Eisensägen.
Nun, lieber Herr Marrée, was machen Sie? Wie geht

es voran mit Ihrer Arbeit? Dürfen wir bald neue Bilder bewundern?
Und ehe mir eine Lüge einfiel: Man ist doch sehr gespannt in unserem Städtchen. Es gibt natürlich Klotzköpfe, die sagen: Da streicht er seit Monaten Geld ein und bat uns noch nie ins Atelier ... Aber naja, solche Leute verstehen nichts von der Intimität schöpferischer Prozesse. Andere freilich sind ernsthaft interessiert an der Entwicklung Ihres Werks.
Er schmunzelte. – Süllwold, mein wackerer Mitstreiter in der Kulturkommission, hat gar Angst um den Absatz seiner Farben, wie es scheint. Äußerte neulich im Club die Besorgnis, Sie könnten wieder Torfbilder fabrizieren. – Er sah mich aufmerksam an. Als ich schwieg, nur das Eis im Glas kreisen ließ, zog er die Brille herab und fragte: Machen Sie nicht, oder?
Er meinte einen Zyklus, der einmal viel beachtet worden war, simples Zeug. Auf große, schwarz und weiß grundierte Leinwände hatte ich die Silhouetten von Männern und Frauen in allen möglichen Verstrikkungen gemalt – mit Leim. Und den, solange er frisch war, dick mit ordinärem Gartentorf beworfen. »Deutsche Menschen«. Alle verkauft.
Keine Angst, sagte ich, die Phase ist vorbei. Ich mach jetzt kleinere Sachen, auf Holz. Nicht die Welt natürlich, da waren noch ein paar Frühstücksbrettchen ...
Rutenkolk holte Atem. – Na bitte, es hätte mich auch gewundert.
Denken Sie nicht falsch, ich sehe die Probleme. Gerade jetzt wäre eine Stimme wichtig, die uns und vor allem unsere Jugend darin bestärkt, Schluß zu machen

mit dem deutschen Selbsthaß und der permanenten Nestbeschmutzung. Mein Gott, was haben andere Völker verbrochen. Und so unschön jene Krawalle in Rostock waren und die Übergriffe auf Ausländer und Scheinasylanten derzeit sind, Herr Marrée – sie offenbaren jedem, daß es noch gesunde Instinkte gibt in den Menschen, Widerstandskraft gegen die Irrtümer unserer Epoche: Überfremdung; 35-Stunden-Woche bei vollem Lohnausgleich; Europa. Sehr wohl!

Er schluckte, strich das Halstuch glatt. Die Finger zitterten. – Doch was geht *uns* das an, nicht wahr? Wir müssen Innerstes befolgen, den Willen des Dämons. Irgendwann kommt jeder ernsthaft ringende Künstler dahin: Politik ist und bleibt eine Sackgasse!

Ich ließ das Eis in anderer Richtung kreisen, und Huberta, frisch parfümiert, stellte ein Glas Wasser auf kleinem Silbertablett vor ihn hin. Zwei gelbe Pillen spiegelten sich in dem Metall.

Er tupfte etwas Schweiß von der Oberlippe. – Ich danke dir, Liebling. Herr Marrée malt zur Zeit auf Holz, normale Formate. Also wäre das Foyer der Leihbücherei ...

Sehr gut! – Sie nahm Platz. – Dort haben wir hohe Fenster und Nordlicht und brauchen auch keinen Wärter einzustellen. Die Garderobenfrau ist eh immer da. Übrigens, weißt du's schon? Die putzt jetzt einmal pro Woche bei Gunni.

Ach! sagte Rutenkolk. Wann denn?

Donnerstags. – Sie hob ihr Glas. – Zum Wohl! Ich *bin* vielleicht neugierig auf Ihre Bilder!

Wir stießen an, und der Dämon brummte: Ich auch ... Sie schrie vor Vergnügen und drückte, im Schatten der Marmorplatte, ein Bein gegen meins. Als »äußerst stilgenau« hatte mich ihr Mann in seiner Laudatio bezeichnet und hinzugefügt: »Nur Melancholiker sind Stilisten.« Ich erwiderte die Attacke sanft.

Das ging ja nun fix, sagte er nach einem Schluck Wasser. Am besten, wir kündigen die Schau zur Halbzeit Ihres Stipendiums an, Mitte Juni etwa. – Und während ich mit Grauen überschlug, daß mir knapp zwei Wochen blieben, um eine Ausstellung zusammenzuklecksen: Wir kommen Sonntag mal ins Atelier.

Die dicken Erdbeeren auf den Törtchen waren so angeordnet – wie Zungenspitzen sahen sie aus, und Hubsi nahm mein Glas und ging zum Buffet. Ihr Mann entfaltete ein Stück Papier.

Dann wäre da noch diese kleine Bitte ...

Er langte herüber, zupfte zwei Flaumfedern von meinem Sakko und ließ sie in den Aschenbecher schweben, auf die Zigarilloglut. Ich beugte mich vor.

Was ich für eine Art Lageplan gehalten hatte, war bei näherer Betrachtung ein Stammbaum, oder doch das grob skizzierte Stammgestrüpp der griechischen, von Uranos und Gäa ausgehenden Mythologie, ein mit Querverweisen und Zickzackpfeilen versehenes Gedränge von Göttern, Halbgöttern und Zyklopen, von Erhabenen und Würdelosen, und Rutenkolk erklärte, daß dies der Entwurf einer zwei mal drei Meter großen Schautafel sei – Illustration des Vortrags, um den

ihn Rotarier in Essen gebeten hätten: »Wurzeln unserer Kultur«.
Sie wissen, was das ist?
Der Rotary-Club? Sicher. Die Elite, sagte ich, und er lächelte stolz, gar verschämt. – Wenn Sie es so nennen wollen.
Das wollte ich durchaus nicht. Doch hatte er mir eine ähnliche Frage vor wenigen Wochen gestellt und eben so selbst beantwortet. Die Elite kann sich schließlich alles leisten, nur kein Gedächtnis.
Ich möchte Sie um folgendes ersuchen. Man pflegt es so zu machen, daß ich vorn am Pult stehe, während die Tafel unter dem Strahler links hinter mir hängt. Es wäre nun sehr mühsam und aller Konzentration abträglich, wenn ich mich jedesmal umdrehte und mit einem Stock auf den gerade erwähnten Gott wiese, nicht wahr? Ob Sie mir da assistieren könnten? Also, sage ich zum Beispiel Kronos, zeigen Sie, um den Mitgliedern die Hierarchie zu verdeutlichen, auf das Schild »Kronos«; wenn ich von Pallas Athena rede, haben wir hier, nein, da den Schriftzug »Pallas Athena«, und so weiter? Freitag in einer Woche. Dezente Straßenkleidung reicht.
Ich nickte. – Und erwähnen Sie Prometheus, tippe ich, dort, auf »Prometheus« mit meinem Stöckchen? – Exakt, sagte er und stutzte: Riesig war der Drink, den Hubsi mir in das späte, durch die Stechpalme fallende Sonnenlicht stellte.
Alles bloß Soda! sagte sie mit flotter Benzinstimme, und ich kniff die Bauchmuskeln zusammen, um ein Knurren zu unterdrücken, das Rumoren von Erd-

beeren, Schnaps und Mythengips. Ich entschuldigte mich.

Statt meine Frage zu beantworten, stellte die Bedienstete ihr Bügeleisen ab, schlurchte eilig durch den Flur voraus und stieß – Bitte, hier! – die Toilettentür auf. Und während ich das Kachelmuster anstarrte und ein Stück marmoriertes Papier von der Rolle riß, wollte mir nicht in den Kopf, welche Art Draht dieser Mann produzierte.

Im Salon war das Teegeschirr abgeräumt worden. Die Tischplatte lag wie eine Eisscholle zwischen den beiden, ihrem Schweigen, und ich blieb hinter meinem Stuhl und räusperte mich. Huberta, Arme unter der Brust verschränkt, Lippen gespannt, wollte den Göttergatten offenbar wegätzen mit dem Blick; er zupfte seine Manschetten zurecht.

Doch ehe ich einen Abschied vorbringen konnte, setzte sie sich auf, die Frau, und hämmerte mit dem Ringfinger, mit ihrem goldgefaßten Achat ans Glas, daß der Whisky schwappte. – Jetzt sag ich's aber *wohl*, Johannes. Und wehe – wehe –, du unterbrichst mich!

Rutenkolk zog einen Mundwinkel herab und starrte in den kalten Kamin. Dann schloß er die Augen, ein wortloses Bitte! Mach halt, was du willst ... Sie lächelte fast lieb.

Also, um noch mal auf die Uffizien zurückzukommen, alter Schlingel. Wieso wurde das nie erwähnt? Wenn meine Schwester nicht zufällig diese Rundreise gemacht hätte ...

»Lebensalter«, was für ein schöner Titel! Gunni er-

zählte, es sei total realistisch gemalt? Und riesengroß? Sie verblüffen mich auch immer wieder, Sie, Sie ... Die Hände hebend, schien sie eine Formulierung aus der Luft zu greifen: Sie »Ritter der weißen Rose«! Nun, die Metapher ging daneben, doch dämmerte mir langsam, was ablief in ihrem Köpfchen, und sie fügte hinzu: Mein Mann behauptet zwar stock und steif ... Aber der war noch nie in Florenz. Sind Sie nicht stolz, bei diesen ollen Schinken zu hängen?
Rutenkolk, als hätte er wieder Stiche in seinem halben Magen, beugte sich vor, sank zurück, schlug ein Bein übers andere, erzeugte leise, paffende Geräusche mit den Lippen, und plötzlich fühlte ich eine traurige Sympathie für diesen grauen Schöngeist. Weniger, weil es ihm peinlich war, daß die ehemalige Kunsthistorikerin nicht wußte, wer das weltberühmte Bild »Die Lebensalter« geschaffen hatte; vielmehr, weil er seine Frau offenbar so liebte, daß er sie, und damit ihre Schwester, nicht einmal unter vier Augen beschämen mochte. Also verbat es sich, hier aufzuklären. (Maler des Werks war der 1887 in Rom verstorbene *Hans von Marées*, und statt in den Uffizien – Rundreisen verwirrt – hing es im Aquarium von Neapel.)
Die Elite erkennt sich an einem Zwinkern. Ich lächelte den Perlgips in den Schatten, versuchte einen tiefen Blick und sah mein Guthaben ins Himmelblaue wachsen. – Arriverderci, Bella!
Bis Sonntag, erinnerte ihr Mann. Er klopfte mir scheu, fast nur mit den Fingerspitzen auf die Schulter, zog eine Flasche Champagner hinter dem Sokrates-Kopf

hervor. – Sollten Sie probieren. Unsereins muß ja nun entbehren.
Ich bedankte mich für die Teestunde und ging über den gewundenen Plattenweg davon. Feuchte, für die Jahreszeit befremdliche Abendschwüle erschwerte momentlang das Atmen. Die Gräser, die Blätter und Blüten an Sträuchern und Bäumen kamen mir schlaff und blaß vor, und auch mein Sakko und die Krawatte schienen zerknitterter als am Mittag. Kein Vogel. Kein Ton.
Auf dem Bürgersteig der stillen Straße drehte ich mich noch einmal um; die beiden, Arm in Arm, standen unter dem Marmorportal. – Wie sehen wir aus? rief Huberta.
Sie strahlte, und Rutenkolk, Hand zum Winken erhoben, strich sich eine Strähne hinters Ohr. – Schön! antwortete ich und verschwand zwischen den Gärten.

Von dieser Stelle des Villenhügels konnte man bis nach Sterkrade sehen, wo eine breite, schlammgraue Wolkenfront sich über das Hagelkreuz schob, was die Lichter der Kirmesbuden, Achterbahnen und Autoscooter nur heller leuchten ließ. Offenbar verstärkte es auch Schall und Hall, denn mit jäh aufkommendem Wind, der Staub, Kastanienblüten und die Federfontänen an den Hüten heimwärts torkelnder Schützenbrüder herumwirbelte, hörte ich deutlich »... ack is black!«. Doch während das glühbirnenbesetzte Riesenrad anfuhr, ruckweise, klang »I want my baby back!« schon wieder so leise, als hätte ich es nur gedacht.

Daß Rutenkolk übrigens *keinen* Stacheldraht produzierte, wußte ich von Sarah, die seit langem bei ihm arbeitete, hauptsächlich in der Spedition, wo sie jene Banderole »Qualität aus Irrlich« um die Rollen klebte. Sie hielt viel von ihrem Chef, der im Krieg eine Sinti-Familie vor den Nazis versteckt haben soll, und beteiligte sich selten an den Spötteleien über ihn. Obwohl sie wegen Karlchen nur halbtags in die Fabrik ging, wurde ihr die Stelle fast voll bezahlt; außerdem kriegte sie jeden nötigen Sonderurlaub. Rutenkolk schätzte die Gewissenhaftigkeit und das Organisationsvermögen der Frau und hatte ihr für Anfang nächsten Jahres sogar die Abteilungsleitung angeboten.

Du glaubst nicht, wie *die* sich verändert hat! war noch heute der Standardsatz meiner Mutter, wenn wir rauchend hinter Balkonblumen hockten und Sarah den Jungen vorbeischieben sahen. – Eine wirklich blitzsaubere Frau, fügte sie meistens hinzu und verschwieg damit hörbar, wofür man sie gehalten hatte seit jener Zeit hinterm Abwasserbach.

Obwohl das Rudelbumsen in der Heide kaum länger als den Sommer gedauert und mit einer allgemeinen Gonorrhöe und Rackos mißglücktem Einbruch ins Sterkrader Waffengeschäft ein Ende gefunden hatte, hing ihr über ein Jahrzehnt der Ruf einer Hure an. Erst nach Karlchens Geburt, bei der sie fast verblutet wäre, wandelte sich das Renommee, was man übrigens an der Entwicklung ihres Namens ablesen konnte. Das spöttische Tripper-Lilly wich bald wieder dem vertrauteren, wenn auch nur leise geäußerten Tiger-Lilly, das mit der Zeit auf Lilly reduziert wurde und wohl immer noch zu sehr nach Lackmantel klang. Für meinen Vater, der einmal Karlchens Rollstuhl repariert und dafür außer ihrem Lächeln einen Solar-Taschenrechner bekommen hatte, war sie fortan väterlich Sarah.

Die arme Sarah mit dem schönen Krüppel: Ihr Sohn hatte schon als Baby diesen unglaublichen Blick gehabt, Ewigkeit in den Augen, und als sie sich entschied, ihn nur zum Unterricht ins Rosenheim zu geben und neben aller Haus- und Fabrikarbeit eine unermüdliche Hilfsbereitschaft für kranke oder bedürftige Nachbarn entwickelte, war ihre Vergangenheit endgültig abgetan.

Nicht bloß, daß sie sich um den Garten des rheumageplagten Küsters kümmerte, die Kinder einer türkischen Familie zur Asthmakur chauffierte oder Frau Lamberts nebenan Insulinspritzen gab; an ihrer »Plaudertherapie«, wie sie das nannte, erfreute sich das halbe Seniorenheim, und wann immer sie Karlchen durch die Siedlung schob, war der Rollstuhl vollgepackt mit Einkaufstaschen und Blumen für Hinz und Kunz.

Sie hat sich auf die andere Seite gerettet, sagte Rutenkolk neulich. Und nach meinem Stirnrunzeln: Hervorragende Mitarbeiterin, ohne Frage. Und ich bemühe mich auch schon, ihren Mann für die Kulturkommission zu gewinnen.

Ich ging langsamer. Der Gedanke an den Abend mit den beiden war so etwas wie ein Kater vor dem Rausch. Das schlechte Gewissen, mit dem ich die Nichtraucherwohnung vollqualmen würde, ihr nachsichtiges Lächeln über das Tempo, in dem ich den Öko-Wein kippte, die dauernde Vernünftelei und der Wassergehalt ihrer Begeisterung ... Vergeblich kramte ich nach Aspirin. Lutschte einen Himbeersplitter.

Die ganze Familie bewunderte mich. In ihren Augen war ich etwas. Der Enge in Irrlich entwischt und zur Hochschule gegangen, verfügte ich über ein Berliner Atelier, wurde von angesehenen Ausstellern betreut, in Fachzeitschriften und Kunstlexika erwähnt, und diese oder jene Arbeit hing sogar in städtischen Museen. Ein gemachter Mann.

Wäre ich freilich mit der Wahrheit gekommen: Daß ich in Essen ernsthaft ein Semester und in Köln vierzehn Tage lang studiert hatte; daß mein Loft längst einer Werbeagentur gehörte und ich bei Galeristen mit Unsummen in der Kreide stand, also nach dem Stipendium kaum besser dran war als irgendein Sozialfall – sie hätten das als Geflunker abgetan und Art und Zahl der Drinks wissen wollen. – Und natürlich blieben sie auch blind für den wirklichen Anlaß der »Kulturgabe Irrlich«, das lokalpolitische Gemauschel, und hielten sie ernsthaft für eine Würdigung meines Werks.

Erzählte ich außerdem, daß es vorbei war damit, seit

Jahren kein Aquarell mehr, keine Graphitzeichnung, nichts, alle Farben der Palette schwarz, sie würden mich anstarren mit jener entgeisterten Scheu, in der auch etwas Beleidigtes lag, Einsamkeit, sobald ein Freund zurückbleibt hinter seinem Bild in unserem Kopf.

Beide hatten einfach Angst vor dem Unregelmäßigen, Unwägbaren, Irrationalen, für sie war das meiste klar, alles zu bereden, Grundsätzliches stand in Verträgen. Und wie sie stets erkannte, was getan werden mußte, oder er nie wirklich sprachlos blieb vor einem Bild, immer gleich kunstgeschichtlich dozierte und katalogisierte, wie ihm die ganz wilde, ganz unvernünftige Passion fürs Schöne fehlte, konnte ich mir kaum vorstellen, daß sie sich von so dämonischen Gefühlen wie Haß oder Liebe in die Wolken reißen ließen. Ihre Ehe nannten sie denn auch »Partnerschaft« und würden es zumindest befremdlich finden, wenn sich einem schon beim Wortklang die Herzhaare sträubten.

Früher, während meiner Elternbesuche, war ich öfter mit ihnen zum Griechen oder ins Café Bispeling gegangen, um die Geister unserer flüchtigen Jugend wiederaufleben zu lassen, und hatte bei allem Staunen über die Harmonie doch selten Zärtlichkeit bemerkt. Irgendwie abgemacht kam es mir vor, das Zusammenleben, ein Fürsorgeprojekt oder Angestelltenverhältnis, dem Karlchens Existenz seit Jahren Unkündbarkeit verlieh und allen ein ordentliches Heim bescherte, Sonntagskunst und Biogardinen, kleine Tiere aus Babyseife.

Was ich nicht immer bespöttelt hatte. In schwachen Momenten, schwächeren als dem gegenwärtigen, war mir die Lebensform auch wieder tröstlich erschienen, ein Halt, der oft fehlte. Und für den es nun wohl zu spät war.

Es muß gegen Ende der sechziger Jahre gewesen sein, als mein Freundeskreis sich längst gespalten hatte in die mit und jene ohne Moped und ich bei einem Architekten lernte. Der Wunsch, nach einer Siebdrukkerlehre an der Essener Folkwangschule Malerei zu studieren, war von meinem Vater, der damals noch das Sagen hatte, mit einem beiläufigen Gibt's nicht! erledigt worden; und auch mein Berufsberater sah zwar das Talent, kaum aber die Notwendigkeit einer materiell und moralisch fragwürdigen Künstlerexistenz. Und vermittelte mir eine Arbeit als Bauzeichner. So etwas zahle sich immer aus.

Im Bus traf ich manchmal Hiller. Lehrling in der Stadtverwaltung, holte er nebenbei irgendeine Fachschulreife nach, und oft war ich es, der ihn zuerst bemerkte; er las Akten und Bücher auf seinen Knien, fuhr mit dem Finger über lange Tabellen oder machte sich Notizen in ameisenkleiner Schrift.

Bei schlechter Stimmung versuchte ich, nicht entdeckt zu werden von ihm, der übrigens recht hübsch geworden war, im Gegensatz zu mir kaum Pickel hatte und mit seinem bräunlichen Teint und den schwarzglänzenden Haaren fast südländisch wirkte. Er besaß aber eine Angewohnheit, die mir, um es im Slang der Jahre zu sagen, wahnsinnig auf den Senkel ging. Bereits aktives Mitglied im Bund für Kriegsdienstverweigerer, wollte er einem dauernd Sticker und Plaketten aufschwatzen – wogegen man sich wehren konnte. Schlimmer war seine Unart, die Sprache der wöchentlichen Sitzungen im Alltag anzuwenden und jeden Mann schlicht *Freund* zu nennen. Wohlgemerkt, nicht Freund Jan oder Freund Marrée, was noch gegangen wäre; einfach Freund. Schönen Tag, Freund! Frohes Fest, Freund! Gute Besserung, Freund! – Das konnte mich nur feindselig stimmen.

Flieder vor der Hoffnungshütte, meiner Haltestelle, blühte, und während ich in den Bus stieg und wieder kein einziges leuchtendes Mädchen sah, unterstrich Hiller Zahlen mit einem Füller. Fast hatte ich mich an seiner Bank vorbeigedrückt, da hob er den Kopf, rückte die Nickelbrille zurecht und sagte: Hallo! Gut, dich zu treffen. – Er räumte das Schreibzeug weg. – Wie geht es dir, Freund?

Die Polsterung war hin, ich sank und saß eine Stirnhöhe tiefer. – Heiße Jan, bin Alkoholiker, erwiderte ich und schob meine Zigarette, deren Glut vor der Klapptür qualmte, in die Schachtel. Natürlich lächelte Hiller nicht. Er blickte besorgt, sein Nicken kam mir schon therapeutisch vor, und als er allen Ernstes mit Du, das würde ich mir überlegen …, mit drohender Leberzirrhose und Schädigung des Erbgutes bei Trinkern anfing, ließ ich ihn reden und starrte hinaus.

Vom Flieder überwölbt, wartete eine Frau auf den Kleekamp-Bus. Sie war wohl fünfzig Jahre alt, strohhaarig, dick und trug zwei weiße Einkaufstaschen. Nachmittagslicht warf Schatten herzförmiger Blätter

und blühender Zweige auf ihren Mantel, das Gesicht, blasse Schatten, schwankend in einem Hauch Wind; oder vielleicht war's die Frau, die sich etwas bewegte.
Während der Fahrt sprach Hiller von irgendeiner Hitparade in Radio Luxemburg, und ich spitzte die Ohren. Normalerweise hielt er Ringo Starr für einen *Stone, Abba* für ein Scheuermittel und dachte an Schiffbrüche bei dem Wort Riff. Dagegen interessierte mich kaum mehr als Popmusik; ich besaß alle wichtigen Platten und nahm zum Beispiel niemanden ernst, der die B-Seite von »Paperback Writer« nicht kannte. Auch wenn ich mich damit abgefunden hatte, daß viele Menschen ihre Qualität überhörten und das Stück in seiner aufwühlenden Melancholie für ein Nebenwerk hielten: Wer »Rain« unterschätzte, konnte kaum mein Freund sein. Und wer es nicht kannte, war Luft für mich.
An diesem Feierabend kam Hiller jedoch auf *Manfred Mann* zu sprechen und wollte wissen, was ich von seiner Gruppe dachte, die damals noch nicht *Earth Band* hieß. Gezuckert war der Unterton, mit dem er mir Autorität einräumte, und ich schniefte, verflocht meine Finger und ließ die Knöchel knakken.
Drück dir stärkeren Stoff, alter Junge. Rein musikgeschichtlich betrachtet, sind sie ein bißchen zu modisch, verstehst du. Paar interessante Songs mag's ja geben, »Ha-Ha Said The Clown!« etwa, oder »My Name Is Jack«. Aber an und für sich ... Da liegt mir, um in der Größenordnung zu bleiben, die *Spen-*

cer Davis Group entschieden mehr. Die ist schnell, ehrlich, hart, rauh, und ihr Sänger hat auch nicht so'n kultiviertes Stimmchen wie dieser Schönling bei *Manfred Mann*. Wenn ich den schon sehe mit seinen Honiglocken. Der Sound von dem Winwood dagegen klingt immer, als hätte er vor der Aufnahme einen Zementsack geraucht.

Aber »Mighty Quinn« ist doch gut? fragte Hiller. Oder »Pretty Flamingo«? Ich meine, nichts gegen deinen David Spencer: Würdest du dir ein Konzert von *Manfred Mann* anhören? Live?

Ich winkte ab. – Vergiß es. Mittelmäßiger als auf Platte können die kaum noch sein. Mädchenkram. Selbst wenn man mir eine Karte schenken würde ..., sagte ich müde. Und hielt sie im nächsten Moment in der Hand.

»Manfred Mann's World Tour«. Über die Arbeitsstelle im Rathaus hatte Hiller Gratisbillets für die Oberhausener Stadthalle ergattert; der Sänger mit den Honiglocken grinste als Wasserzeichen im Papier.

Donnerwetter! Thanks. Aber warum gibst du mir zwei?

Das war sein Angelpunkt. Er schluckte, sah auf die Uhr, polierte das Glas mit dem Daumen, schloß kurz die Lider. – Naja ...

Da Sarah Lilienthal mit ihrer Mutter im nächsten Rondell der Siedlung lebte, kreuzten sich unsere Wege fast nur bei »Spar«, und wir nickten einander schmunzelnd zu, wie Geschwister nach heimlichem

Bettgefummel. Eine Zeitlang fuhr sie mit dem Dekorateur von »Kaiser & Gantz« durch die Gegend, Sportflitzer, Föhnwelle, alles klar, und sommers sah man sich manchmal im Alsbachtal, dem einzigen Freibad weit und breit. Dort hatte ich auch deutlich mehr Silhouette bemerkt als damals, in der Heide, wo sie ihrer Weiblichkeit doch etwas vorausgewesen war.

Zwei Tage nach der Busfahrt mit Hiller traf ich sie auf dem Markt. Sie aß ein Eis am Früchtestand, und ich hielt ihr den Lauf einer Banane unters Kinn. – Laß mal beißen! Schenk dir auch ein Rock-Konzert.

Welches? fragte sie, das Haar inzwischen lang, Mittelscheitel, und versteckte die Tüte hinterm Rücken. Ich nannte den Namen der Gruppe, doch sie schüttelte den Kopf. – Nie gehört.

Aber ja, beharrte ich und wiegte mich in den Hüften. – »Come on without, come on within ...«

Ihre Augen wurden groß, zwei glänzende Oh's, und sie holte Atem, als wolle sie aufschreien, und hauchte kaum hörbar: Singt das nicht der mit den ...

Hübschen Lippen, süßen Locken, knackigen Backen, genau. – Ich leckte ein Stück Karamelglasur ab. – Also? Fahren wir?

Hiller hatte mich gebeten, die Herkunft der Tickets zu verschweigen, und wollte uns so nebenbei im Publikum treffen, was leicht war: Halbleer der Festsaal, als Sarah und ich durch die Schwingtüren stürmten. Buspanne. Fast eine Stunde zu spät.

Trotzdem hatte das Konzert noch nicht angefangen, der unbestuhlte Raum war neonhell, und man konnte

sehen, daß viele, zu viele Wartende in gleichen oder ähnlichen Kleidungsstücken dastanden: Ärmellose, teils über Lederjacken, teils über freie Oberkörper gestreifte Jeanswesten, auf dem Rücken mit Goldgarn bestickt. Fast die gesamte Bühnenbreite nahmen sie ein, die »Hells Angels Eisenheim«.
In der Beleuchtung fielen aber nicht nur vorhandene Kluften auf. Zugegeben, es sah gut aus, dieses cremefarbene, rot gegürtete, einem Unterrock ähnelnde Fähnchen aus Satin, zu dem Sarah Cowboystiefel trug, ebenfalls rot; es hätte bloß etwas länger sein können. Auch daß sich kein Büstenhalter darunter abzeichnete, kriegten die durchweg betrunkenen Rocker natürlich sofort spitz, und angesichts der Muskeln, der vollen Bärte und verengten Augen ringsum wurde mir, als ginge ich mit einem Rollbraten im Arm durch Bärengebiet. Stumm flehend blickte ich zum Deckenlicht.
Doch das blieb an, was offenbar der Grund für die Verzögerung des Auftritts war, denn am linken Rampenrand, wo wir auch Hiller trafen, fanden Wortwechsel zwischen einem Crew-Mitglied und einem Mann im Graukittel statt.
But look! rief der Manager, oder was er war, von den Brettern herunter. Lindgrün sein Anzug, feuerfarben der Schlips, und er zeigte auf die Scheinwerferstative, die sich zu heutigen Anlagen wie Partyleuchten zu Airportflutern ausnahmen. – We've our own light!
Der dicke Hallenwart stopfte beide Fäuste in die Tasche, runzelte seine nicht sehr hohe Stirn. – Na was? Na und?

Der junge Mann lockerte die Krawatte und trat auf ein Pedal: Gelbe Lampen. Das Publikum johlte. – Look, it's nice, verry nice! sagte er überdeutlich. The band doesn't play without this. It's good for the show, you know? Different songs – different mood. Look now!

Er betätigte einen anderen Schalter, Blauschimmer fielen auf das graue Haar des Hausmeisters, der die Lippen während der Rede mitbewegt hatte. Dann blickte er zur Wanduhr und fragte den nächstbesten Rocker: Was will er?

Der »Angel«, schwankend, murmelte: Dresche. Umstehende lachten. Doch Hiller mischte sich ein. – Licht aus, mein Freund!

Der Mann rasselte mit Schlüsseln, blitzte ihn aus den Augenwinkeln an und wies auf die sternförmig festgeschraubten Neonröhren unter der Decke. – Licht out? fragte er zur Bühne hoch, und der Engländer, schwitzend, holte Atem, rang die Hände und sagte: Yes! Oh yes, Sir! Please! We would ...

Gibt's nicht! brummte der Hallenwart und ging davon. Der Manager sank auf den Trommelkoffer.

Mehr und mehr Rocker stellten sich in die Nähe, hinter uns wurde über Sarah geredet, ich hörte das Wort Knackarsch und einen obszönen Schlürflaut, und auch Hiller schien beklommen; jedenfalls bot er ihr seine Cordjacke an. – Danke! sagte sie und blickte erwartungsvoll zur Bühne, wo außer den üblichen »Marshall«-Boxen kaum etwas zu sehen war. – Mir ist nicht kalt.

Paar Höllenengel saßen auf dem Rampenrand, zwi-

schen ihnen ein zwölf- oder dreizehnjähriger Junge in Bluejeans und weißem Hemd. Einen dummdreisten Ausdruck im Gesicht, hielt er seine Zigarette mit Daumen und Zeigefinger und riß wohl Witze über die Konzertbesucher. Manchmal, um Kumpanen zu gefallen, sprang er hinunter und quatschte eine Frau an, versuchte gar, sie zu befummeln, und kam, hatte sie ihn abfahren lassen, grimassierend an seinen Platz zurück. Oder er spazierte zwischen den Geräten herum, drehte hier an einem Verstärker, da an Gitarren und zeigte dem ganzen Publikum, daß niemand es wagte, ihn zu verjagen, auch nicht, als er sich hinters perlmuttfarbene Schlagzeug setzte. Doch fand er nirgends Stöcke und trommelte grinsend mit den Fingern auf Becken, Felle, Kesselpauken.
Dann wieder schlawenzelte er im Saal umher und schnorrte Zigaretten noch und noch. Kaum einer, der ihm keine gab. Unablässig Speicheltröpfchen spukkend, schien er Furcht zu wittern und trat denn auch Hiller auf den Fuß. – Spendier mal 'ne Zichte, Kumpel ... Dabei zwinkerte er Sarah zu.
Seine Stimme klang fast wie meine, als ich sie erstmals vom Band gehört hatte. Trötenblech. Doch stank er nach Schweiß, und ich war sicher, in dem Alter noch keinen Körpergeruch ... Ortwin wurde blaß.
Der raucht nicht, sagte ich, bevor er Unglück mit seinem »Freund« anrichten konnte, und sofort drehte sie sich um, die kleine Ratte, legte den Kopf schräg und sah mich neugierig an. – Dann gib *du* mir eine, Klugscheißer.

Ich zeigte meine leeren Hände, und er nickte, zog Rotz hoch, kam einen Schritt auf mich zu.
Rasch ausgestreckt den Arm, hielt Sarah ihre »Juno« zwischen uns.
Übertriebenes Stutzen. – Ich werd nicht mehr! Die Firma dankt. Ist zwar nicht meine Marke, aber naja ... Darfst dich nachher auf mein Gesicht setzen, Lady. – Die Rocker lachten, als wüchsen ihnen Haare im Rachen, und der Pimpf entwand ihr die ganze Schachtel und schlenderte davon.
Sarah machte große Augen, protestierte aber nicht. Sie rieb sich das Handgelenk, starrte zu Boden, schmunzelte verlegen und stieß die Innenseiten ihrer Stiefel gegeneinander. – Auch gut, sagte sie leise. Qualm sowieso zu viel.
Ich fühlte Hillers Zorn, seine Empörung, und daß er wohl an vereintes, ritterliches Vorgehen dachte. Ich schüttelte, kaum merklich, den Kopf.
Was ihn nur entschlossener machte. – He, Freund! rief er dem Jungen nach und war schneller zwischen den Leuten verschwunden, als ich ihn zurückhalten konnte. Flaschen zerschellten auf dem Parkett; eine bunte, mit Spiegelstückchen besetzte Mütze flog empor. Und plötzlich, eng an eng, wurden wir nach vorn gedrückt in einem Platzregen aus Applaus: Die Musiker betraten den Saal.
Keiner der Männer hatte auch nur einen Seitenblick fürs Publikum oder die Rocker auf dem Bühnenrand, was mir faszinierend professionell vorkam, englisch halt, obwohl Manfred Mann Südafrikaner war; mit seinem seltsam gestutzten, rechteckig um Kinn und

Kiefer wachsenden Bart sah er genauso aus wie auf dem »Bravo«-Starschnitt. Er setzte sich an das zerschrammte Klavier, schaute stirnrunzelnd zu den Deckenleuchten hoch und knibbelte an einem Manschettenknopf herum, bis die Gitarristen, unter ihnen der deutsche Bassist Klaus Voormann, Gastmusiker auf der »Revolver«-LP der Beatles, ihre Instrumente eingestöpselt hatten. Mike D'Abo, der Sänger, nahm das Mikrophon aus dem Ständer, zeigte den Leuten seinen muskulösen, von violettem Stoff umspannten Hintern und sagte: Hi, Overhousn! Nice to see you.
Pfiffe, Stampfen, Johlen, und Hiller, Jackenkragen eingerissen, zwängte sich zurück und reichte Sarah das verbeulte Päckchen »Juno«.
In ihren Augen gingen Sterne auf, ein Hauch des roten Lichts huschte über Hals und Wangen. – Mann! schrie sie gegen die Gitarrentöne und den losdreschenden Trommler an. – Hast du das für mich gemacht? Echt? Stark! War ja nur noch eine drin.
An jenem Abend befand ich mich auf meinem ersten »richtigen« Rock-Konzert. Zwar hatte ich mehrfach irgendwelche lokalen Blues- oder Beatgruppen in Pfarr- oder Jugendheimen gehört, einmal den großartigen Franz De Byl mit seiner Stahlklampfe, ein anderes Mal die langweiligen, widerlich uniformierten *Lords*, doch Bands von internationalem Rang, Spitzenreiter der Hitparaden, waren noch nie in unsere Region gekommen.
Und so bestaunte ich die Männer unter den Neonröhren wie Botschafter einer anderen Welt, Geheimnisträger in Sachen Liebe und Musik, denen ich London

anzusehen meinte, San Franzisco, New York, und wenn der Sänger, längst nicht so süßlich wie auf Fotos, in seinen weißen Stiefeln, der lila Hose und dem weit geöffneten Rüschenhemd über die Bretter ging, bewegte sich dort nicht nur ein Mensch, sondern – Kraft. »Come on without, come on within ...«

Manfred Mann dagegen hing wie träumend über den Tasten des Klaviers, das dem Lack nach winters in undichten Scheunen stand, und so sehr ich mich anstrengte, ich konnte es nicht heraushören aus dem Sound, der eigentlich gut klang, klar. Doch wäre ich kaum erstaunt gewesen, wenn er das Instrument mit Papier ausgestopft und sich als sein eigenes Markenzeichen davorgehockt hätte: Manfred Mann, der mit der kleinen Hecke im Gesicht.

Worin es übrigens keinen Hauch von Miene gab während des Gigs. Es verfügte über jene friedvolle Reglosigkeit, die nur äußerst intelligente, humorvolle Angelsachsen zuwege bringen; *coolness* wäre das falsche Wort. – Dort, knapp zehn Jahre älter als du, sitzt ein Genie! dachte ich und fühlte mich beschämend unreif und dumpf gegenüber der inneren Reinheit, die er ausstrahlte. So einer hatte es nicht nötig, Lehre oder Uni zu schmeißen; das war Spaß, das machte man mit links. Während man mit rechts einen Song schrieb, der Millionen Seelen in Brand steckte.

Nur einmal, am Ende des Konzerts, stutzte er, sah in das Getümmel, den Anflug einer Schlägerei vor der Rampe, und schüttelte den Kopf, wobei sein indignierter Blick zu sagen schien: Mein Gott, Jungs, wo *sind* wir hier eigentlich?

Good night, Overhousn! rief der Sänger, und alle Bandmitglieder winkten. Der Hauswart löschte das Licht. Und als wir zu den Schwingtüren gingen, hörte ich jenen Jungen Hallo! ins Mikrophon bellen: Hallo? Test, eins, zwei. Schnalle, Flaschenöffner nach vorn!

Sarah fror nun doch in ihrem Leibchen und gab sie bibbernd auf, die leise Herablassung einer fast Erwachsenen, die mit zwei Buben ausgeht. Drängte sich zwischen uns und sprach allein von Mike D'Abo, von den Augen, den Lippen, den Locken, diesem Rieseln in der Stimme. Und natürlich von seinem Arsch. – Wie man *so* enge Hosen anziehen kann als Mann! staunte sie, und ich knurrte: Man kann. War er übrigens Links- oder Rechtsträger?
Trotz des schwachen Lampenscheins sah ich Ortwins Röte, und Sarah stieß mir einen Ellbogen in den Bauch. – Gib mal deine Lederjacke, langes Elend!
Kommt nicht in Frage, erwiderte ich. Der Kerl hier ist ganz scharf darauf, für dich zu zittern.
Schon hatte Hiller ihr sein Sakko um die Schultern gelegt, und sie ließ, wie im Schlager, die Wimpern klimpern und schenkte ihm ein Lächeln, das mir etwas zuviel Zelluloid enthielt. – Sehr aufmerksam ... Dann wurde der Projektor gestoppt.
Die Haltestelle vor dem Oberhausener Rathaus, einem wuchtigen Backsteinbau, hinter dem man Vollmond ahnte, war fast ein kleiner Busbahnhof, die Straße an dieser Stelle zu einem Platz mit drei Verkehrsinseln erweitert, und überall standen Leute, ein-

zeln oder in Gruppen. Viele hatten *Manfred Mann* gehört, und ihr Schwärmen und Schwatzen, das Summen mancher Melodien verstummte so abrupt, wie Sarahs Lächeln erstarrt war.
In der Stille wurde das Klicken einer defekten Laterne über uns, Geglucker im Gully tief unter uns laut. Irgendwo rasselten Rollos, vor der Stadthalle erlosch das Wappen. Auf der Fahrbahn, ihrer gesamten Breite, wo es eine Stunde vor Mitternacht schon keinen Verkehr mehr gab, näherten sich – drei Träger von Bierkisten gingen voraus – die »Hells Angels Eisenheim«.
Schlagstöcke, Karabinerhaken und Fahrradketten an den Gürteln pendelten bei jedem Schritt; ein fetter Glatzkopf, der mit seinen langen Schnauzbartenden asiatisch aussah, schlackerte immer wieder, Knopfdruck, eine Messerklinge ans Licht. Fast alle hielten Flaschen in den tätowierten Fäusten, und der Junge, das Hemd zerrissen, sprang um einen der Männer herum und täuschte Boxhiebe vor. Was dieser träge mit der flachen Hand parierte.
Sarah öffnete die Lippen, auf denen das Rouge wie Schorf aussah, sagte aber nichts; nur ihre Augen, das Starren ohne Richtung und Ziel, verrieten stilles Entsetzen.
Nirgendwo ein Bus, eine Bahn in Sicht, der Taxenstand leer, und es kam mir vor, als würden die umliegenden Gebäude, Sozialamt, Schule, Möbelmarkt, näher heranrücken, höher werden im Atemanhalten der Wartenden. Doch fast beklemmender als alles Schweigen war das Gemurmel, die scheinbar gelas-

sene Konversation mancher Leute; je mehr ihnen Drohendes die Nackenhaare sträubte, desto blumiger wurden ihre Gesten, Bewegungen der Hände, locker im Gelenk.

Ein »Angel« warf seinen Flachmann, der aber nicht zerbrach. Er glitt über Schienen, prallte von einem Schildpfahl ab und kreiselte noch eine Weile herum. Die Rathausuhr, hohnvolles Sinnbild dafür, wer oder was in Wahrheit vergeht, war lange schon defekt; die Sekunden wurden vom Nageln der Absatzeisen gezählt. Hiller und Sarah standen eng beieinander; auch andere rückten näher zusammen und schauten auf ihre Finger oder hoch zum Mond, um die Rocker nicht durch Blicke zu reizen.

Im Rinnstein eine Maus, und ich dachte momentlang an Flucht: Sprung über den Schulhofzaun, Spurt durch die Ladenpassage ... Doch die Scham vor den zweien hielt mich zurück.

Das Weglaufen hätte auch unnötig provoziert, wie man nun erkannte, denn die Kerle, die in der Nähe vorübertrotteten, waren nicht nur sehr müde; sie hatten eine Schlacht geschlagen. Einige Jacken und Westen in Fetzen, viele Fäuste blutig und bis auf die Knöchel zerschrammt; trüb die Blicke, wie benommen. Kaum einer nahm uns wahr. Und das dumpfe, hier und da von Schniefen oder Ausspucken betonte Schweigen der Rocker, das panische der Passanten – zusammen ergab das fast schon wieder eine laue, stille Frühlingsnacht.

Nur der Halbwüchsige in dem schmutzigen Hemd ließ ein atemloses, immer noch von simulierten Boxhieben begleitetes Plappern hören: Dann hab ich ihn so ... Voll eins auf die Zwölf. Und hoch das Knie, zack. Da hat er Mama und Papa gebrüllt mit seiner dicken Schnauze. Aber ich? Schön ruhig hinterher, und so ... Guck mal, so, ganz locker aus dem Stand ...

Der seine Schläge abwehrte, ohne ihn groß zu beachten – er ließ sich nebenher Feuer geben –, der Mann in der Mitte der »Angel« trug sehr spitze Stiefel und einen bordeauxroten, leicht taillierten Anzug mit Weste, in deren Ausschnitt freilich kein Schlips, kein Kragen, sondern nur ein Goldkettchen, sein Glänzen im Brusthaar zu sehen war.

Die Männer gingen vorüber, der Klang der Absätze wurde leiser, das Mondrund verschwand hinter Wolken. Wir schauten den bestickten Jackenrücken nach, und momentlang vermochte die Stille sogar jene Maus im Rinnstein zu lähmen. Dann, wie vom Aufatmen der Wartenden entfacht, flackerte Licht am »Taxiruf«.

Noch war ich im Zweifel, und auch Hiller, bei offenem Mund, blinzelte angestrengt durch seine Brille. Doch zeigte mir Sarahs Gesicht, daß ich mich nicht geirrt hatte. Bleich war es, weich, und dennoch bestimmt von einer schmerzhaften Nachdenklichkeit, als wüßte sie zwar, woran sie litt, doch kaum, was es bedeutete ...

Der Pulk bog um die Ecke, einen verrammelten Zeitungskiosk, und entfernter klirrte Glas, quietschten Reifen. Dann wurde es wieder ruhig, eine Katze putzte sich auf der Rathaustreppe. Die Menschen, gleichzeitig, drehten die Köpfe.

Ein Glockenschlag. Das Mäuschen war verschwunden, und jemandem schien etwas zu fehlen. Nervös beklopfte er Jacke und Hosentaschen, ging rasch davon, einzelne folgten, und der bärtige, ganz in Leder gekleidete Hüne unter dem Passagenbogen rief: Krankenschein vergessen? – Haushoch hallte es über den Asphalt, das Gelächter der anderen, durch die Ladengasse zurückkehrenden Rocker.
Rauch von irgendwoher, eine Laterne erlosch. Gemächlich kamen sie näher und machten nur zögernd zwei Bussen Platz. Betriebsfahrt.
Dann wollen wir mal ...
Der Junge, das Hemd in die Bluejeans stopfend, ging auf den nächstbesten Wartenden zu, einen Mann im Drillich, Tapetenrollen unterm Arm, pflanzte sich vor ihn hin und fing den verlegenen, immer wieder ausweichenden Blick des Grauhaarigen mit raschen Kopfbewegungen ab, bis beide nur noch ein Starren waren. Wobei das böse des Halbwüchsigen wie unterstrichen wirkte von seinem zusammengepreßten Mund.
Was hast du gesagt?
Nichts, kein Wort zu hören, doch angesichts der schmalen, fast zarten Hand schallte es erschreckend laut durch die Nacht, das Klatschen, und als der Geohrfeigte sich nicht rührte, nur dastand mit seinen Tapeten und fragte Was hab ich denn getan?, krächzte der Junge: Vergessen, dich runterzuspülen. Und ging zum nächsten.
Dabei begleitete ihn eine Leibgarde Rocker. Er stellte allen Wartenden dieselbe Frage, und da jede Entgegnung falsch war, neigte mancher schon den Kopf zur

Seite hinsichtlich der drohenden Rechten. Folglich bekam er einen Schlag mit der Linken.
Hiller, in seinem karierten Flanellhemd, atmete immer heftiger, die flache Brust hob und senkte sich, als würde er von innen zerwühlt; ich kriegte keinen Gedanken zustande; und doch war mir klar, daß nach jedem dieser Klatschgeräusche irgendwo im All ein Stern erlosch. Sarah, bei geschlossenen Augen, begann zu weinen. Schwärzliche Tränen flossen unter den Wimpern hervor. Ortwin legte ihr einen Arm um die Schultern.
Zur Entspannung ließ der Pimpf seine Hände etwas schlackern, und viele, die er schon gedemütigt hatte, sahen herüber. Wir waren die letzten.
Wiedererkennen in den Augen, nahm er eine Zigarette aus der Hemdtasche und riß ein Zündholz an. – Halt dich mal nicht an deiner Mieze fest, du Spargeltarzan. Bist doch eh'n Warmer.
Bitte? fragte Hiller. Zitternd die Stimme, und er beugte sich vor, was unsinnig höflich aussah, gesprächsbereit eben, und ließ Sarah, deren Schönheit das einzige war, was ihn noch schützen konnte, tatsächlich los. – Bin was?
Der andere zerrte ihn am Gürtel weg, ins Hellere, und rümpfte das ganze Gesicht. – Da haben wir's, stockschwul! Trägt sein Arschloch unter der Nase.
Paar Kerle grinsten, und der die Leute mit flinken Fingern durchsuchte und Schlüssel, Kämme, Kram fortwarf – er fuhr herum und rief: Was machst du, verdammt! Die *nicht*!
Das bordeauxrote Jackett über die Achsel gehängt,

ließ er den straff muskulösen Arm voll durchgestrichener Mädchennamen sehen und steckte einen Paß oder Führerschein und mehrere Banknoten ein. – Die kenn' ich, fügte er im Davongehen hinzu, und zwei, drei Ausgeraubte bückten sich nach ihrer Habe, klaubten Münzen aus dem Dreck.

Der Kleine, irritiert, stieß Hiller zurück, schaute der abziehenden Schar nach und runzelte die Brauen. Fast allein inmitten seiner Opfer, wurde ihm wohl mulmig, dem starken Mann. Er rieb sich das Kinn mit einer Handwurzel und bewegte die Lippen, stummer Fluch. Doch dann, Racko schon verschwunden, erste »Angel« bogen um die Ecke, Mondlicht blitzte zwischen Wolken, schnellte er noch einmal vor und gab Ortwin einen Schlag, der ihm die Brille von den Augen riß.

Er spiegelte sich in den schwarzen Schaufenstern, der Nachtbus voller Geohrfeigter, in dem wir später Richtung Sterkrade fuhren, und ich drückte die Stirn gegen das kühle Glas.

Oberhausen. Niemand hat eine Ahnung davon, wie durch und durch trostlos mir diese Stadt einmal vorgekommen war: Ein Reversbild des Raubbaus, den man unter ihr, in den Flözen, betrieb, eine Metropole der Unkultur, von Gott und jedem guten Geist verlassen. Nirgends fand der Blick Versöhnliches, alles Grün wuchs nur zur Tarnung industrieller und architektonischer Abscheulichkeiten, alles Himmelsblau stank, und das bonbonfarbene »Schloß« im Kaisergarten, an dem der Bus gerade hielt, schien direkt aus Disneyland importiert.

Oberhausen. Ein Diskothekenheimkehrer schlug sich aufs Knie. – Aber das ist *mir* doch egal, Regina! Meine Fresse, von mir aus kann ich bis zum *Scheitel* im Dreck stecken. Ich geh in jeden Streb … Er sah sich um, rieb Daumen und Zeigefinger aneinander. – Hauptsache die *Moppen* stimmen!

Man nickte beifällig. Man hörte das gern. – Mein Mecki? sagte seine vollendet geföhnte Frau aus der Kosmetikserie »Wow!« zu dem Pärchen gegenüber. – Mein Mecki ißt keinen Salat. Dem brauch ich gar nicht mit Gemüse, Nudeln, Eintopf oder so was kommen. – Sie schmiegte sich an, krallte ihre Nägel in den Bizeps. – Der will jeden Tag sein Steak.

Paß auf, sagte Mecki und lockerte den Schlips, Noppenwolle. Sein Kollege, dösend, paßte auf. – Ich leg mich Schicht für Schicht krumm, gut? Letzten Monat hab ich fünfundzwanzig Überstunden gekloppt, nächste Woche geh ich vor Kohle. Der Steiger ist vielleicht ein Schwein, aber ich laß mich nicht betuppen. Gefahrenzulage, sonst scheiß ich ihm in'n Helm. Und wenn ich dann abends nach Hause komm, will ich verdammt noch mal ein knackiges Ding da sitzen haben, gut? Die soll sich man pflegen, Dauerwelle, Höhensonne, hübsche Fähnchen und so. Zahl ich alles. Führerschein kann sie später immer noch machen.

Overhousn. Und irgendwie paßte auch Hillers Gerede dazu, sein »Sie wissen nicht, was sie tun!«, der auswendig gelernte Exkurs über Gewaltfreiheit und Nächstenliebe, mit dem er uns plausibel machen

wollte, warum er nie zurückschlagen würde. Er sprach von gutem und schlechtem Karma, von Gandhis Satyagraha, von Jesus und seinen Niederlagen, letztlich strahlende Triumphe, und Sarah, die sich mit deutlichem Ruck aus irgendwelchen Grübeleien riß, Sarah hörte ihm aufmerksam zu, wobei mir die Konzentration und der stille Blick in sein Gesicht fast geschuldet vorkamen, mitleidig gar.
Warte mal … Sie zog ein Taschentuch aus der Jacke und tupfte ihm etwas Blut vom Mund.

Was immer hier begann – meine Zeit in Irrlich ging zu Ende. Ich verlor die beiden aus den Augen, kündigte ohne weitere Rücksicht auf den Haussegen jene Lehrstelle und bereitete mich auf ein Kunststudium im nächsten Jahr vor; ich machte alle möglichen Jobs, um Geld für den Umzug und die ersten Wochen in Essen zu verdienen. Auch Zeitungen trug ich aus. Zwar war mein Rennrad längst gestohlen worden, doch durfte ich, einziges Entgegenkommen seinerseits, das Drahtroß meines Vaters benutzen, sofern es in den Frühschichtwochen punkt sechs Uhr im Ständer stand. Was hieß, daß ich um kurz vor drei in die Stiefel springen mußte, wenn ich meine Tour schaffen wollte, und oftmals ging ich erst gar nicht zu Bett.
Nach und nach mochte ich sie, diese Katzenfrühe mit dem Hauch Morgenrot über der Heide, mit Spinnennetzen voller Tautropfen an Hecken und Bäumen, sauberen Milchflaschen vor jeder Tür. Und angesichts der grünen, von Klatschmohn umpunkteten Kornfel-

der zwischen den Halden, der Kanarienkäfige voll Getriller, der schiefen Taubenschläge und Erdbeerbeete überkam mich auch wieder eine Zuneigung zu diesem Kohlenpott und seinen Kumpels, deren Schnaufen hinter den Vorhängen offener Hoffenster leiser war als das blecherne Tick-Tack der »Woolworth«-Wecker.

Die Sonne ging auf, derselbe Glanz, der vor Unzeiten jene Wälder beschienen hatte, die jetzt als Koks in Kellern lagen und von denen ich, hellsichtige Übermüdung, einmal Silhouetten, hoch von Schwalben durchflogen, Wasserzeichen in der Luft zu sehen glaubte. An dem Morgen liefen Hunde, sonst kläffende Hüter der Gärten, ein Stück weit lautlos mit mir mit.

Beide Stofftaschen leer, zog ich die Schuhe aus und schlurchte barfuß über feuchte Wiesen und Wäscheplätze hinter der Siedlung, wo noch Socken an der Leine hingen, ein Babyhöschen aus honigfarbenem Plastik, und in Sandkästen kleine Eisenautos lagen. Das Frühlicht funkelte rotgolden zwischen Birken und Sträuchern hervor; Hasen im Löwenzahn, sie nahmen mich kaum wahr, und ich schob mein Rad mit einer Hand am Sattel und summte »Love Is All Around«.

Und während ich mich fragte, ob es sich dabei um die A- oder B-Seite handelte und wieso mir diese lange nicht mehr gehörte *Troggs*-Melodie eingefallen war, bemerkte ich das Transistorradio, das neben einer Flasche auf dem Mauersockel stand.

Dunkle, von Geländern umgrenzte Vertiefungen, aus denen es nach Urin und faulem Laub roch und die den

Kindern Höhle und Schützengraben waren, den Heranwachsenden Ort für ihre Heimlichkeiten, lagen die meisten Kellereingänge unter Balkonen des Hochparterres. Im Kniestrumpfalter war ich in so einen Schacht gestürzt und, Arm verrenkt, Gehirn erschüttert, lange nicht entdeckt worden.
Radio Luxemburg spielte »Turn, Turn, Turn«, und ich näherte mich auf dichtem Gras: Zwei Köpfe hinter den Geländerstäben, die freien Schultern einer Frau. Der Mann, von dem ich nur das dunkle Haar, den hochgeklappten Jackenkragen sah, raunte ihr etwas ins Ohr, und sie lachte, heiseres Gicksen, und stieß ihn zurück, an die Wand. Er sank aus dem Bild und ließ irgend etwas rascheln, während Sarah, der das Frühlicht Hals und Wangen färbte, nach der Flasche griff, einem billigen Wein.
Trinkend nahm sie mich wahr. Sie schloß kurz die Lider, schluckte mit Mühe, stellte den »Kröver Nacktarsch« so fahrig zurück, daß er ins Unkraut kippte, und lächelte mich an, mit einem Mundwinkel nur. Ihre Lippen glänzten feucht, gar lasziv, doch der Blick war leer wie ein Tanzsaal am Morgen, und ich richtete die Flasche auf und ging leise davon.

Der Weg zu den Hillers führte nicht notwendig hinter Cordulas Haus. Dennoch stand ich plötzlich am Gartenzaun, wo Papageientulpen bis zur Terrasse der

hübschen Walmdachvilla wuchsen, die sie zusammen mit ihrer Freundin und deren Mann, dem Chirurgen, bewohnte.
Das Ehepaar war wohl nicht da; sie saß mutterseelenallein unter einer Kastanie und löste, Leben ist voller Winkelzüge, ihr ewiges Kreuzworträtsel. An der Tischkante lagen ein paar Pralinen, französische Kostbarkeiten: Kaum ausgepackt und angebissen, flog eine in die Blumen.
»Kulturpreisträger von Sahnetrüffel erschlagen!«, sagte ich, und sie fuhr herum und tat, als kriegte sie den Mund nicht zu. – *Du* kommst mich besuchen?
Ich nickte vage. – Vielleicht später. Muß noch was abliefern. Inzwischen kannst du dich ja schon rasieren ...
Sie stand auf, schüttelte den Kopf, blickte mir drohend in die hintersten Gedanken und ließ ein halblautes Schweinigel! hören. Wobei sie ihre Hüfte etwas vorschob und den Busen durch tiefes Atmen betonte: Relief der Torschlußangst, die sich, abgesehen von ihrer Häuslichkeit, am deutlichsten im Sexuellen zeigte. – Das ödete sie zwar an; trotzdem zog sie jede Menge Tricks vom Leder, nahte ein möglicher Gatte. Das Studium entsprechender Literatur war kaum auszuschließen, denn was sie einem bot, von der Nebelwäsche über stets gebräunter Haut bis hin zu exorbitanten Fingerfertigkeiten, fand man sonst nur in eingeschweißten Magazinen. Doch was half's. Als Liebhaber eher mittelmäßig, mochte ich nicht glauben, daß sie in unserer letzten Nacht vor *Glück* geweint hatte.

Übrigens. – Sie trat auf die Rabatten. – Bin wieder motorisiert. Seit gestern. Da könnten wir mal eine Tour machen, oder? Mein süßer kleiner »Polo« ... Stell dir vor, nur Blechschaden und bißchen Kupplung, und die haben den *neun* Monate in der Werkstatt behalten! Willst du rasch einen Tee? Es gäbe auch Florentiner ...
Ich verneinte, nahm ihr aber das Konfektstück weg, Pistaziencreme. Auf der Gartenschaukel saß ein Plüschtier, rosa Nilpferd, sein Junges im Arm; beide hielten die Köpfe mit den runden Ohren im selben Winkel schräg und zeigten dieselbe Miene trauriger Heiterkeit. – Neun *Wochen*, meintest du.
Das lange Goldhaar, sie warf's zurück und fragte: Wie? Natürlich! Was hab ich denn ...
Der Gewitterhimmel schob sich über die Dächer, Fenster wurden bleigrau, und ich schenkte ihr das eben gelernte Stofftierlächeln, küßte meine Fingerspitzen und ging davon.
Ach, dann hau doch ab, du aufgeblasener Affenarsch! rief sie durch den lauen Abend. Da mochte ich sie sehr.

Das Rondell, in dem die Hillers lebten, unterschied sich von anderen der Siedlung dadurch, daß es hier kaum noch Bergleute gab. Immer zwei Arbeiterwohnungen waren zusammengelegt und verkauft worden, und außer den vielen Mittelklassewagen japanischen Fabrikats fiel das gänzliche Fehlen von Nutzgärten auf. Statt dessen züchtete man dornenlose Rosen, Monsterbegonien und Über-Flieder, und von Grundstück zu Grundstück schrien sich Blumen in wütendsten Farben an.

Das Haus stand offen. Neben den Treppenstufen führten zwei Aluminiumschienen ins Parterre der Familie, die große, dem versehrten Kind gemäße Räume bewohnte. Überall Griffstangen, Polsterleisten, Halteschlaufen, falls Karlchen sich ohne Rollstuhl fortbewegen wollte, und es gab reichlich Platz für sein Gefährt; Ecken und Kanten abgerundet, Türen verbreitert, Schwellen geschleift; sogar auf die Toilette ging er allein. Der Klotopf war in der Höhe regulierbar, und funktionierte wie Armlehnen, Rückenstützen, Wasserspülung und Waschbecken vollautomatisch, ohne Druckknopf oder Schalter; dank eines unsichtbaren Systems aus Lichtschranken und Sensoren konnte der Junge das Geschäft mit ein paar Winken erledigen. Auch über seinem Bett hing eine kranartige Vorrichtung zum Aufstehen ohne Hilfe.

»Alles echt« stand am Briefkasten, Kaffeereklame, und als ich klingelte, verstummte ein Mixer oder Quirl, und Ortwin rief: Moment!

Lautes Flüstern, das langsam sich nähernde *Tock* der Klotzsohle auf den Dielen: Demnach würde Karlchen öffnen. Im ersten Stock erklang Musik, Flöte und Akkordeon, und ich musterte herumliegende Prospekte und fühlte wieder das Blei, die Müdigkeit in den Knochen; was wohl bewirkte, daß ich unter einer Annonce mit Brustbildern vorher und nachher »Gesellschaft für *kosmische* Chirurgie« las.

Die Tür wurde geöffnet, Kräuterduft erfüllte den Flur, und Sarah sagte: Immer rin! Wir baden gerade ...

Zu einem ärmellosen Leinenkleid, karmesinrot wie ihre Fingernägel, wie die Riemchen der Sandaletten, trug sie ein schmales Straßcollier und saß im Rollstuhl, angeschnallt. Freudiger Glanz verschönte den Blick, der Kopf ruhte in dem halbrunden Lederpolster mit Kinnstütze, und ich bemerkte nun doch ein paar Silberhaare zwischen ihren dunkelbraunen. Sie hob ein fast leeres Sherryglas.
Für seine sechzehn oder siebzehn Jahre war der Junge erstaunlich groß; stolz, wie er hinter Sarah stand, konnten wir uns gerade in die Augen sehen, und ich grüßte mit einem Zwinkern. – Danke! sagte sie, als ich ihr die Flasche in den Schoß legte: Schampus? Läßt dich ja nicht lumpen ... Sie löste die Bremse. – Also, Graf Koks. Abmarsch in den Living-Room!
Karlchen gluckste vergnügt, wendete den Stuhl und stieß ein paar kehlige, für mich völlig unverständliche Laute aus. – Genau, sagte seine Mutter, während sie insgeheim die Halbautomatik, den leisen Elektromotor in Gang setzte. – Und nachher schiebst du unseren Gast.
Tock, machte der dicke Holzabsatz, Tock, und ich folgte den beiden bis zur Küche, wo Hiller – Hallo! – vor dem Backofen kniete. – Geht sofort los.
Er trug Topfhandschuhe in Form von Tigerköpfen und eine Latzschürze aus weißem Plastik. Der Bart war unsauber, Krümel, zwei Tropfen Sahne, und die goldene Brille beschlagen. – Na, du Nachtschwärmer? Wieder fit?
Nicht die Spur, brummte ich und zündete eine Ziga-

rette an. »Glück ist Talent für das Schicksal« stand unter dem Datum des Abreißkalenders; angeblich von Novalis. – Gibt's was für die Lebensgeister?

Klar ... Hiller öffnete den Schrank und stellte einen Aschenbecher vor mich hin. Dann besah er das Gericht in der Röhre, streute Mandelsplitter darüber und sagte: Sarah hat einen Aperitif für dich.

Ich drückte die Zigarette wieder aus und ging ins Wohnzimmer, wo bereits gedeckt war und der Junge sich an seinen Lieblingsplatz setzte, vor das große, strahlende Aquarium. Auf dessen Kante übrigens der Bildband lag, den ich ihm kürzlich geschenkt hatte, eine Dokumentation über Borussia Dortmund.

Entferntes Grollen, Wind bauschte die Gardinen offener Fenster. Ich ignorierte Karlchens Blick, nahm das Buch und schlug es ihm, der sich lächelnd wegducken wollte, sanft an den Kopf. Er schwitzte ein wenig. – Alte Sportskanone. Da haben sie ja ordentlich was auf den Sack gekriegt, deine dämlichen Borussen!

Die Augen wurden noch größer, und er schob Kiefer und Unterlippe vor und stieß einen lauten, fast nur aus Vokalen bestehenden Protest aus. Kein Wort gegen seinen Favoriten.

Jan ... Sarah schenkte uns Sherry ein. Weich war die Stimme, maßregelnd der Ton: Die haben doch gar nicht gespielt!

Ich kippte den Drink. – Um so besser! – Und hielt ihr das Glas noch einmal hin. – Steigen sowieso ab, die Krücken.

Nun hob Karlchen einen Fuß aus der Halterung seines Stuhls und ließ die Holzsohle, den Klotz, derart aufs

Parkett krachen: Alle Fische, buntes Zucken, schnellten in die hinterste Aquariumsecke. Vor Empörung formulierte er klarer, und ich verstand Nur iem Unkte, Oofkopp!, ehe Hiller die brutschelnde Lasagne hereintrug und unseren Disput mit einem Na, na! unterbrach.

Er stellte die Form auf den Tisch und hängte seine Schürze ans Regal. Wir nahmen Platz, ich studierte das Flaschenetikett. – Sieben Punkte. Lächerlich. Schaffen die doch nie!

Der Junge, amüsiert und gequält zugleich, verengte die Augen, und Sarah rückte ihn vor das Gedeck, streichelte sein Haar. – Hör auf jetzt, Jan! Die Saison ist noch nicht zu Ende.

Der Wein war selbstverständlich ein Bio-Wein und die Lasagne, niemand hätte das erwähnen müssen, eine vegetarische. Alles in diesem Haushalt kam mir furchterregend gesund vor. An den Wänden klebten Reisstrohtapeten, Vorhänge und Teppiche, aus der Wolle natürlicher Hochlandschafe, waren mit Naturfarben getönt und die meisten Möbel biologisch abgebeizt und aufbereitet; vermutlich würden sie bald Zweige treiben. Wir aßen von toscanischen Steinguttellern, benutzten ungebleichte Recyclingservietten, und mein radioaktiver Hintern ruhte auf einem körpergerechten Roßhaarpolster mit Haltbarkeitsgarantie.

Ach so, der Salat! sagte Hiller. Doch seine Frau lief schon hinaus.

Nein komm, Liebling. Laß ...

Papperlapapp! – Flötend verschwand sie in der

Küche, kramte ungestüm zwischen Bestecken und zog etwas hörbar Schweres vom Schrank. Ächzte leise.
Ihr Mann fuhr hoch. – Gib her, ich trag …
Die Tonschüssel aus dem letzten Spanienurlaub, wohl eher ein Pflanztopf für Taxusbäumchen, hatte den Durchmesser eines mittelgroßen Wagenrads und nirgendwo Griffmulden in der braunen Glasur. – Mensch, ich *hab* sie doch jetzt, stieß Sarah durch die Zähne. – Leg das auf den Tisch.
Hiller bemerkte ihn nicht, den roten Bastläufer unter ihrem Arm, faßte erneut nach dem unmöglichen Trog, und sie hob das Kinn; die Mundwinkel zuckten. – *Nein*, sage ich. Was soll das, bitte? Leg dies hier *da hin*!
Knapp eine Stirnhöhe kleiner als sie, trat er zurück, rang die Hände. – Was denn? Wovon sprichst du?
Sie blies die Backen auf, wendete ihm ihre Schulter, die Matte unter der Achsel zu, und er schüttelte den Kopf und versuchte ein Lächeln. – Aber da *liegt* ja was, Schatz. Dort!
Sie schaute ihn an, als wäre er nicht bei Trost. – Da liegt *was*?
Tatsächlich befand sich schon ein Untersetzer auf dem klar lackierten Tisch, und Sarah preßte ihre Lippen zusammen und schloß kurz die Augen.
Dann geh mir aus dem Weg! sagte sie leiser und stellte das Unding vor uns hin. Der Salat – Karlchen und ich setzten uns auf und blickten über den Rand, die Fingerabdrücke des Töpfers –, das Grünzeug darin sah verschwindend aus.
Dem Jungen war die Szene spürbar peinlich; er zerrte

an seinem Kragen, als würde er zu eng, und ich machte eine beruhigende Miene und goß ihm Limo ein und uns den Wein.

Übrigens, sagte ich, während Sarah seine Lasagne zerschnitt; er konnte nur mit speziellen, vor der Mulde verdrehten Löffeln essen. – Ich war heute bei Rutenkolk, zum Tee.

Noch etwas atemlos, gab Hiller sich doch aufgeräumt. – Ach Gott. Ist bei dem nicht alles aus Granit?

Seine Frau drückte das Messer so rasch und heftig durch die Schichtnudeln, als wollte sie den Teller gleich mit zerstückeln. – Aus Marmor, murmelte sie, und ich sagte: Jawohl. Schädel, Herzen, Betten, alles. Muß eine Leidenschaft sein, in diesen Plastikzeiten. Es geht nichts über ein ordentliches Kondom aus Carrara-Marmor.

Karlchen, bei vollem Mund, ließ einen Laut der Belustigung hören, und seine Mutter stieß etwas Luft durch die Nase, verkniff sich aber das Lächeln.

Eine Weile aßen wir schweigend. Hiller, der die Serviette ins hellblaue Hemd gesteckt hatte, nippte von dem Burgunder, goß Wasser hinein. – Und? fragte er schließlich. Wie sind die denn so? Ich meine, privat? Ihn und sein hochgestochenes Gerede kenne ich nur aus unserer Kirchen-AG, »Mobiles Beten«. Und die Gemahlin treffe ich oft beim Apotheker. Vom Grüßen hält die nicht viel.

Sarah trank ihr Glas leer. – Komische Frage. Wie sollen die schon sein? Ganz normal. Wie wir. Wie alle.

Wohl wahr, dachte ich, spießte ein Speckstück auf

und sagte: Weiß nicht. Man sieht ihnen das Wort *Kunstgenuß* an, und das ist auf Dauer so unerträglich wie übler Mundgeruch. Die Diktatur des Stils ... Hören Sie zu, Herr Dr. Rutenkolk, hab ich gewettert: Bleiben wir mal bei der Wahrheit, ja. Nur wer im Grunde barbarisch ist, hat es nötig, so kultiviert zu tun. Sie und Ihr lächerlicher Marmor hier. Wenn man den aufrisse, sprudelte *Blut* hervor!
Hiller vergaß das Kauen. Auch der Junge starrte regungslos. Doch seine Mutter schmunzelte, hielt mir einen Handrücken an die Wange. – Jan! – Sie schüttelte sanft den Kopf. – Das hast du *nicht* gesagt.
Erneutes Grommeln, das Licht im Zimmer änderte sich. – Stimmt, gab ich zu und zeigte mit der Gabel auf ihren Mann. – He, du Killer, da war ja Fleisch im Salat!
Er grinste, rückte die Brille zurecht. – Bißchen Räucherspeck. Fünfzig Gramm. Und worum ging's bei eurem Tee?
Um eine Ausstellung: Unsichtbare Werke, Arbeiten auf Wind. Da fällt mir ein ... Ich schob Karlchen das Limoglas hin, drehte den Trinkhalm so, daß er ihn zwischen die Zähne bekam. – Du warst doch damals auch im Schloß, nicht wahr? Was ist eigentlich mit den Bildern passiert? Meinem Vater zufolge habt ihr sie abgehängt ...
Ortwin nickte. – Und eingepackt in eurem Keller verstaut. Er wollte sie dann per Spedition ... Warum?
Also liegen sie noch unterm Koks, murmelte ich und

glaubte eine Schrecksekunde lang, Karlchens Augen so nah und groß vor mir zu haben, daß ich die bernsteinfarbenen Partikel darin sehen konnte und Blitze wie Risse im tiefen Braun der Iris erschienen. Dann ein Krachen, als zerbräche das Dach.
Der Junge, Löffel am Mund, fuhr zusammen. Nudeln rutschten ihm übers Kinn. Seine Mutter stand auf, schloß Balkontür und Fenster.
Lieber Himmel ... Eine Vorhangkordel um die Finger gewickelt, starrte sie in den plötzlichen Regen. – So ein Plästern! Haut glatt die Tulpen vom Stiel.
Hiller entzündete Kerzen, in deren Licht ihr Leinenkleid dunkler wirkte, samtig fast, und das Straßcollier goldene Fünkchen sprühte. Sie atmete lange aus. Eine seltsame Traurigkeit, müde und trotzig zugleich, schattierte das Gesicht hinter der Flammenreihe. Den besorgten Blick des Jungen wohl fühlend, musterte sie ihre Nägel: verwundert und nachdenklich wie eine Frau, die sie nur alle paar Jahre lackiert.
Hiller legte das abgebrannte Streichholz auf den Tellerrand. – Was meine eigene Entwicklung betrifft, für mich war diese Schau im Schloß ein Fanal, sagte er und machte jene beflissene Miene, die mir verriet, daß es nun um Kunst gehen würde, gnadenlos.
Ich blies den Zigarettenrauch steil in die Höhe. Trotzdem wedelte der Mann mit der Hand herum. – Wirklich beeindruckend, deine kargen Arrangements. Immer kraftvoll durchgehalten, sauber verzahnt. Man sah sofort: Der hat sich nichts geschenkt. Und wenn wir nachher mal runter gehen, wirst du's merken – auch ich will weg von dem spät-surrealistischen Brim-

borium, diesem Motivpomp. Um es ganz unmetaphorisch zu sagen: Weg von inhaltlicher Überanstrengung, hin zur Poesie der reinen Form. Nicht wahr, Liebling?
Sarah sank auf den Stuhl zurück, schob ihr leeres Glas gegen meins. – Krieg ich eine Zigarette?
Erstaunt reichte ich ihr das Päckchen. Was Hiller herb ignorierte. Er zerkleinerte Erdbeeren auf Karlchens Teller. – Und die Periode meiner »schnarchenden Farben«, deine Worte, ist ebenfalls überwunden. Kaum noch Zwischentöne. Das hat sich ja schon in der Arbeit angekündigt, die ich dir seinerzeit nach Berlin schickte. Ein Wendepunkt. Du erinnerst dich an das Gemälde?
Sicher. – Ich gab Sarah Feuer. – Wie hieß es gleich? Seltsam düster ... »Nachtmütze«, oder?
Sie lachte auf, es klang wie Husten. – Jan, du Schuft!
Ihr Mann zog den Korken aus der Flasche; die Hand, beim Eingießen, zitterte. – »Wäldernacht«, sagte er leise, und ich rieb mir den Nacken.
Klar, entschuldige! Kann Titel einfach nicht behalten. Doch das Bild hängt mir vor Augen. Hochformat. Erstaunlich reife Komposition. Mein erster Gedanke damals: Das wurde nicht nur von einem hellen Kopf gemalt. Das leuchtet!
Ortwin lächelte stolz, sah seine Frau an ... Eitle Menschen machen's einem leicht.
Querformat, berichtigte er, und ich setzte das Glas noch mal ab und zitierte die Widmung: »In unverbrüchlicher Freundschaft, für Jan Marrée«.

Nun schien er zufrieden, räumte Geschirr zusammen und sagte: Richtig, Stichwort Komposition ... Schon länger hätte ich da eine Frage. – Lasagnereste quollen zwischen dem Steingut hervor. – In der Ausstellung hing nämlich eine Arbeit, die mir völlig rätselhaft war. »Ohne Titel«, glaube ich; hab den Katalog grad nicht hier. Aber warte ...
Er griff unter den Tisch, zog Block und Schreibzeug aus der Lade und umriß, schnelle Striche, das Gemälde. – Den Vordergrund hast du etwa so ... mit dieser tiefbraunen, axtähnlichen Form ... und den Mittelgrund *so* angelegt, eine Art Balken, fast brachial. Aber stimmig alles, durchaus, bis in die dunkle Grammatik der Farben.
Und eben darum möchte ich einmal von dir wissen, warum du hier ... Er schraffierte etwas im Hintergrund. So vielleicht, diese rote Fläche eingefügt hast, blutrot. Da war ich doch verblüfft. Das ist mir, um ehrlich zu sein, bis heute nicht klar.
Abgesehen davon, daß es keine »Ohne Titel«-Bilder von mir gab: Die Rührung, die ich für Hiller in solchen Momenten empfand, machte mich auch wütend auf ihn. Sein treuer Glaube fing an, mich zu kränken. Diese Hochachtung sogenannter Künstler, da glich er dem belächelten Rutenkolk, entwuchs zu offenbar dem schlechten Gewissen einer Begabung, die aus Angst vor den Untiefen des Metiers, vor Alleinsein, Existenznot, Mißerfolg, einen planen Angestelltenweg gegangen war, der mit Sicherheit zum Rentenanspruch führte: Während die Sehnsucht Fett ansetzte und der Dämon im Bratrohr verkam.

Schönes Ding, sagte ich und wies auf den »Pelikan« in seiner Hand. Schwarzgrünes Schildpatt, silberumrankt. Sieht ziemlich kostbar aus.
Er stutzte, taxierte die Feder. – Stimmt. Ein Erbstück. Also: War das nun als Provokation gedacht? Wolltest du die Balance des Bildes absichtlich zerstören mit diesem Rot, oder hast du ...
Hör endlich auf mit dem Scheiß, sagte ich und nahm ihm den Füller weg, drehte ihn zwischen den Fingern. – Weiß ich doch *heute* nicht mehr. Rot lag vielleicht gerade da. Und der Maler, zu blau, um aufzustehen ...
Karlchen grinste, zappelte im Stuhl. Sarah hob das Tablett vom Tisch. – Na denn, ihr Genies, ich brauche einen Cappuccino. Und du, Jan? Espresso?
Zwei! sagte ich und bemerkte die Hitzeflecken am Hals der Frau. Zigarette im Mund, fuhr sie wohl zu schnell herum; Teller verrutschten. Doch fand sie mit der Schulter am Türrahmen Halt.
Als wär's ihm nicht recht, daß ich seine Mutter beobachtete, kam ein düsterer Ausdruck in Karlchens Augen, verschämter Groll. Stumm wies ich auf das Fußballbuch und kippte den Daumen erdwärts.
Poltern, Klirren nebenan. Ortwin zog den Kopf ein. – Liebes?
Das Regengeräusch auf den Fensterblechen war verstummt, Abendlicht färbte die Scheiben vis-à-vis, Wachs tropfte wie trippelnd an einer Kerze hinunter. In der Stille knisterte ihr Docht. Dann hörten wir Spuckgeräusche und das Gluckern dicker Flüssigkeit im Ausguß.

Verdammt noch mal, die Milch ist schlecht!
Sarah ließ Schranktüren knallen und warf, so der Klang, eine Flasche zu Flaschen. Hiller klopfte dem Jungen auf die Schulter. – Entwarnung, Karl. Für dich wird's langsam Zeit, oder?
Wieder im Raum, blickte sie ihren Mann aus geröteten Augen an. – Hast du mich verstanden? Ich sagte, die *Milch* ist sauer!
Er lachte nervös, kehrte die Handflächen vor. – Nun ja, höhere Gewalt.
Langsam schüttelte sie den Kopf, eine Bewegung, der ihre Pupillen nicht ganz folgten, so daß sie leicht zu schielen schien. – Höhere Gewalt. Schon klar. Und warum ist sie früher nie schlecht geworden? Als wir sie in normalen Läden gekauft haben? Wieso liegt immer dieses halbfaule Zeugs auf dem Tisch, seit du, du ...
Herrgott, Sarah! – Hiller lehnte sich zurück, zwirbelte den Bart. – Ist halt noch richtige Kuhmilch, die kippt um, wenn's gewittert. Mach doch bitte nicht so ein künstliches Theater.
Kinn erhoben, Arme etwas abgewinkelt, drückte sie beide Zeigefinger, ihre roten Spitzen, in die Nagelhaut der Daumen. – Ich spiel kein Theater, merk dir das! Und schon gar kein künstliches. Alles echt. Alles natürlich hier, dies Elend. Immer schön leise, auf Gesundheitssohlen. Könnt ja mal einer lachhaft finden, deine Biotour. Könnt ja mal einer's Kotzen kriegen!
Laß gut sein, hörst du? – Hiller sprach bemüht ruhig, riß einen Zahnstocher aus dem Papier. – Was fehlt dir

denn? Worüber willst du dich beklagen? Hast heut Geburtstag und redest wie ... Er sah mich an. – Der Wein ist doch in Ordnung?

Ich antwortete nichts. Seine Frau preßte die zitternden Lippen zusammen, zog sie einwärts, und momentlang kam es mir vor, als gehörte das Silberweiß zwischen den Wimpern zu ihrem Collier. Sie schniefte leise, trat an den Rollstuhl, strich dem Jungen übers Haar.

Der war blaß geworden und versuchte, den Kopf zu drehen, was in der Nackenstütze kaum gelang. Er öffnete den Mund, bewegte die Zunge, blieb aber stumm. Seine Mutter löste das Bremspedal. – Also: »Tschüß, Jan ...«

So weich die Hand, daß ich sie unwillkürlich etwas quetschte. – Träum schön, Sportsfreund. Bis bald.

Er nickte traurig, nahm den Bildband vom Aquarium, umklammerte ihn mit beiden Armen vor der Brust, und Sarah wendete das Gefährt und schob es langsam zwischen Tisch und Regalwand hindurch.

Soll ich das nicht machen? fragte Hiller, der Erdbeerreste aus Karlchens Dessertschale pickte. – Komm her, setz dich. Ihr wolltet doch Kaffee.

Kein Wort zu verstehen, jedenfalls für mich. Sarah sprach fast hauchend, Tränen tropften auf ihr Kleid, und Ortwin betrachtete das Hölzchen zwischen den Fingern, brach es durch und leckte sich etwas Sahne von der Lippe. – Na gut. Dann ist ja alles klar.

Die Kinderzimmertür fiel zu. Ich ging in die Küche und stellte den Espressoautomaten, dessen Zischen die vorangegangene Szene wie ein akustischer Faden, wie der Beschwichtigungslaut eines Unsichtbaren durchzogen hatte, ab. Neben meiner Flasche stand ein Champagner gleicher Marke auf dem Schrank; Glückwünsche von Rutenkolk hingen daran, eine Karte zum Geburtstag.

Als ich mit dem Kaffee ins Wohnzimmer kam, schraubte Ortwin gedankenverloren an dem Füller herum. Der Kerzenglanz auf seinen Brillengläsern verbarg die Augen; jene Skizze lag zerrissen in der großen Schüssel. Obwohl ich wußte, daß er nur Tee trank, schob ich einen Espresso vor ihn hin, und er legte das Schreibzeug beiseite und atmete lange seufzend aus.

Was immer uns zustößt, wir lernen das Spiel. – Klingeln, rhythmisch, wie Morsezeichen. Im folgenden Klopfen klang der Wille mit, notfalls Türholz einzutreten. Irgendwas zerklirrte, jemand fluchte, und die hohe, vergnügte Stimme einer Frau, ihr Widerhall im Flur, erzeugte leichtes Grieseln auf der Kopfhaut. Wenn es so etwas wie ein geistiges Molekül, einen akustischen Grundstoff für Lippenstifte gab, dann war es dieses Kreischen.

Huch! Sind wir hier richtig?

Hiller hatte geöffnet, und obwohl sie noch nicht im Gesichtsfeld stand, glitt ein Schimmer jenes Pailletten-kleids über sein helles Hemd.

Vermutlich ... Er trat beiseite, und sie drückte das Rückgrat durch, warf Locken zurück und gab ihm die Hand. – Olivia Montes.

Er nahm nur ihre Fingerspitzen und sah ins Treppenhaus, wo jemand ein Huhn nachmachte, das Gackern. Die Schöne wartete zwei Lidschläge lang, doch als keine Vorstellung folgte, drehte sie sich unverändert lächelnd in den Korridor – mit einem Blick, als hätte der eine Kuppel.

Wir sind immer richtig, sagte Racko, der hinter ihr über die Fußmatte stolperte. Er trug einen Damenstrohhut mit langen, gelb-roten Bändern, hielt Petticoatpuppen und Plüschtiere vor der Brust umarmt und hatte sich einen riesigen Stereorecorder in die Ellenbeuge gehängt. – Glückssträhne, brummte er und versuchte, die Krempe mit einer Teddypfote aus der Sicht zu klappen. – Wo ist meine Ex-Verlobte?

Hiller grinste säuerlich. – Schön, daß ihr noch vorbeischaut. Sarah bringt gerade den Jungen schlafen.

Die Frau hatte mich entdeckt, zielte mit dem Zeigefinger zwischen meine Augen und kam langsam und Schritt für Schritt ein wenig größer und glitzernder in dem chromgrünen Kleid durch die Diele. Eine Hand glitt beiläufig über Geländer und Polsterleisten an der Wand, und sie neigte den Kopf, hob die Brauen und sang mit einer Stimme aus Barlicht: Hap-py Birthday tooo ...

Falsch! rief Racko. Dämliche Pritsche! Sieht der wie meine Verlobte aus?

Die Sängerin stutzte, war aber nicht gekränkt. Sie schenkte mir eine Miene des Bedauerns, blähte die Wangen und sank aufs Sofa, wo sie ihre orangefarbenen Schuhe abstreifte und sich leise stöhnend die Zehen rieb.

Auch Iltis trug schwer. Auf dem goldgeschnürten Karton mit der Banderole einer Sektmarke lag wohl ein halbes Hundert Seidenrosen in allen unmöglichen Farben, und hier und da klebten noch Reste von Gipsröhrchen zwischen den Stielen. An seiner Schulter hing eine Maschinenpistole aus transparentem Plastik, himbeerrot, und er ließ den Kaugummi knallen und beachtete Hiller mit keinem Blick. – Wohin die Ware?
Egal, sagte Racko, der allen Plunder neben Lucia auf die Ledercouch kippte. – Stell die Blumen ins Wasser. Paar Granaten ins Eisfach.
Jenen Hut aus der Stirn geschoben, die Fäuste an den Hüften, was sein Sakko überm Rücken spannte, sah er sich mit sprühenden Bocksaugen um. – Na, was red ich? Ist doch nett hier, oder?
Super! flüsterte die Frau. Sie sprach das S wie ein scharfes aus. – Ob ich mal rasch ins Bade...
Er nahm das Strohgebilde ab und warf es ihr an den Kopf. – Übrigens will ich so was nicht wieder erleben, klar? Du himmelst *einen* an, und der steht hier und ist nicht bei »Aral«. Sonst stopf ich dir mal den Zapfhahn ins Maul und pump dich voll, bis du aus allen Löchern triefst.
Sie schmollte und grub ihre nackten, vom Leder verfärbten Zehen in den Teppich. – Der hatte *Tiergeld* gesagt. Da mußte ich lachen.
Hiller kam mit einer Flasche. Racko schlug ihm aufs Kreuz. – Immer rein in die Stube, keine Scheu! Ihr kennt euch alle, oder?
Iltis musterte Stangen, Schlingen und Karlchens Geh-

hilfen in der Ecke. Er hatte den dünnen Sommerhut aufbehalten, schniefte leise, zeigte keine Miene. Doch Lucia lächelte schon wieder und setzte sich erwartungsvoll zurecht.

Also das ... Racko zog Hiller heran, legte den Arm um seine Schultern. – Das ist mein alter Kumpel und Lochschwager Ortwin, der Adler von Irrlich, stimmt's? Hab ihm selbst das Wappen eingebrannt.

Der Vorgestellte schmunzelte und versuchte, sich aus dem Griff zu winden, was aber nicht gelang. Die Glaskelche, an den Stielen zwischen seinen Fingern, klingelten leise. Ich nahm sie ihm ab.

Und diese hübsche Staubsaugertüte ... Knöchel zerschrammt, stieß Racko mich an. – Marre, alter Kampftrinker, du hast die feineren Manieren. Präsentier dem Piller unsere Mieze.

Das ist Lucia Fox, sagte ich und begann, die Flasche zu öffnen. Iltis, in der Hocke vorm Aquarium, schüttelte den Kopf. Wie Stahlspäne glänzten vereinzelte Stoppeln am Kinn. – Blödsinn, krächzte er. Das ist Olivia Montes, Mann.

Heute Mittag hieß sie noch Lucia Fox, beharrte ich, und Racko rief: Scheiße, Marre, absolute Scheiße! Du kapierst das Prinzip nicht.

Na schön, meinetwegen.

Er stutzte. – Wie? Deinetwegen? Was soll das? Bleib sachlich, klar? Wir geben dir noch eine Chance. – Er zeigte auf Iltis. – Wer ist *das*?

Ich war verärgert, dieser Korken klemmte, und sagte ächzend: Marder.

Der stand plötzlich vor mir wie im Bus. Hände an den

Deckenschlaufen, schob er die Visage mit dem kreuzförmigen Schnitt über der Braue und jenen dunklen, innen etwas herabgezogenen Augen so dicht heran, daß ich den Geruch des Atems nicht mehr wahrnahm. Auch den Unterleib drückte er fest gegen meinen, ich spürte das Lederetui durch den Hosenstoff und sagte: Gut, Iltis, ruhig. Habe das Prinzip verstanden.

Der Pfropfen schoß hoch, Champagner spritzte auf den Teppich, und Racko murmelte: Schlecht. Nicht sehr professionell ... Und griff sich ein Glas. – Also, was jetzt! Her mit dem Geburtstagskind! Ist ja zum Abschlaffen hier.

Olivia dankte für ihren Kelch, indem sie kurz die Zähne bleckte und das Näschen krauszog.

Es dauert immer, bis Karlchen schläft, sagte Hiller. Man kann ihn vorher nicht allein lassen. Die Tür ist auch sehr dünn. Vielleicht, wenn wir bißchen ruhiger wären ... Er schien zu schwitzen, setzte sich an den Tisch, sah auf die Uhr. – Und ihr? Habt 'ne Sause gemacht?

Rauhes Lachen. – 'ne was? – Racko rieb sich das Gesicht. – Wir *sind* die Sause, knurrte er. Ich zeigte auf seine Faust: Und? Stand was Hartes im Weg?

Er betrachtete die Knöchel. – Endlich eine ausgeschlafene Frage. Wollte dich schon abschreiben, Marre. Hast du eigentlich noch die Tätowierung, diese Biene auf dem Pimmel? Hm? Weggeschubbert?

Nichts interessierte ihn weniger als eine Antwort. Finger ließ er schnippen an Olivias Ohr. – Erzähl's. Aber richtig, fügte er hinzu und sackte zwischen

Teddys und Puppen aufs Sofa. Die Frau, etwas Champagner im Mund, bekam große Augen. Das Schlucken fiel ihr wohl schwer. – O Gott. *Alles* konnte man auch nicht sehen. Gibt's denn was zum Rauchen?

Ich griff nach meinen Zigaretten, doch Racko, das Musikgerät auf den Knien, drehte an Knöpfen und sagte: Später. Erzähl.

Ich steckte die Schachtel wieder weg. Olivia seufzte. – Naja. Waren nämlich in einer Kneipe in Sterkrade, »Börse«, stimmt's? Eigentlich nur 'ne Bar, schmaler Schlauch, aber vor der Plattenbox tanzten welche, ziemlich angedüdelt. Und Fetzer und er hier würfeln. Hohe Einsätze. Plötzlich kommt einer von denen ran und sagt: Hömma, Stielauge, möchtest du ein Foto von meiner Schickse?

Falsch, murmelte Racko, den leeren Batterieschacht prüfend. – Fang noch mal an.

Noch mal? Warum? Was hab ich denn …

Noch mal, sag ich.

Na gut. – Sie strich ihre dunklen Locken zurück. – Wir stehen jedenfalls in der Bar, »Bogen« oder so, verdammt eng, und vor der Musikbox tanzen welche, total besoffen. Die Jungs knobeln, ich halt die Kasse, schreib mit. Da kommt dieser Prolet oder was, offenes Hemd, behaarte Affenbrust, Pizzabauch, kann ich eh schon leiden … Der baut sich auf und sagt zum Racko, nee, zum Fetzer: Hömma, Handtuch … Sie verdunkelte die Stimme: Wieso glotzt du meine Olle so aufdringlich an? Soll ich dir vielleicht ein Paßfoto schenken?

Richtig jetzt?

Racko, der ein Cassettenfach schnappen ließ, nickte.
Quatsch, fuhr sie aufgeräumt fort, er hatte gar nicht geguckt, war auch 'ne Schreckschraube, billig blondiert, Dreck unterm Lack, und ich konnte die Binde sehen durch den Short. Sagt er also: Ein Paßbild? Ach, prima! Da werd ich mal ...
Falsch! brüllte Racko, die Brauen kraus. – Erzähl gefälligst, wie es *war*! Ich will hier keine Märchenstunde, kapiert?
Herrgott, wie *war's* denn! erwiderte Olivia mit leisem Schlingern in der Stimme. Sie hob ihr Glas an die Lippen, schluckte jedoch nur Luft. Leer. Er langte auf den Tisch und schob die Flasche aus ihrer Reichweite.
Wir sind nach Sterkrade, oder wie hieß der Bezirk? Steele? Wir hockten am Tresen in dieser engen Pinte, »Boogie«, stimmt's? Ich hab einen Futschi bestellt und ihr zwei Pils, nee Alt. Nee Pils. Der Laden unheimlich warm und stickig, Ventilator kaputt, und paar Leute tanzten vor dieser Neonkiste, stimmt's? Und ihr habt geknöchelt, und ich bin ...
Okay, okay, sagte Iltis, das Wimmeln der Fische im Blick. – Nun komm endlich auf den Punkt, Mädel.
Wie bitte?! – Sie fuhr herum. – *Du* mußt dich gerade melden, lahme Ente. Hätt' ich nicht die Tür verstellt mit dem Hocker, so – sie reckte beide Arme vor –, der Glatzkopf wär' dir doch abgehauen. Hundert Prozent!
Bleibt friedlich, brummte Racko, ohne aufzusehen von dem Recorder. – Weiter im Text.
Olivia holte Atem, kratzte sich am Knie. – Na schön.

Also, wir in der Bar, Ledertasse, ich mach Striche, scheiß-heiß. Und dieser Kerl, tippe mal auf Jugoslawe, schiebt plötzlich ran wie ein Schrank und sagt: Hör zu, Freundchen, du schielst ja wie Schmierseife. Willst du ein Paßfoto von meiner Braut, oder was? Echt so, ungelogen.
Und der hier: Paßfoto? Bei dem Gesicht? Ach, besten Dank! Ein *Nackt*foto vielleicht, da könnt ich abends mal drauf ... Sie geniert sich wohl, das Wort auszusprechen, bewegte rasch die Hand vorm Bauch. – Und dann gings tierisch ab.
Jetzt richtig? fragte sie. Doch Racko gab keine Antwort. Er zog die Kabelschnur hervor, rollte sie wieder zusammen, wendete das Gerät auf den Knien und murmelte: Verflucht, wo soll denn hier ein Mikro stecken.
Hiller schenkte ihr den Glaskelch voll.
Komisch, japste sie nach einem großen Schluck: Dieser Jugo da ... War das'n Jugo, Fetzer? Egal. – Sie stieß leise auf. – Der hatte ganz dickes, dunkles Blut, fast schwarz. Noch nie gesehen. Muß an der Ernährung liegen, oder? Paprika, scharfes Fleisch ...
Ich zuckte mit den Achseln, gab ihr eine Zigarette, und Racko knurrte: Blödes Gerät. Keine Höhenregulierung, kein Baß-System, nur Ukw ...
Naja, was anderes. – Er schob die Antenne zusammen und stellte es weg. – Hab ich das vorhin richtig verstanden, Marre? Du bist Maler und kriegst ein Stilleben, oder wie das heißt?
Stipendium, sagte ich.
Aha. Und wohnst in der alten Rathausvilla?

Unterm Dach. Drei Zimmer, hundert Quadratmeter Atelier. Sonnenseite.
Und ein Bad? fragte Olivia. Ein tolles großes? Viele Spiegel, funkelnde Armaturen?
Ein Bad für Filmstars, bestätigte ich, und Racko strich ihr sanft über die Wange. – Hast du schön erzählt, mein Spatz ... Ist denn im Parterre noch das Meldeamt?
Sicher. Eine Zweigstelle.
Leises Knarren im Raum. Iltis' Schatten wuchs lang über ihn hinaus, als er den Deckel des Aquariums verschob. Racko nickte. – Da liegen also jede Menge Pappen rum.
Ich erschrak. – Ach was! Keine Spur. Die kommen doch aus Bonn heutzutage. Aus Berlin. Fälschungssicher. Plastik.
Hiller stellte seinen Stuhl auf die Kippe, kraulte sich den Bart. – Nicht nur, sagte er und ignorierte meinen Blick. Ich hab mich neulich schlau gemacht, Jan. Das ist nämlich so: Wenn du mal ganz eilig einen Ausweis oder Reisepaß brauchst, schneller als die Kunststoffkarten fabriziert werden, gibt es immer noch das gute alte Dokument aus Papier. Und ich glaube, für Führerscheine gilt dasselbe.
Doch auf Dauer bleiben dir die neuen Scheußlichkeiten kaum erspart. Zuerst wollte ich mich mit einer Plastikallergie davor drücken, besaß sogar schon ein Attest. Wurde aber nicht akzeptiert. Und dann ...
Racko grinste, hielt ihm das Glas hin, und er schenkte uns ein und sah sich besorgt nach Iltis um, der eine Hand ins lichtgrüne Wasser tauchte. Wo sie, nah an

der Scheibe, riesig erschien mit ihren abgenagten Nägeln.

Die Fische verschwanden im Pflanzendickicht. Eine Tür wurde geöffnet, und Sarah, rückwärts, trat in den Flur. Sie trug ihre schwarze Wolljacke über dem Kleid und statt der Korksandaletten rote Pumps mit Pfennigabsätzen. Etwas Zugluft schickte Parfümduft voraus, und Hiller stutzte.

So dezent seine Frau geschminkt war jetzt, es wirkte allein deswegen festlich, weil sie sonst nie Make-up auflegte. Keine Spur von Tränen mehr, der Blick, eben noch ohne Mitte, war wieder ruhig und klar, vornehm fast die Linie der Lippen. – Kann nicht schlafen, sagte sie und schob Karlchen, der gekämmt und kerzengerade im Rollstuhl saß, langsam durch das verrauchte Zimmer. – Wünscht jetzt Guten Abend, und dann probieren wir's noch mal.

Sie neigte sich herab und murmelte nah an seinem Ohr: Na schau, so viel Besuch!

Man schwieg, erwartete eine Reaktion des Jungen, der einen offenbar neuen, nachtblauen Pyjama trug. Doch er beulte sich die Wange mit der Zungenspitze aus, wand seine Finger im Schoß, als wollte er sie verknoten, und hatte nur Augen für die Puppen und Plüschtiere auf der Couch.

Die Frauen nickten einander zu, und momentlang schien ihr Lächeln einen hellen, warmen, alle Männer ausschließenden Raum zu bilden, wobei Olivia der älteren deutlich Respekt entgegenbrachte, erfreute Verwunderung auch; man war sich zwar unbekannt, doch nicht fremd. Dann zog sie ihren Rocksaum tiefer, probierte es jedenfalls, und betrachtete Karlchen mit der allzu mütterlichen Miene kinderloser Frauen.

Iltis, neben dem Aquarium, wischte die Hand am Gesäß ab und tippte sich an den Hut. Seinen Gummi wie einen Krümel kauend, faszinierten ihn wohl die nackten, verdreht aus der Pyjamahose hervorschauenden Füße des Jungen. Einer, am kürzeren Bein, war kaum größer als der eines Babys und ebenso rosig. Seiner Länge nach normal, hatte der andere, voller Pflaster, einen sehr steilen Rist und nur zwei krumme Zehen, was tatsächlich an einen Spalthuf gemahnte.

Speichel troff aus dem Mundwinkel, als Karlchen den Kopf neigte und einen Arm vorstreckte, um Rackos Jacke zu berühren, ihr seltsames, wie nach innen strahlendes Blau.

Hallo! – Die Ellenbogen auf den Knien, Fingerspitzen aneinandergelegt, räusperte er sich, der Mann, und da er hochsehen mußte zu Sarah, wirkte sein Gesicht glatter, jünger, verletzlicher, und auch etwas Bedrücktes war darin, nahezu schmerzliche Aufmerksamkeit. Er schluckte, barg die wunden Knöchel unter der heilen Hand, und für den Moment, das Rucken des Adamsapfels lang, saß dort ein hartgesottener Träumer. – Dachte, wir kommen mal kurz vorbei. Von wegen Geburtstag ...

Sarah gab ihrem Sohn einen Stoß. – Mußt du wieder so krumm in der Landschaft hängen? Sitz mal gerade,

hörst du? Gerade! Und zu Racko: Donnerwetter, das weißt du noch?
Er schien verwundert, nickte ernst, und erneut machte sich Schweigen breit. Ich blies Rauch ins Kerzenlicht, und Olivia knibbelte an ihren Nägeln herum, ließ sie wie Schnäbelchen schnippen. Doch dann mochte Racko das Starren des Jungen wohl nicht mehr ertragen. Jäh stand er auf und wuchtete das Cassettengerät – Also da! – vor ihn hin.
Der Plastikkasten reichte über die Armlehnen des Gefährts. Karlchen, der ihn wie einen Balken umfaßte, konnte das Kinn darauf stützen und verdrehte die Augen, um mitzukriegen, wie der Mann seine Mutter begrüßte: An der Hüfte zog er sie heran, raunte ihr etwas ins Ohr, und sie lachte glücklich und wurde hellrot. – Arschloch.
Hiller war nicht mehr an seinem Platz. Wasserrauschen, Tellerklappern in der Küche, und Sarah setzte sich auf das Lederpolster, das die andere ihr freiräumte.
Racko hob sein Glas. – Soweit das Protokoll ... Gibt's hier nur Tuntensprudel, verdammt? Werd ja nüchtern. Herr Dokter Fetzer, hol mal die Medizin aus dem Wagen! – Er zwinkerte Karlchen zu. – Den Reservekanister.
Iltis ging, und Sarah, an der mir erstmals die strahlenartigen Fältchen in den Augenwinkeln auffielen, betrachtete freundlich das Gesicht der Jüngeren, griff wie nebenher nach ihrer Hand. Ein wehmütiger Zug, sein Anflug nur, huschte um den Mund, das waren zwei Jahrzehnte, und schließlich nickte sie, einver-

standen, und strich über den Stoff des Paillettenkleids.
– Mein Gott, wie schön ...
Die andere wies auf Racko, eine Kopfbewegung, nach der die beiden sich wortlos anblickten. Du ahnst nicht, was ich ausstehen mußte, um diesen Fummel zu kriegen, sagte das strenge Schmunzeln der Jungen, während die Ältere sichtlich Oh, ja! dachte. Ich weiß, wie er sein kann, meine Liebe. Aber alles in allem ...
Ist doch ein geiles Gerät, oder? Den Satz Batterien hab ich vergessen. Schieß ich dir morgen. Kabel und Stekker sind in dem Fach. Nein, da! Sabber das nicht voll. Und dieses Mikro ...
In einer Holzvase brachte Hiller die Rosen, stellte sie stumm auf den Tisch, und ich drückte den Zigarettenrest aus und fragte: Hast du sie auch angeschnitten? – Aber der Versuch, ihn und seine graue Miene aufzuheitern, mißlang. Ich leerte mein Glas. – Na denn, meine Lieben. Muß ins Bett.
Karlchen nickte. Doch Racko fuhr herum. – Marre! Krank? Heut ist Feiertag, Happy Kadaver, da bleiben sogar die Toten wach! Trink noch einen Schnaps mit uns. Wir bringen dich heim.
Besten Dank. – Ich zerzauste dem Jungen das Haar. – Marre hat Panne. Marre läuft.
Doch als ich Hiller die Hand geben wollte, trat der andere dazwischen. – Moment. Was soll das heißen? Sind wir nicht unterhaltsam genug?
Quatsch! Bin einfach fertig, Mann. Hab letzte Nacht keine Stunde ...
Die Frauen standen auf, gingen flüsternd und ki-

chernd hinaus. Racko verengte die Augen. – Oder nicht *kultiviert* genug?
Das Kinn vorgereckt, klopfte er mir seine Fingerrükken hierhin, dahin, dorthin – kumpelhaftes, etwas hartes Knuffen, und ich hob die Fäuste, Boxerpose. Kaum aber klirrte es in einer Jackentasche, griff er zu und warf ihn hinter sich, meinen Nagelknipser mit den Schlüsseln am Ring. – Dann los, mach Mücke!
Iltis, der die Whiskyflasche brachte, fing ihn auf, und plötzlich stand ich wieder in kurzen Hosen vor der Schule und starrte irgendwelchen Jungen nach, Kleekampschlägern, die mir das Brot entrissen hatten und es dem Schwein des Hausmeisters gaben.
Alles altert, nur die Feigheit nicht. Rackos herausfordernde Miene, Hillers gerunzelte Stirn und Karlchens offenen Mund vor Augen, kam mir mein Grinsen doch dämlich vor. Die Handflächen wurden heiß, und ich zuckte mit den Schultern, richtete die Krawatte. Mußte erstmals zum Klo.
Das war besetzt. – Momentchen! rief Olivia hinter der gesprungenen, von einem Borussia-Aufkleber zusammengehaltenen Milchglasscheibe, und ich ging zwei Türen weiter, in die Behindertentoilette.
Frauen wollen Sieger, schrieb vor kurzem ein Freund: Es mochte etwas heißen, daß er mir jetzt einfiel, der Satz, beim Blick in den Spiegel. Langsam schloß sich die Schleuse, und als ich einen Arm hob, um Haare aus der Stirn zu streichen, sank das Waschbecken still knietief. Mit ihm Seifenspender und Handtuchhalter, und stiegen nicht mehr, trotz meines Gefuchtels nicht, in normale Positionen.

Der Klotopf indes hing seltsam hoch, und da die Möglichkeit bestand, irgendein Signal zu durchpinkeln und wer weiß was auszulösen, machte ich's nach Art der Mädchen. Dabei baumelten meine Füße ein wenig überm Noppenboden, und ich dachte an die Kinderzeit, das helle Leben, in dem man fast jede Beleidigung nach zwei, drei Hinkelschritten vergessen hatte. Sicher half der dicke Feldhoff mit einem Apfel aus, vielleicht sogar mit Mausespeck oder Salmiakpastillen, und alles wurde gut.

Das kleine Geschäft war erledigt, und ich winkte, schnippte, pfiff, ohne eine Spülung in Gang zu kriegen. Statt dessen setzte mich der Topf sanft im Erwachsenenalter ab, ich zog meine Hosen hoch, drehte mich um ... Und geriet wohl einem Sensor in die Quere. Oder etwas Glänzendes an mir, Gürtelschnalle, Uhrglas, Stil, löste ein Gewittern der Lichtschranken aus: Wie die Faust in eine Pauke schoß der armdicke Wasserstrahl in das Loch und donnerte noch paar Herzschläge lang durch die Unterwelt.

Stille. Nichts als das Sirren und Zirpen der Elektronik hinter den Edelstahlwänden war zu hören, und aufatmend knöpfte ich mich zu, erst falsch, dann richtig. Plötzlich aber, von keinem Hintern gehemmt, schnellte er hoch, der dünne Strahl, eine Art Intimspülung, wie es schien, so daß ich nur halbwegs mich retten konnte mit einem Rückwärtssprung. Und doch noch bepinkelt ins Wohnzimmer kam.

Was freilich niemand bemerkte. Die Frauen saßen wieder zwischen den Plüschtieren, und Iltis, Ellbogen auf der Abdeckplatte, Whiskyglas in der Hand, lehnte am Aquarium wie an einer Jukebox; sein rosaroter Kaugummi sank langsam zwischen die Wasserpflanzen. Aber auch das fiel offenbar nur mir auf.
Racko streifte Uhr und Jacke ab, und Sarah, nach einem Seitenblick auf ihren Mann, hielt sich einen Finger vor die Lippen. Ortwin stand neben dem Rollstuhl, und ich nickte, ahnte schon, was folgen würde: Es war ein Spiel, ein seltsamer Trick, auf den der Behinderte in seinen Fummelstunden verfallen sein mochte und mit dem er regelmäßig Wetten gewann. »Kleine Raumfahrt« hieß die Nummer, manchmal auch »Kosmos«, und ich kann Erklärungen metaphysischer Heimwerker getrost entbehren. Ich weiß nur, sie funktioniert, und zwar immer, überall, mit jedem.
Worum ging's? Schlicht darum, den Jungen samt Stuhl bis unter die Decke zu heben. Dabei war das Zimmer eher hoch als niedrig, und sein neues Gefährt, Chromstahl, Vollgummireifen, Elektromotor plus Batterie und Getriebe, wäre auch ohne Karlchen nur schwer emporzustemmen gewesen. Ich wunderte mich, daß Racko sich überhaupt darauf eingelassen hatte. Doch wußte ich schließlich nicht, was dem vorausgegangen war. Er krempelte die Hemdsärmel hoch.
Fertig? fragte Hiller und zeigte ihm, wie er den Stuhl packen sollte: Unter der Armlehne, so. Und ab mit dem Astronauten!

Ich setzte mich. Schon zu Beginn der Darbietung war ein Starker in der schwächeren Position, mußte er sich doch im Hinblick auf den Jungen, der ja nicht umkippen durfte, nach seinem Gegenüber richten und die Balance wahren – am Ende mühevoller als rasches, gleichmäßiges Heben des Stuhls. Zähne zusammengebissen, brachte Racko die Lehne bis zur Brust und verharrte so, in der Stellung eines Athleten kurz vorm Hochwuchten des Gewichts. Seine Arme zitterten, der Kopf wurde rot. – Na was, zum Teufel! Streng dich an!

Das tat Hiller deutlich, half zudem nach mit einem Knie und kam doch nicht, wie man sagt, aus dem Kreuz heraus. Zunge hinter der Oberlippe, Brille beschlagen, zerriß er sich die Hose an einer Flügelschraube, und als Racko ihn abermals anschrie und Schlappschwanz nannte, entfuhr ihm gar ein Furz. Vielleicht schafften sie noch paar Haaresbreiten – bis zur Decke war's weiter. Das Lächeln des Jungen hing ziemlich schräg. Halt suchend, drückte er eine Hand gegen Ortwins Stirn, und Sarah rief Genug! und griff an dessen Seite mit zu. Behutsam setzte man sie ab, die Last.

Racko blähte die Wangen, fuhr sich übers Gesicht. – Idiotisches Spiel! Wolltet ihr mich vergackeiern?

Der andere keuchte, trank etwas Wasser. – Abwarten. Gleich kommt die zweite Version.

Karlchen klatschte in die Hände, und Sarah nahm wieder Platz und sagte: Du glaubst nicht, was *dem* schon eingefallen ist. Fast unheimlich manchmal. Dann denke ich, die haben ihre ganz eigene ...

Und diese Augen! rief Olivia. Mein Gott, total zum Verlieben, stimmt's? Das sind richtige, richtige ... Sie zerrieb etwas Rauch zwischen den Fingern und schaute sich wie suchend um. – Richtige *Seelensterne*, ja!
Die Mutter atmete tief, und alle blickten den Jungen an, als wäre ihnen seine Schönheit erst mit diesem Wort aufgegangen. Doch Olivia, erschrocken, fragte leise: Was denn? Darf man das nicht sagen?
Racko nahm einen Zug von ihrer Zigarette. – Also, Adler, zeig's mir, verdammt!
Hiller überprüfte den Gurt und zog die Nackenstütze ab, den Griffteil der Lehne. – Aber langsam! bat Sarah. Nicht wieder so ruckartig, hörst du?
Ihr Mann stellte sich vor das Gefährt, streckte wie Karlchen die Arme aus und bedeutete Racko, es ebenso zu machen: Seine Hände zwischen ihre zu halten, ohne daß sie einander berührten. Dabei sollte kein Wort gesprochen werden, auch von den Zuschauern nicht. – Er grinste, schüttelte den Kopf, spielte aber mit. Ein Bild, als wärmten sich die drei über unsichtbarer Glut.
Spürst du's? fragte Hiller, und der andere runzelte die Brauen. – Was soll ich spüren?
Dann schließ die Augen. Konzentriere dich auf deine Finger. Sag Bescheid, wenn's kribbelt oder irgendwie magnetisch wird.
Zwei Kerzenflämmchen ersoffen im Wachs. Momentlang war nicht mal die Wasserpumpe, das Säuseln der Sauerstoffleitung zu hören, und Karlchen leckte sich einen Mundwinkel und sah starr auf die

Hände. Racko holte Atem, schluckte hart, ein Knakken im Gelenk der Stille. Er schien seine Lider nur ungern zu öffnen.

Fertig? fragte Hiller leise und machte ihm bereits vor, wie er unter die Chromstange zu fassen hatte: So. Und los!

Olivia stöhnte, Iltis schob den Hut aus der Stirn, und ich lehnte mich zurück. Auch Sarah blickte lächelnd auf zu ihrem Sohn, der von den beiden mit vier Zeigefingern und ohne Hauch von Mühe so hoch gehoben wurde, daß er nicht nur den Kopf einziehen – herabbeugen mußte er sich, bis zu den Knien, und schon berührte der Rücken die Decke des verqualmten Raums. In dem, aus seiner Sicht, das Aquarium strahlen mochte wie ein Quader reinen Glücks; jedenfalls ließ er Jubel hören, ein gellendes Trillern.

Nur Sekunden dauerte der Zauber, und nach Hillers Kommando stellten die Männer das Gefährt wieder ab.

Wow! machte Olivia, und Karlchen bestätigte grinsend: Wow!

Racko starrte auf seine Fingerspitzen, als gehörten sie nicht zu ihm. – Scheiß die Wand an. Was war *das*? – Plötzlich heiser, kniff er sich das Kinn, kratzte Striemen über seinen Tiger. – Und so was geht mit jedem? Auch mit Frauen oder ... Er wies in meine Richtung. – Mit dem?

Durchaus, erwiderte Hiller. Alle sind Teil des Kosmos und seiner Energie. Wir können ja mal ...

Gar nichts! Sarah war aufgestanden, trat hinter den

Stuhl und schraubte die Kopfstütze fest. – Wir sagen endlich Gute Nacht.
Racko schlüpfte in die Kaschmirjacke. Ortwin reichte ihm die Uhr. – Siehst du es nun? Es gibt Kräfte, die sind gewaltiger als Gewalt, mein Lieber. Was bedeuten da Bizeps oder Schlagring. Quäle einen Menschen, verprügle, bestehle, töte ihn – wenn er in seiner Mitte lebt, derselben Mitte, aus der dieses Geheimnis kommt, hast du ihn gar nicht berührt. Etwas ist in jedem, das wird niemals müde, einsam oder krank, und es läßt sich nicht zerstören. Wer das weiß und daraus schöpft, bleibt unverwundbar.
Racko musterte seine Schuhspitzen, nickte, schloß kurz die Augen. Wo Wangenknochen zuckten, wurden Hautstellen weiß, und Olivia fuhr zusammen, als er – rasche Armbewegung – jenen Hut vom Sofa auf den Boden fegte. Und Tritt um Tritt zerstampfte.
Ortwin wich zurück. In seiner Miene war etwas von der ängstlichen Empörung eines Kindes, dem man die Sandburg zerstört, und der andere, beinahe flüsternd, fragte: Na? Wo isser?
Er stopfte seine Fäuste in die Taschen, krümmte den Mund, die Winkel nur, und schrie: Weg ist der Hut. Unverwundbar, aber weg, du Schwätzer!
Die Stirn geneigt, sah er drohend unter den Brauen hervor, ein langer, wie an Schneiden entlanggleitender Blick, und plötzlich hörte ich meinen Puls in den Ohren, dumpfes Echo der Sekunden. Niemand rührte sich, und Iltis, mehr Schatten als Gestalt jenseits der beiden, zog etwas Gleißendes aus dem Wasser. Ich massierte mir die Lider.

Laßt gut sein, murmelt Sarah endlich und stieß ihren Sohn an. – Genug für heute. Sag Ade!
Gott-o-Gott, schon? – Die Hände auf den Schenkeln, beugte Olivia sich vor und kräuselte die Nase à la Kätzchen.
Wie schade! Also tschüs, mein hübscher Herzensbrecher, hat mich echt gefreut! Bis bald wieder, ja? Dann unternehmen wir was, nur wir beide, Minigolf vielleicht. Und ich kauf uns Prickelpitt und Zuckerwatte und fahr dich über die Kirmes. Geisterbahn und so.
Sie hob den Kopf. – Könnt' ich doch mal machen, oder?
Der Junge schwieg, starrte auf den Hut am Boden, wand die Finger im Schoß, und Racko stellte ihm das Musikgerät wieder auf den Stuhl.
Er wirkte immer noch verwundert, eine herbe, wenn auch etwas herablassende Zärtlichkeit in der Miene, und Karlchen, Arme unter dem Plastikkasten, legte die Wange auf das Gehäuse und schloß die Augen. Es mochte an den Schatten liegen, daß seine Wimpern viel länger schienen als sonst.
Er ließ einen Laut hören, der wie Stöhnen aus dunkler Tiefe klang. Doch war es etwas Gesprochenes, denn Hiller, in Sarahs Rücken, fragte: Wen? Was hat er gesagt?
Sie gab keine Antwort, biß sich auf die Lippe, strich dem Jungen übers Haar und atmete so bewegt, daß der Straß durch Maschen der Wolljacke blitzte. Ihr Mann wiederholte die Frage. Sie schüttelte den Kopf, trat das Bremspedal los.

Karlchen brabbelte klagend weiter, schlief wohl schon ein. Der verpflasterte Fuß glitt aus der Halterung, und langsam, ganz langsam, wie ein kaum noch zu bewältigendes Gewicht, hob er ihn wieder an. Im Kerzenschein sahen die Lidränder seiner Mutter verschwommen aus, ihre Nasenflügel zitterten. Sanft schob sie Rackos Hand von seiner Schulter.
Komm jetzt. Gute Nacht.
Sie lenkte das Gefährt in den Flur, stieß gegen die Garderobe, irgend etwas schlug aufs Parkett. Schatten von Kleiderbügeln pendelten über die Wände.

Mit einem gelben Blatt auf dem Tischtuch bemerkte ich die echte Rose zwischen den Kunststoffblumen. Racko starrte aus dem Fenster, und einmal mehr kam es mir vor, als ob jedes Lebensalter nicht nur seine eigene Reife, sondern auch eine besondere Sprachnot hat, unsichtbare Dunkelheiten, die manche Menschen so dicht umschließen, daß sie nicht einmal leuchten, wenn sie brennen.
Könntet ihr vielleicht etwas weniger schmöken, bat Hiller und stellte saubere Aschenbecher vor uns hin. – Das bleibt tagelang in Polstern und Gardinen, und für Nichtraucher ...
Genau! sagte Olivia. Widerlich. Wenn ich allein bin, verqualme ich kaum die Hälfte von dem, wo wir ...
Nichtraucher! – Racko ließ ein Schnauben hören. – Was denn noch? Nichttrinker? Nichtkiffer? Nichtfikker? Und Fleisch ißt du wahrscheinlich auch keins, oder?

Ortwin öffnete die Balkontüre, weit. – Erraten, sagte er. Viel zu schwer verdaulich, von den Giftstoffen ganz zu schweigen. Außerdem macht Fleischessen aggressiv.
Racko trat an den Tisch, goß sich etwas Schnaps nach. – Und woher kommt dann der Bock? Der Druck? Hast du überhaupt noch Schlamm auf der Pfeife?
Hiller, stirnrunzelnd, blickte ihn an. – Wie bitte? Noch was?
Der andere stieß den Daumen Richtung Schlafzimmer. – Ob man einen hochkriegt mit so'nem Biotick, Mann! Besorgst du es ihr?
Als wäre es zu schwül, blies Olivia die Wangen auf und machte Puh! Wie witzig ... Doch Ortwin, der neue Kerzen in die Halter steckte, wurde blaß.
Ich wüßte nicht, was dich das angeht, erwiderte er gedämpft und schloß die Tür zum Flur. – Wir haben schon unsere glücklichen Momente, keine Angst. Im Leben erwachsener Menschen gibt es auch andere Bereiche, weißt du.
Racko fuhr herum, packte Olivias Kinn und kniff den schönen Mund zu einer Schnute zusammen. – *Was* war das gerade?
Sie wimmerte, schluckte, reckte sich auf.
Hier, Adler! Schau her! Schau dir diese geile Röhre an. Hast du je so was vor die Flinte gekriegt in deinem Gesundheitsleben? Haut dir pralle Möpse um die Ohren und schreit das ganze Hotel zusammen. Das ist 'ne *Frau*, mein Lieber, eine richtige Frau! Und dabei erst ... Er stieß sie gegen das Lederpolster. – *Wie* alt bist du? Fünfundzwanzig?

Olivia holte japsend Luft, schüttelte den Kopf. – *Drei*undzwanzig! erwiderte sie und strich mit beiden Händen ihr Schwarzhaar zurück. In den Achselhöhlen, vor längerem rasiert, wuchsen rotblonde Stoppeln. – Aber ich hab schon alles mitgemacht! – Sie sah Hiller spöttisch lockend an. – Al-les! hauchte sie und zog den Laut auseinander, indem sie die Zunge länger als nötig hinter den Schneidezähnen ließ.
Der Gemeinte, obwohl verlegen, tat unbeeindruckt; sein Hör dir die an! in der Miene war mir jedoch lästig. Ich trank etwas Wasser. – Wenn du wirklich »alles« mitgemacht hättest, säßest du kaum hier, sagte er, und Racko stutzte.
Was soll denn *das*? – Er trat vor, drückte zwei Finger wie einen Pistolenlauf gegen seinen Bauch. – Willst du meine Braut beleidigen? Warum dürfte sie nicht hier sein, nur weil sie alles mitmacht, Adler?
Beleidigen? Wer hat denn ... Ich wollte ...
Zurückweichen wollte er, doch stand plötzlich Iltis da und blickte gähnend auf die Uhr; Hiller entschuldigte sich.
Du sagtest, sie könnte kaum alles mitgemacht haben und gleichzeitig hier sitzen, beharrte Racko. Sie wäre also unaufrichtig.
Aber das ist ja Quatsch! Ich meinte ...
... ich sollte nicht alles mitgemacht haben, obwohl ich doch hier bin! rief Olivia. Das finde ich die pure Unterstellung! – Oder? fragte sie leiser in meine Richtung, und ich drehte wie abwägend die Hand im Gelenk.
Herrgott noch mal! sagte Hiller. Ich möchte ...

Racko blies ihm Rauch in die Augen und hob förmlich an, wie vor einem Tribunal: Adler von Irrlich! Stimmt es, daß du im Vollbesitz deiner Geistesschwäche geäußert hast, du würdest alles mit meiner Mieze machen, *alles*, wenn ich nicht hier wäre?
Iltis' Lache hatte kleine Zacken, und auch ich unterdrückte ein Grinsen; für Ortwin war das herber Ernst.
Ist gut, du hast mich verstanden! erwiderte er. Mir wird langsam schlecht. Und hör schon auf mit dem dämlichen »Adler«.
Racko machte paar Rückwärtsschritte, das gefährliche Tänzeln der Schulzeit. – Nanu! Warum tut er mich jetzt dämlich nennen ... Bist du nicht mehr unser Adler? Was sonst? Der Geier? Oder – Blick auf die Gesundheitslatschen – die Ente von Irrlich?
Also komm, zeig her! Wo hast du deine breiten Schwingen. – Zigarette im Mund, ging er wie ein Ringer auf ihn los, und noch versuchte der Bedrängte die hilflose Figur, die er abgab, mit einem Grinsen zu retten. Doch gelang es nur kläglich, und während er Rackos Zugriffen auswich – etwas knackte, ein Knopf rollte übers Tischtuch –, sah er mich aus den Lidwinkeln an, ein stummes Flehen ... Da wurde ihm die Brille von den Augen gerissen. Iltis warf sie mir in den Schoß. Die Männer bogen Hiller die Arme aufs Kreuz.
Schluß jetzt! Was soll ...
Racko spuckte seine Kippe ins Aquarium, und Olivia rief: Achtung, Strahler! – Doch hatte er bewußt auf das Pedal getreten, eine Stativleuchte ging an, was

Pailletten ihres Kleids wie Schuppen schimmern ließ, und er öffnete Ortwins Hemd, streifte es mit einem Ruck von den Schultern und tiefer, bis auf die Hüften. – Mach kein Theater! Wollen nur dein Wappentier sehn.

Ins Licht gedreht, neigte der Überwältigte den Kopf und atmete lange zittrig aus. Hinter seinen Ohren zwei kleine rotgescheuerte Stellen, und ich wurde wütend auf ihn, die ergebene Haltung, und drückte mit dem Daumen ein Glas aus der Brillenfassung. Fügte es aber gleich wieder fest.

Er war, falls man angesichts des Schmächtigen so reden konnte, riesig, der Adler mit dem böse blickenden Auge und dem stolz erhobenen, im Profil dargestellten Schnabel. Sogar das Atemloch hatte man angedeutet. Bis zu den gespreizten Krallen, in denen er eine leere Banderole hielt, nahm er gut die Hälfte des Oberkörpers ein und wirkte dabei etwas verzerrt, schief in den Proportionen, was wohl an der langsam ermüdenden Haut lag. Das detailgenau ausgeführte, hier und da sich sträubende oder hellgrau schattierte Gefieder mit den vereinzelten Goldkielen war von einem prachtvollen, matt glänzenden Schwarzblau und breitete sich derart dicht und lückenlos über den Rücken, daß sie beim besten Willen nicht mehr zu erkennen war, jene grob skizzierte Gießkanne, die man damals zwischen seine Schulterblätter gestochen hatte. Sie zuckten kurz; es wurde Hiller offenbar kühl.

Irre! rief Olivia und staunte den schweigenden Racko an. – Das hast *du* gemacht? Mann, ich denk, du kannst nicht zeichnen? Su-per-gut! Da mußt du mir aber mal so ein kleines Ungeheuer, du weißt schon, die Rita hat das hier und ...

Ein paar Kerzenflämmchen flackerten im Zug, fingen an zu blaken. Iltis drehte sich um.

Reglos stand sie im Korridor, sagte kein Wort und kam mir barfuß viel kleiner vor. Unordentlich das Haar, wie zerrauft; verschmierte Schminke in den Tränenwinkeln. Doch war der Blick klar und das Weiße so rein wie in den Augen des Sohnes.

Ach, hallo!

Die Männer gaben Ortwin frei, zogen flüchtig das Hemd hinauf. – Dein Gatte dachte ... Er wollte uns mal wieder seine Tätowierung zeigen. Wirklich imponierend. Ein Kunstwerk – stimmt's, Marre? Ich hatte es schlichter im Gedächtnis.

Der teerige Ton ließ Sarah erbleichen. Weit öffnete sie die Tür, und Racko nickte, gähnte, beklopfte seine Jackentaschen. – Also, Freunde. Nichts vergessen?

Olivia erhob sich, zerrte ihren Rock in Form. – Oh, diese Bären! sagte sie lächelnd und streichelte der anderen die Wange. – Fand ich aber total nett, dich kennenzulernen, echt. Nach all dem, was der immer erzählt, Lilly hier, Lilly da. Und wenn ich wieder in der Nähe bin, müssen wir unbedingt in Ruhe einen zwitschern, ja? Nur wir beide.

Racko zeigte in den Flur, aus dem sie noch ein träges Gute Na-hacht! hören ließ, und als er vor Sarah stand, blickte diese ihn nicht an und ignorierte, was er ihr hinhielt: Ein zerknittertes Kuvert aus seiner

Brieftasche. Beide atmeten kaum. Iltis, die Schnapsflasche wie ein Werkzeug unter der Achsel, drückte sich grußlos an ihnen vorbei, und Racko schlug den Kragen hoch, runzelte die Brauen. Ermüdet die Augen in dunkelnden Höfen. Lange wartete man so, ein Vierteljahrhundert, keiner sprach, und endlich war es sogar für eine Ohrfeige zu spät.
Sarah machte eine Kopfbewegung, stummes Nein, und schien einfach durch ihn hindurchzugehen. Jedenfalls trat sie im nächsten Moment vor ihren Mann, legte die Hände auf seine zitternden Finger, schob sie beiseite und knöpfte das Hemd zu.

Die Sauerstoffpumpe sirrte wieder, und nachdem das Türschloß eingeschnappt war, brachten die beiden Flaschen, Gläser, Rosen in die Küche und räumten dort herum, ohne daß ich sie sprechen oder flüstern hörte.
Der Zigarettenrest hatte sich aufgelöst, sein Filter trudelte auf der Fontäne, und ich streifte einen Jackenärmel hoch und langte ins Aquarium. Erfrischend das Wasser, winzige Bläschen zerplatzten auf der Haut, Fische flitzten panisch herum oder verschwanden im Blätterdickicht, und Sarah kam zurück und räkelte sich, blickte auf die Uhr. – Mein Gott, dieser Abend dauert ewig. Ich hab immer noch Geburtstag und bin schon bettreif wie ...
Jan! Fängst du jetzt auch damit an? Dem Karl muß ich ständig auf die Tatzen klopfen. Das Viehzeug *kriegt* man nicht, Mensch! Viel zu flink.

Sie zog den Deckel zu, und ich konnte sie nur knapp in der hohlen Hand verbergen, die Rumpfhälften, rot, blau, und zwei getigerte Silberköpfe, die ich aus dem Wasser gefischt hatte. Und da auch Ortwin plötzlich vor der Lampe stand, steckte ich sie in meine Hosentasche.

Sollen wir noch rasch eine Schokolade kochen? fragte er, und seine Frau kicherte leise.

Ach so, ja. Die Milch.

Er sackte aufs Sofa, rieb sich das Gesicht, die Augen hinter der Brille. – Was für ein Tohuwabohu. Bin wie angefressen von den schlechten Vibrationen. Ihr nicht? Manche Menschen sind wirklich zu bedauern. Dabei wollte ich dir doch ein paar Arbeiten zeigen, Jan. Hab mir nämlich auch diese alten Schinken besorgt und übermalt. Ist schon eine dolle Methode. Der Pinsel gleitet wie ...

Später, sagte ich und trat ans Fenster, vor die Blumen. Bin ja noch'n Weilchen hier.

Sarah gähnte abermals, nahm eines der Stofftiere in den Arm, einen struppigen Teddy, und sagte: Macht was ihr wollt, meine Helden. Mir war es heute bunt genug. Ich geh ins Bett.

Hand auf dem Türgriff, zog sie die Nase wie Olivia kraus, was ihr Tschüs! in ein quietschiges Tschieß! verwandelte, und ich sagte: Schlaf schön! Bis bald.

Ortwin nickte. – Komm auch gleich. Gut Nacht.

Kaum war sie aus dem Zimmer, wurde die Stille seltsam grundsätzlich. Er seufzte schwer, der Mann;

mir schwante nichts Gutes. Offenbar stand das Resümee des Abends bevor, eine Aussprache voller »Weißt du ...«, »Eigentlich ...« und »Im Kern ist das alles ...«, und ich steckte Feuerzeug und Zigaretten weg.
Ortwin zupfte Flusen vom Teppich, ließ sie hinter die Sofalehne fallen. Seine Unterlippe glänzte feucht aus dem Vollbart hervor. Doch wie groß das Gewicht auf dem Herzen nun sein mochte – meine Erschöpfung war größer, und als er Atem holte, fragte ich ihn rasch nach den Bildern aus dem Schloß. – Wo genau habt ihr sie damals eigentlich verstaut? Der Keller meines Vaters ist ein Labyrinth. Und Rutenkolk kommt Sonntag und will ...
Scheu erfreut sah er auf. Ein Auto drehte vor dem Haus, Reflexe des Fernlichts huschten über die Brille, ich sah meinen Daumenabdruck auf dem Glas. Dann wurde es wieder dunkler im Zimmer, und eine rosa Schleierflosse schwebte träge durch das Wassergrün, nur die Flosse, und sank in den Sand.

Klar die Nacht, tiefblau. Hier und da am Horizont fackelte man Kokereigas ab, winzige Flämmchen, und der Weg war trotz defekter Laternen nicht dunkel; als leuchtete uns das Fliederweiß, sah ich jede Scherbe, jeden Stein.
Wir gingen über die Wäscheplätze, wo neuerdings auch Tennistische standen, Platten aus geschliffenem Beton und so dick, daß man unwillkürlich an Opferaltäre oder Schlachtbänke, jedenfalls nicht an Ping-

Pong dachte. Auf einer hockte eine Ratte und hielt uns witternd das Schnäuzchen entgegen.
Was war das für ein Schlüssel vorhin? fragte Hiller. Räumen die jetzt im Rathaus um?
Irgendwo pfiff ein Vogel, trauriger Jubel, und mir fiel ein, daß Nachtigallen »schluchzen«.
Ich erklärte Ortwin, daß es in der Verwaltungsstelle gar keine Schlösser im gewöhnlichen Sinn mehr gab. Die Außentüren waren elektronisch verriegelt und mit Tasten ausgestattet. Man mußte Code-Nummern eintippen.
Aber welchen Schlüssel hat er dann genommen?
Ich wies auf das Haus, in dem meine Eltern wohnten, ein Gebäude für vier Familien mit schmalem Blumengarten und akkurat geschnittener Hecke davor. Alles schlief, nicht einmal Fernseherlicht flackerte hinter den Gardinen, und der Eingang war verschlossen.
Vor über dreißig Jahren konnte ich sie mühelos durch den Briefschlitz stecken, die schmale Hand; nun kam ich gerade bis zu den Knöcheln hinein. Doch befand sich ein Riegel gleich neben der Klappe, und ich zog ihn auf und schaltete Treppenlicht an. Wir stiegen in den Keller.
Trotzdem man nicht nur einträchtig miteinander lebte, wurden die Räume dort nie abgeschlossen. Oft gab es Streit wegen schlecht gewischter Flure, Hundegebell, zu lauter Musik und ähnlicher Lappalien. Üble Nachreden an der Käsetheke von »Schätzlein« wuchsen sich zu klirrenden Krächen aus, denen wochenlanges, frostiges Schweigen folgte: Aber die Keller blieben immer offen, und jeder ging fraglos in den seines

Nachbarn, um Putzwolle zu entleihen, Fahrradflickzeug oder eine Schütte voll Koks, wenn die Lieferung des eigenen sich verzögerte.

Oha, sagte Hiller. Alles umgeräumt.

Per Mauerdurchbruch hatte mein Vater die Waschküche mit dem großen Kochkessel und den Einweichbecken, die niemand mehr benutzte, zu seinem »Magazin« gemacht. Er lebte von allen Mietern am längsten im Haus, und wenn er schon ständig die Hecke schneiden und den Rasenstreifen vor dem Giebel mähen müsse – Tut ja sonst keiner! –, könne man ihm Zusatzraum für die Geräte nicht verwehren.

Obwohl seine handwerkliche Begabung eher mittelmäßig war, gehörte er zu den Männern, die für alles ein Werkzeug haben. Stolz darauf, sich nie und nirgends etwas borgen zu müssen, nicht einmal so seltene Dinge wie Rillenhobel, Blindflanschfräsen oder Wasserlötkolben, lieh er sie jedem gönnerhaft aus. Doch viele der teuren, für eine kurze Anwendung besorgten Apparate rosteten seit Jahren in ihrem Fach.

Unter Fensterluken an der hinteren Wand gelegen, waren Brennstoffhaufen und Kartoffelkiste das Zentrum des Raums – und mittlerweile auch beliebte Verstecke für den Schnaps der Eltern. Die Kohlensorte, die sie sich zuteilen ließen, wechselte alle paar Jahre mit dem Ofenmodell, das gekauft wurde; zur Zeit war es die kantige, fast vornehm glänzende Fettkohle, deren unsagbar schwarzes Schwarz ich schon in der Kindheit gern gemocht hatte, weil man hier und

da, als wäre sie dem Erdreich kurz vor ihrer märchenhaften Verwandlung entrissen worden, einen Hauch Katzengold finden konnte. Dagegen verband ich mit der Kartoffelkiste nur einen muffigen Geruch und ebensolche Wörter: Hansa, Grata, kochfest, mehlig.
An den Wänden waren alte Küchen- und Besenschränke bis unter die Decke gestapelt, und es gab drei mannshohe, die gesamte Kellerlänge durchmessende Metallregale, in denen sich hier und da noch Erinnerungsstücke fanden: Die Burg voller Plastikritter, deren Zugbrücke ich mit einem Stück Rosenkranz repariert hatte; ein Modellbahntunnel; der Zirkelkasten.
Hiller schaute umher. – Allzu klein waren sie ja nicht, die Bilder ...
Mittlere Formate, sagte ich und rückte einen Schuhkarton vor den grünen, mit Aufklebern einer Bananenmarke gespickten »Fleischmann«-Trafo.
Hier! – Er griff unter eine Konsole und zog etwas Gipsgerahmtes ans Licht, um gleich darauf Naja, wohl doch nicht ... zu murmeln. Es war der dick verstaubte Öldruck aus dem Schlafzimmer meiner Eltern, jener überschmierte Hirsch, und ich warf ihn neben die Kohlen, zum Holz.
Und du willst, fragte Ortwin, während wir langsam durch die Regalreihen gingen und weitersuchten, du willst dem Rutenkolk die alten Gemälde als neue andrehen? Fällt das nicht auf? Schließlich gab es damals einen Katalog.
In Schwarz-Weiß, sagte ich. Notfalls wird halt biß-

chen nachgepinselt. Oder ich hänge die eine oder andere Arbeit auf den Kopf.
Er blickte über den Brillenrand. – Hast du denn wirklich *kein* Bild mehr gemalt?
O Gott, Ortwin, laß mich in Ruh mit deiner lobenswerten Redlichkeit. Wir verbuchen es als »Schöpferische Krise«, okay? Der Weinhändler unterschreibt's.
Wahrscheinlich kränkte ihn dieser Ton. Dennoch fuhr ich fort: Paß auf. Um Kunst zu machen, mußt du vor allem zwei Eigenschaften haben, Glauben und Leidenschaft. Ich aber glaube an nichts, weder an mich noch an die lächerliche Kunst. Mein Körper ist eine Kloake, der Kopf ein Hinterhalt, und wenn ich mal ein Geheimnis besaß, hab ich's vergessen. Gründlich.
Er grinste verlegen, rieb sich den Nacken. – Und was ist mit der Leidenschaft?
Keine Ahnung. Ich bin nur noch leidenschaftlich müde.
Wir öffneten die Schränke, und er sagte: Du mußt es wissen. Das ist wohl der Kulturbetrieb, der einen so runterbringt, ich verstehe es gut. Die Frau meines Bruders in Kettwig war auch erst Bildhauerin, hatte das jedenfalls studiert. Aber dann konnte die den heuchlerischen Vernissage-Rummel, das Keep-smiling und die Arschleckerei nicht mehr aushalten und ist Friseuse geworden. – Da will ich mal froh sein, mit all dem nichts am Hut zu haben und hier ungestört an meiner Entwicklung arbeiten zu können, was? Cézanne zum Beispiel war doch auch ...

Genau, sagte ich und klopfte ihm auf die Schulter. »Der einsam Schaffende ist unbesiegbar.« Oder so ähnlich.
Er hatte die Bilder entdeckt. Stück für Stück in Klarsichtplane gewickelt, standen sie hinter der Kartoffelkiste, und wir räumten den Elektroschweißer, einen Rasenmäher und die Grillvorrichtung aus dem Weg. Ich blies Ruß von den Paketen, und Hiller begann, sie aufzureißen.
Nicht schlecht, sagte ich und steckte mir eine Zigarette an. Wie heißt das?
Er drehte den Spannrahmen um und las: »Die Freuden der Hochnäsigkeit«. Nun ja. Vermutlich hatte ich es nur gemalt, um den Titel unterzubringen. – Und das?
»Religion der Affen«, sagte Ortwin und stellte es auf einen Brennholzstapel. – Wahnsinn, dieses Blau. Wo hab ich das heut schon gesehen? Ich selbst kann mit Acrylfarben weniger gut, Hautprobleme, weißt du. Der Geruch ...
Da tränen einem die Augen, murmelte ich beim nächsten. Was steht drauf?
»Sex mit Früchten«, antwortete er, und ich entschied, daß es doch ganz ordentlich war.
Während Hiller andere auspackte und in den Lichtkreis der Glühbirne stellte, bemerkte ich übrigens, daß mein Vater eines – axtähnliche Form auf blutroter Fläche – leise zweckentfremdet hatte. Irgendwann, während der torkeligen Suche nach Flaschen wohl, waren ihm Latten aus der Stirnseite der Kiste gebrochen; Erdäpfel lagen noch in den Kohlen. Keine pas-

senden Bretter oder Schaltafeln zur Hand, hatte er einfach das Bild in die Öffnung geklemmt. Mein Vater. – Damit Ortwin es nicht sah, hängte ich einen Fetzen Plane darüber.
Doch war er von einer anderen Arbeit fasziniert, der kleinsten im Stapel, hielt sie lange unters Licht: Ein Werk für Blinde, ein Quieken aus Gelb, Weiß und lindem Grün, und hier und da gab es Orange, paar magentafarbene Stricheleien, vielleicht ganz nett. Ich konnte mich nicht an den Titel erinnern, aber »Frühling in Disneyland« träfe es.
Der Mimosenton war noch so intensiv, daß ich einen Hauch davon in Hillers Gesicht zu sehen glaubte. – Mein lieber Mann! sagte er stirnrunzelnd und klang etwas heiser; die Luft war voller Kohlenstaub. – Total übermalt.
Ich blickte ihm über die Schulter. – Stimmt. Jede Farbe bedrängt die nächste; alles Getöse, nirgendwo Schwingung, und am Ende hat man den Eindruck …
Seine Hände zitterten, und er schloß die Augen, atmete tief. Dann ließ er es fallen und rannte raus.
Ist dir nicht gut?
Die Tür schlug zu und sprang wieder auf. Ein Fahrrad fiel gegen den Wasserzähler, und Hiller nahm die Treppe so schnell – es klang, als stürmte er sie hinunter. Die Glühbirne pendelte leicht; der Schatten eines Ritters mit erhobener Helebarde huschte riesig über den Verputz.
Das Kindischste im Erwachsenenalter ist der Glaube, gewisse Dummheiten hinter sich zu haben. Unmerk-

lich blättert sie ab, unsere moralische Grundierung, und jedem, auch dem Besten und Integersten, hängt die Schöpfung plötzlich etwas Abstoßendes an. – Rückseite nach oben, glitt das Bild von der Fettkohle vor meine Füße. Datum und Titel – die Schrift war mir fremd. »Wäldernacht« las ich und setzte mich auf den Hackklotz, den Stumpf.

Ein selbstbezogener Spannrahmen, die Reißzwecken längst verrostet, Ortwins Widmung nur mit Mühe zu entziffern. Und während ich hörte, daß er langsam zurückkam in seinen Gesundheitsschlappen, bemerkte ich zum ersten Mal den Rechtschreibfehler und mußte doch schmunzeln. »Für Jan Marrée, in unverbrüchlicher Freundschaft«, hatte ich stets gelesen, eine enge, mit dickem Filzer ausgeführte Zeile. Tatsächlich aber stand ...

Ich dachte schon, die steigen bei uns ein, sagte er mit seiner lauten, im Keller fast dröhnenden Stimme und zurrte den Morgenrock zu. – Lieber Scholli, hier passieren vielleicht Dinger in letzter Zeit. Überall Zigeuner. Kroppzeug. Hast du gesehen, was die für Schlitten fahren? Nie im Leben von ehrlicher Arbeit bezahlt, kann mir keiner erzählen. Ich strample zich Jahre mit dem Drahtesel zum Pütt, und so was ...

Mein Vater, schwankend, kam näher, langte in die Kiste und zog eine Flasche unter den runzligen Kartoffeln hervor. Wacholder.

Möchtest du Bilder bei uns verstauen? fragte er und öffnete die Verschlußkappe, trank einen großen

Schluck. Hillers Arbeit auf den Knien, schnippte ich meine Asche ab, stocherte mit der Schuhspitze in den Kohlen und schwieg. Leises Aufstoßen.

Hömma, Junge, hier unten bleibt Rauchen polizeilich verboten, klar? Vorn hab ich das Schild hingemacht. – Er steckte den Flachmann weg. – Und funkel mich bloß nicht so an! Wie die Mutti ... Schlafstörung! Da wird man was nehmen dürfen, oder?

Überhaupt ... Verdammte Polackenwirtschaft! Soll ich mir die Knochen schneiden an dem Mäher? – Ruckartig schob er ihn ins Eck und drehte wohl zu schwungvoll um, torkelte gegen das Schweißgerät, den hüfthohen Bügel, klammerte sich daran fest.

Was willst du mit *dem*?

Erschöpft mochte ich ihm keine Antwort in die tauben Ohren schreien, hob meine Schultern, winkte ab. Und da er den Mund nicht schloß, sagte ich per Geste: Nichts! Pack's halt weg.

Doch er starrte es entgeistert an, rieb sich das Gesicht und zog, als würde ihm kalt, den rot-blau gestreiften Morgenmantel vor der Brust zusammen. – Mensch, Langer! Was willst du mit dem Apparat? Laß den Quatsch! Der hat eine Seriennummer, ist registriert. Die können uns blitzschnell ...

Ich fuhr, den Lampendraht fortstoßend, hoch und machte einen Schritt auf ihn zu. Er schluckte, wich zur Seite, an die Wand, packte den Frotteestoff fester. Ein Blick, hinter dem gleich die Seele anfing. Seine Lippen waren blaß, und er bewegte sie stumm, wie sonst nur beim Zeitunglesen. Als er das Kinn hob, traten schlaffe Halssehnen hervor.

Hilflos sah er aus, vielleicht auch sorgenvoll, und sprach plötzlich so leise, daß ich mich fragte, ob er sich selbst noch verstand: Was hast du im Sinn? Wozu, in Gottes Namen, brauchst du mitten in der Nacht den Schweißbrenner? Junge, bau doch keinen Mist! Denk an deine Mutter ... Gib Antwort ...
Ich warf das Bild in die Kohlen und ging.

Irrlich war dunkel und still, sogar auf der kurzen Hauptstraße niemand mehr. Der Grieche schaltete den Gyrosgrill ab, und vor dem Wellblechaltar, am Marktrand errichtet, parkten längst wieder Autos. Ein Drahthaardackel lief eilig, fast hoppelnd über den Platz; in einer senfverschmierten Pappschale lag ein Buchsbaumzweig. Keine Wolke am Himmel, aber auch kein Stern, die Mondsichel schien verschwunden, und ruhiges Schnaufen war zu hören, wo man Fenster nur angelehnt hatte und hinter Gardinen die Ziffern von Digitaluhren glühten.
Vielleicht macht man am Ende mehr Erfahrungen, als man weiß. Cordula fiel mir ein, ihre linde Art, meine Augenlider zu küssen, und ich dachte an unsere nunmehr vierzig Jahre, mein mir heiliges Alleinsein, den Horror vor Ehe und Häuslichkeit und daran, daß man vermutlich sterblicher ist ohne Frau? – Aber wenn die eigentliche Schönheit der Jugend in der Überzeugung besteht, grenzenlose Möglichkeiten zu haben, dann war ich häßlich und alt. Zu alt, um noch erwachsen zu werden.

Lautlos, wie angetrieben von Schlaf, glitt es zwischen dem Flieder hervor, das weiße Cabriolet, Iltis am Steuer. Er bog um eine zertrümmerte Telefonzelle, schaltete Fernlicht an, und Racko, fast unsichtbar hinter der Blendung, schrie: Marre, du Hund! Wir leuchten dich nieder!

Ich stolperte an der Bordsteinkante, drehte mich suchend um mich selbst und wollte über die Straße, durch einen Heckenweg huschen. Doch der Wagen stoppte davor, und die beiden winkten, grinsten und boten mir an, mich nach Hause zu fahren. Ich dankte, man sah schon das Villendach zwischen den Bäumen. – Hab's nicht mehr weit.

Na los, altes Schlitzohr! – Racko sprang auf den Bürgersteig und zerzauste mir das Haar. – Welchen Schlüssel hat er uns da gegeben? Hm? – Nach kurzem, scheinbar spaßigem Rangeln, bei dem ich die erstaunliche Straffheit seines Körpers zu fühlen bekam, stieß er mich ins Auto, auf den Rücksitz, und ich verschluckte die Korrektur, daß er sich den Schlüssel genommen hatte.

Einzelne grüne Pailletten, Iltis gab Gas, und obschon heilfroh, daß er nicht zur Verwaltungsstelle fuhr, deutete ich schwachen Protest an.

Ach wo ... Die Kurve ausnutzend, den Schwung, drängte Racko mich in die Ledderecke und hakte mir einen Arm um den Nacken. – Unsere Richtung stimmt! Probier das, du schlapper Knochensack. Wird dich auf Vordermann bringen.

Ich hob einen Ellbogen, drehte das Gesicht weg – was er vorausgesehen hatte. Mit der linken Hand hielt er mir den Mund zu, drückte ein Stück Papier, ein winziges Tütchen unter die Nase, und ich wand und bäumte mich vergeblich. Der Mann lag schwer auf meiner Brust, wurde immer noch schwerer; vor Luftnot schlug das Herz im Hals. Ich inhalierte tief.

Augenblicklich war alles klar. Frisch und leicht schien der nächste Atemzug durch mich hindurchzuwehen, und Rackos Lache hallte seltsam nach. Auch er nahm eine Prise, setzte sich hoch, auf die Lederlehne, warf den Kopf zurück und dirigierte das Lied aus den Boxen mit beiden Fäusten: »19th Nervous Breakdown«.

Ich wischte Pulverreste vom Kinn, leckte mir die Oberlippe. Der Wagen glitt in ruhigen, rhythmischen Schüben durch die Nacht, wie in einer Strömung, es ging an Rohrstraßen und Silhouetten von Stahlöfen und Walzwerken vorbei, der lackschwarze Glanz langer Klärbecken spiegelte die Karosserie als cremeweißen Streifen.

Rackos Jacke flatterte und blähte sich, und er vollführte Trommelwirbel auf den Schenkeln und begann, das Lied mitzusingen. Da ihm der Text aber unbekannt und Englisch kaum geläufig war, ließ er nur ein ähnlich klingendes Kauderwelsch hören, und wo Jagger das nasale, von der E-Gitarre verzerrte »Here we come! Here we come!« sang, schrie Racko aus vollem Hals Yierika! Yierikaaaa! in den Wind.

Unter dem Fahrersitz ein Stöckelschuh. Iltis steuerte zwischen Kühltürmen hindurch, auf die modrigen Bunkeranlagen der Kokerei Jacobi zu, Wasserdampf umwaberte Laternen. Aus dem Tor einer Wellblechhalle stoben Funkenfontänen in die Pfützen. Hinter einem Lager, Fässer, Steine, Schwellen, begannen asphaltierte Feldwege. Gewaltig waren die Betonsokkel der Starkstrommasten links und rechts; das Summen in den Kabeln übertönte den leisen Motor. – Verdammt, wohin wollt ihr?

Herabgesackt, äffte Racko mich mit hoher Stimme nach und drückte immer wieder auf sein Feuerzeug im Schoß, stierte das zuckende Flämmchen an.

Breiter der Fahrdamm. Schrottplätze, Barackensiedlungen, Gekläff, und was ich in der Dunkelheit für Waldränder hielt, waren wohl Kohlenhalden. Ein Förderturm der Zeche Haniel. Dann wieder Halden, deren Gipfel sich in Nacht verloren, und schließlich doch Wald. An einem langen, über grünes Korn gespannten Draht hing eine einzelne Neonröhre.

Häuser, Glashäuser, ihre Gerüste nur, und erst als wir an den Maschenzäunen einer Hühnerfarm, den myriadenfach daran aufscheinenden Flaumfedern vorbeirasten, ahnte ich die Richtung.

Ist denn noch was los in Grafenmühle?

Die Baumkronen links und rechts der Straße flatterten wie Fetzen Schwärze über uns hinweg, das längliche Tachometer des Wagens, der horizontal vorschießende Pfeil wurde rot, grellrot, strahlend violett, und da Racko mich im Fahrtwind nicht verstand, rückte

ich näher und wiederholte: Wohin wollt ihr? Grafenmühle?
Schatten im Gesicht, sagte er nichts, runzelte nur die Stirn und wischte meinen platt an ihn herangewehten Schlips vom Arm.
Felder, Rapsfelder; der Tierfutter-Markt mit dem riesigen Plastikknochen auf dem Dach. Eine umgekippte, gleichwohl erleuchtete Notrufsäule am Waldrand, und Iltis verlangsamte das Tempo, bog auf einen Aschenplatz: Minigolfanlagen, verrammelte Würstchenbuden und ein Karussell, aus dessen Regenplane weiß und gold bemalte Flügelspitzen ragten. Auch die Gaststätte dunkel, das alte Mühlrad festgeschraubt; ein Rinnsal glitzerte im Moos der Schaufeln.
Dort! rief Racko und zeigte auf den kleinen See. Er zog ein Messer mit perlmuttfarbenen Griff, und Iltis nickte und hielt vorm Steg des Bootsverleihers. Ich rückte eng an die Wagenwand. Nirgendwo Laternen, geschweige denn ein Mensch; Hunde, hörbar jung, winselten im Ruderhaus. Daneben hing ein nagelneuer Automat. »Für's Glück zu zweit«, stand über dem Geldschlitz, Kondome in verschiedenen Farben, und Racko ließ die spitze Klinge schnappen. – Na denn ... Er langte aus dem Auto und kratzte das »z« des letzten Wortes weg.
Meckerndes Gelächter. Zwischen umgekippten Biertischen und Müllkörben hindurch karriolten wir auf den Asphalt zurück; überm Mühlrad wurde ein Fenster geschlossen. Kurzes Reifenquietschen, und es ging an Obstgärten vorbei, an kleinen Gehöften und

zerstörten Ziegeleien. Sowohl unter den Bäumen als auch im grasbewachsenen Bassin eines ehemaligen Freibads lagerten braun-weiße Kühe.
Sind wir hier noch in Kirchhellen? – Ich hatte mich vorgebeugt, aber Iltis antwortete nicht, bewegte nur einen Gummi zwischen den Kiefern; das Zeug war ihm wohl schon Körperteil. Im schwachen Schein des Tachometers wirkte sein Gesicht knochiger, und er verengte die Augen und raste durch eine Erlenschonung, Schottersteine prasselten ins Laub. Der breit ansteigende Damm war voller Schlaglöcher und Spurrillen, und ich drehte mich um und sah doch nicht mehr als das Rücklicht, sein Orange, das unsere Staubfahne färbte.
Der Weg wurde steil und jäh wieder eben. Wir hielten vor einem Zaun.
Iltis stellte den Motor ab, die Männer blieben reglos sitzen. Nichts als leises Knacken und Gurgeln unter der Haube war zu hören, und ich tastete nach Zigaretten, fand keine mehr und rückte mir, weiß Gott warum, die Jacke zurecht. Knöpfte sie zu.
Hier und da von Laternen erhellt, war die ginsterumstandene Baggergrube hinter der Absperrung so tief und weit, daß Laster, Walzen und Planierraupen am anderen Ende winziger schienen als die Matchboxautos meiner Kindheit. Es gab Reihen hoher Silos, ein paar zick-zack-artig in die Nacht ragende Förderanlagen sowie eine Tankstelle auf der untersten Sohle, und die menschenleere Ruhe wurde noch betont von der Oberfläche des riesigen, zwischen Sand- und Kieshaufen sich erstreckenden Grundwassersees, der eine selt-

same Farbe hatte, milchiges, wie aus dem Erdinnern bestrahltes Türkis. Nichts wuchs am Ufer, kein Halm.
Neonlicht flackerte auf in Wohncontainern, ein Mann trat vor die Tür, schob sich die Mütze aus der Stirn. Sein zottiger, zwischen den Schuppen hervortrottender Hund bellte kurz zu uns hoch; es wurde als Echo des Echos erst laut, als das Tier sein Maul schon wieder geschlossen hatte. Racko stieg aus, ging zum Zaun.
Wo ist eigentlich Olivia, fragte ich, und Iltis öffnete das Auto an meiner Seite und bedeutete mir mit einem Daumenruck, herauszukommen. Doch blieb ich sitzen. Der andere sah sich über die Schulter um. Sein Urinstrahl glitzerte im Gestrüpp. – Wen meint er?
Keine Ahnung. Die Tussi, die wir grad zerstückelt in die Weser geschmissen haben, sagte der dürre Kumpan und rieb und rubbelte an einem Fleck auf dem Hemd. Racko ließ ein paar leise, unter Stöhnen vorgepreßte Fürze hören.
Kapierst du das denn nie? Verdammt noch mal, denk nach, eh du deinen Mund aufmachst! – Er schlackerte an sich herum. – Das war der *Rhein-Herne-Kanal*!
Na gut, geschenkt, murmelte Iltis, über dessen Augen der Hutschatten lag. Stank jedenfalls wie die Weser ... Er griff nach mir, meinem Sakko, und ich riß mich los, rückte weg und konnte sehen, daß der Mann in der Grube ein Moped bestieg.
Also Marre ... Die Hose schließend, knickte Racko ein wenig ins Knie. – Zur Frage des Tages!
Sein Freund streckte abermals die Hand aus, und ich

wich noch ein Stück weiter in den breiten Wagen und verschränkte die Arme vor der Brust. Der Mann auf dem Zweirad, der nun die Serpentinen hochgefahren kam, trug eine Uniform.

Du weißt, was ich meine, oder? Und glaub nicht, du könntest hier den Bockigen spielen. Professor Fetzer ist nämlich'n Fuchs. Wenn er einen lausigen Pinselquäler mit Erinnerungslücken ins Gebet nimmt, fällt dem die Formel für die Atombombe ein. Stimmt's?

Passierte jener Mann Laternen, blitzte der schwarze Mützenschirm, und Iltis, Knie auf der Sitzbank, kriegte meine Revers zu fassen. Er zerrte daran, ich machte mich steif; die Nähte knackten. Da grinste er und schlug mir, lasche Bewegung, seine Fingerrücken unter die Nase.

Der Schmerz war so überraschend heftig – den Kopf warf ich zurück und gab alle Anspannung auf. Racko griff mir in die Haare, und im nächsten Augenblick prallte ich gegen den hohen Maschenzaun; Halterungen klirrten. Erneutes Bellen, und die Männer, vom Standlicht des Wagens nur bis zum Gürtel beleuchtet, traten auf mich zu.

Feuerzeugflämmchen, knisternde Glut. Das Zweirad war verstummt. Der Uniformierte, auf der mittleren Sohle, hatte sich über den Motor gebeugt, drehte daran herum, und sein offenbar sehr alter Schäferhund trank Pfützenwasser. Racko boxte mir sacht vor die Brust. – Ich hab dich was gefragt ... Er rauchte, ich roch es, keine normale Zigarette. – Spucks aus!

Ohne etwas zu sehen, hörte ich Vögel über uns, ihre Schwingen, als schlüge man mit Ruten durch die Luft.

Der Wächter startete mehrmals vergeblich, und ich wischte mir Schweiß aus dem Nacken und kramte in den Taschen, keine Ahnung, wonach. Zeit gewinnen wollte ich, paar Minuten noch, egal wie, warf Münzen weg, Papiertücher, etwas Glitschiges, und hielt den Männern die Hand hin. Sie zitterte ein wenig, und Racko stutzte. Das Moped sprang an.
Langsam, unendlich langsam rollte es über die Auffahrt, verschwand hinter der Böschung, und ich machte einen Schritt ins Licht. – Könnt ihr haben!
Er beugte sich vor, schnüffelte, rieb seine wunden Knöchel. – Was soll'n das? Was dreht er uns *da* wieder an? Fetzer, guck mal. Sind das irgendwelche Schmuckstücke, oder so? Unpoliert?
Iltis klappte die Hutkrempe hoch. – Bei dem? Glaub kaum. Höchstens Halbedelsteine, murmelte er. Nix wert.
Ich räusperte mich, schluckte, sah von einem zum anderen und sagte: Himbeerdrops. Kleine-Gunck. Kriegten wir damals immer als ...
Quatsch keine Arien, Mann! Das einzige Süße in der Pinte war Walburgas Möse. Und die roch nach Sardellenpaste. Zeig her ... Racko nahm sich ein Bonbon, schmatzte, schlürfte, hob die Brauen, und ich atmete auf.
Du mußt dich erst durch die Kruste lutschen. Sind schon ein bißchen ...
Doch spie er's gegen den Wagen und krächzte: Nicht mein Fall, die schwulen Dinger. Menschenskind, hast du immer noch diesen Müll in den Taschen, wie früher? Tote Kröten, Pommes Frites und so'n Zeug?

Marre, Marre. – Und ehe ich antworten konnte: Weiter im Text!
Iltis gähnte, trat beiseite. Racko packte meinen Schlips. – Na los, sag's! Wie heißt sie? – Er schubste mich zurück, die Litzen quietschten, waren nur schlaff gespannt; ich stolperte, federte ins Licht.
Antworte, Dödel! – Momentlang die Augen, der Atem ganz nah, und ich blickte auf unsere schmutzigen Schuhe. Dann wieder Draht in den Haaren, rieselnder Rost. Von Mal zu Mal heftiger gegen den Zaun gestoßen, taumelte ich immer haltloser, immer knieweicher hin und her, strauchelte über einen Stein, knickte um und klammerte mich fest an dem Mann. Er entblößte die Zähne, ihre untere Reihe und schrie: Wie! *Heißt*! Sie!
Das Moped, sein Knattern, war nicht mehr zu hören, doch knurrte der Hund in der Nähe. Arme verschränkt hinter Rackos Rücken, Wange an die Hemdbrust gedrückt, wurde mir plötzlich übel. Wieder jener Sirrton in den Ohren, auf der Zunge ein Geschmack nach Eisentinktur, und keuchend und spitzärschig ich, wutschnaubend er, torkelten wir durch den Ginster, über Wurzeln und Geröll; ich war nahe daran, irgend etwas zu erfinden.
Da machte er sich los, drückte mich weg, zog das Sakko zurecht und fragte ruhiger, fast resigniert: Weißt *du*'s?
Er hatte es beiseite, ins Dunkle gesprochen; der Uniformierte kam näher und legte einen Finger an die Mütze. – Klein, dick, unrasiert, trug er anscheinend keine Waffe. Inmitten der verchromten Knöpfe hin-

gen zwei aus Plastik, sein Hemd stand offen, und er wischte die feuchte Stirn mit einer Art Geschirrtuch ab. Übrigens hatte er nur ein Auge, das rechte; zwischen den Lidern des linken glänzte schieres Fleisch. – Wie heißt was?

Satte, näselnde Stimme mit leisem Schnarchlaut auf dem Grund, und Racko stöhnte und machte eine Miene, als wären hier alle hirnverbrannt. – Jetzt reichts aber gleich! Die Rückseite von »19th Nervous Breakdown«, Herrgott!

Der andere grinste. Schatten der Drahtmaschen auf dem Gesicht, schüttelte er den Kopf. – Was'ne Frage! Warte, »Satis ...«, nee, »As Tears Go By« natürlich.

Racko kickte einen Erdbrocken in meine Richtung; als Staub kam er an. – Aber natürlich! »As Tears Go By«, was sonst? Weiß jedes bescheuertes Baby: As! Tears! Go! By! Nur diesem Marre-Affen muß man das tausendmal sagen!

Er machte eine Handbewegung. – Setz dich in die Karre!

Die drei gingen ein Stück zur Seite, aus dem Lichtschein heraus, und während ich einen zerschrammten Fingernagel abbiß und mich fragte, ob es überhaupt noch *Singles* gab, war unklar zu erkennen, daß irgend etwas getauscht wurde durch den löchrigen Zaun. Im Gras dahinter der Hund, das rotbraune Glänzen seiner Pupillen, und er bellte heiser, als plötzlich Wildenten auf dem milchigen Wasser niedergingen, ein kleiner Schwarm, kein Dutzend. Ruhlos schwammen sie umher, doch ohne einen Laut, wie Inbilder, wie Seelen

irgendwo schlafender Tiere. Die Männer kamen zum Wagen zurück.
Racko setzte sich ans Steuer, verstellte den Spiegel, und Iltis knurrte: Sackgesicht! – Er blickte dem fortfahrenden Wächter nach. – Seine halbtote Töle ist schlauer als er.
Kunststück, sagte der andere, warf ein Päckchen ins Kartenfach und drehte den Zündschlüssel um. – Hat ja auch mehr Augen! Also, Freunde, das war die Arbeit. Und jetzt ...

Der Farbpfeil schoß vor. In der Kurve Kirchhellener Straße glitt das Auto fast in den Graben, die Heckflosse riß Zweige aus Brombeerbüschen, und mein Einwand, daß es nun aber zu spät sei und ich nach Hause müsse, war wirklich in den Wind gesprochen.
Schon tauchten die roten Positionslichter des Förderturms hinter dem Waldsaum auf, der Schrottplatz, jener Knochen, die Baracken der Geflügelfarm zwischen den Bäumen, und Racko lenkte den Schlitten etwas nach links, zur Fahrbahnmitte, um es genauer zwischen die Räder zu kriegen, das vereinzelt auf dem Asphalt herumpickende Huhn.
Erstaunt drehte es den Kopf. Mit beiden Händen riß Iltis sich den Hut über die Ohren, hob ein Knie, und sein schriller Schrei klang irgendwie verzückt ... Dann ein Plock! Plockerplock!, und als ich mich umsah, stob eine weiße Federwolke hoch, bis an die Bogenlampen.

Im Lager der Roma waren alle Kochstellen und Girlanden erloschen; kein Mensch zu sehen, Vorbauten und Fenster dunkel; nur in einem strahlte eine kleine Neonmadonna.

Aber schon als Racko auf den Sandweg bog, hörte man Musik hinter den Wohnwagen, und er parkte am Rand einer Senke, die wir früher Knutsch- und Knubbelgruft genannt hatten. Dort brannte Feuer, und ein Mann im Overall zupfte eine Art Laute mit Langhals, wobei ihn zwei Bongotrommler begleiteten.

Ihr Spiel war orientalisch monoton, der Rhythmus aber derart straff: Sträucherschatten, im Flackern der Flammen, schienen mit ihm mitzuzucken. Trotz Verstärkung durch einen kleinen Lautsprecher wurden die Klänge immer wieder übertönt vom Klatschen der Frauen und Männer, die auf Decken und Plastikplanen an der Böschung lagerten. Feiertagsanzüge, Seidenschals, schwerer Goldschmuck. Die Stirnen glänzten, Schnaps machte die Runde, und hier und da erklang ein Pfiff. Doch galt die Begeisterung nicht unbedingt den Melodien.

Hühnerbeine mitsamt ihren gespreizten Klauen in den Fäusten, humpelte Mulo, der verwachsene oder sehr krumm sich haltende Junge um die Mitte von Aufmerksamkeit und Musik herum: Ein Ausdruck kindlicher Freude verschönte ihr Gesicht. Sie hatte das enge, im Zwielicht fast schwarze Kleid ein wenig gerafft und tanzte, als wären Schlangen darunter, als wollte sie sich verfielfachen mit jedem Schritt ihrer nackten

Füße. Sowohl den Krallen, mit denen der Idiot im Takt nach ihr grapschte, als auch der Glut oft gefährlich nah, ließ Olivia Finger schnippen, schüttelte die Locken und trat es lächelnd in den Staub, das Papiergeld, das man ihr immerzu hinwarf.

Silvio, der Dickwanst, blickte hoch zu uns und breitete die Arme aus. – Ah ja! Jetzt besuchst du hier, treulos Kerl! Und willst uns rauben diese Grazia fort? Mein hartes Herz, ich liebe dir! Komm rein mit deine Leut. Freunde dort, nix als Freunde. Wir trinken, bis kräht die Hahn, wenn noch lebt. – Er hob eine Flasche aus dem Gras. – Na los!

Mulo, in Bluejeans und fleckigem Pullover, schlug die Krallen über dem Kopf zusammen. Seine schartige Oberlippe und die zernarbte, seitlich geknickte Nase – vorm Feuerschein wirkte das Gesicht wie eine verrutschte Maske, zumal man die Augen unter den Haarfransen kaum erkannte. Er stieß schrille Indianerlaute aus, und Racko und Iltis, Sand aufwirbelnd, liefen hinunter. Ich sah den Umarmungen zu, dem Schulterklopfen und Geknuffe, als wären seit ihrem letzten Treffen Jahre vergangen; die Musiker machten leise weiter.

Hallo, hallo, immer wieder! – Silvio schwankte. – Wieviel Huhn ich gefressen hab ganze Tag, weiß Gott. Bald ich leg Eier. Willkommen bei die Männer, mein Gutster. Hast du Medizin gebracht? Herzlich Fronleichnam! Happy Kadaver!

Er verteilte Zigarillos. – War vielleicht was los jede Stund. Leute von Bahnpolizei, Leute von Amt mit Ordnung. Auch Zivile. Sag ich Nein, nicht gesehen.

Nein, kennen wir nie. Nein, wer weiß. Dann sie essen Hiehnersupp, Chilly spezial, und können Stuhlgang nun morgen in Flaschen ...

Olivia hatte Racko geküßt, wischte ihm schmollend Rouge vom Mund; er sagte etwas nah an ihrem Ohr. Sie nickte, machte wieder Tanzschritte und bemerkte erst jetzt, einen Lidschlag, bevor ich zurückweichen konnte, daß jemand oben geblieben war, am Böschungsrand: Ihr jähes Strahlen, das Winken, der Blick – als hätte sie von allen Männern *mich* am sehnlichsten erwartet. Ich schüttelte bedauernd den Kopf und hob, müder Abschied, beide Hände.

Doch gefror mir die Geste in der Luft. Racko sah auf, fixierte mich drohend, langte wie beiläufig hinter sich; Mulo fuhr herum.

Olivia schrie ihm etwas zu durch die lauter werdende Musik, und er strich die Haare aus den Augen, kickte seine Plastiklatschen fort. Ich rannte um den Caravan-Park, stolperte über eine Anhängerkupplung, Kabel, die Madonna erlosch. Mehrere Hunde folgten mir verspielt, blieben jedoch am Bahndamm zurück, fielen knurrend und jaulend übereinander her. Durch Nesseln und dunkles Gestrüpp auf allen vieren zu den Schienen hoch, tapste ich immer wieder in Abfälle und Federhaufen und fühlte Hühnerköpfe unter den Fingern, spitze Schnäbel, einen samtweichen Kamm.

Zweige schlugen mir ins Gesicht, und ich lief ein Stück weit über Gleise und blickte mich um.

Vager Glanz entfernter Laternen. Zwischen zwei Herzschlägen sprang er hinter Sträuchern hervor, der Junge, etwas Kurzes, Knüppelartiges in der Faust, hatte mich auch schon entdeckt, suchte aber noch Schritt auf den Schwellen, von denen er, barfuß, nicht abkommen wollte. Ich dagegen, feste Sohlen, konnte getrost in Schotter treten und unseren Abstand vergrößern, bis endlich das schmale, den Bahndamm tunnelartig überwölbende Waldstück erreicht war. Da hinein und im Schutz seiner Schwärze hangab; irgendein Tier huschte vor mir davon, und ich tauchte unter Fernwärmeleitungen weg, setzte über einen Zaun und stand auf dem Bürgersteig.

Die Wirklichkeit hält Namen, Wendungen und Lösungsvorschläge bereit, die oft romanhafter sind als jedes Buch und deshalb selten gedruckt. Zu Recht vermutlich, denn man möchte zwar die Wahrheit hören, nur die Wahrheit, doch erfunden sollte sie schon sein. Wird es gar zu unglaubwürdig, kann man immer noch die Realität einklagen.

Ich rannte die Straße hoch und kriegte schnaufend das Gefühl, ein Grübchen voll Kupfergeld unterm Brustbein zu haben; je mehr ich schwitzte, desto stärker der Nikotingeruch. Spiegelungen von Baumlaub auf der Windschutzscheibe, kam mir ein Personenwagen, ein dunkelgrüner »Polo« entgegen, stoppte vor dem Tor der Baustoffhandlung, und ich sah eine Hand, ihr Winken, rasch, ehe sie goldverpackte Süßigkeiten vom Lammfell klaubte und auf die Ablage über den Armaturen warf. Ein kleines, melancholisch lächelndes Nilpferd, das ein noch kleineres, melancholisch lächelndes Nilpferd in den Armen hielt, baumelte unterm Rückspiegel, und wäre ich noch bei Atem gewesen, ich hätte vor Erleichterung geschrien ... Plötzlich war die Mondsichel wieder da, ein Hauch von Wind kühlte die Schläfen, und so etwas wie Dank zuckte in mir auf: Dafür, daß es trotz allem Schutz gibt, eine innere Sternbahn, von der abzukommen am Ende kaum möglich ist.

Cordulas Auto – indem ich auf den Sitz sackte, die Tür ins Schloß schlug und an meiner Krawatte riß, fiel es mir ein –, Cordulas Auto war jedoch weiß.

Das leise »Klack« der Verriegelung, ich hörte es bei geschlossenen Lidern, roch den Fusel und spürte eine Hand im Nacken, ihren Zugriff, sanft, doch bestimmt. – Na, was denn?

Alter Kumpel ... Denkst du, ich laß dich nach Hause *laufen*? brummte er und gab Gas, als Mulo über den Jägerzaun sprang.

»Zement bleibt Zement!« stand in mannshohen Buchstaben auf dem Tor der Handlung, und nachdem die Fernwärmerohre außer Sicht waren, fuhr er langsamer, öffnete das Wagendach ein wenig. Auch er sah nun blaß aus, erschöpft, und wollte eine Zigarette anstecken; doch funktionierte sein Feuerzeug nicht, und er stieß mich an. Keine Reaktion.

Die Gangschaltung war ihm ungewohnt. Er lenkte mit einer Hand, und so gelassen wie der Mann dasaß, erinnerte er mich plötzlich an den Chef jenes Architekturbüros, in dem ich die Zeichnerlehre begonnen hatte, einen zwar polternden, doch gutmütigen Patriarchen mit ähnlich grauen Koteletten: Wenn er uns nach langen, zermürbenden Inspektionen und Plankorrekturen von den Baustellen heimfuhr, ohne Eile, stumm, und gedankenverloren in die Landschaft blickte, in der's nun nichts mehr zu betonieren oder abzureißen gab. Während ich ihm aus den Augenwinkeln heraus ein herzinneres Wozu? Wozu das alles? anzusehen meinte.

Racko atmete tief, neigte sich vor, hängte die Arme übers Steuer. – Mal ehrlich, was glaubst du? – Ein leiser Staubfilm auf der Stimme; er räusperte ihn weg. – Wie war das heute? Fand sie's gut?

Ich rückte ab, an die Tür. – Wovon sprichst du?

Der Heldendamm führte nach einigen Kurven direkt vor die Rathausvilla; doch war er schon an der nächsten Kreuzung von rot-weißen Plastikböcken versperrt, ein Blinklicht in der Mitte; Reparaturarbeiten. – Naja, daß ich einfach rumkam mit dem Kitsch. Von wegen Geburtstag, Verlobung und so. Hat sie sich gefreut? Nicht besonders, oder?

Aber natürlich, sicher. Weshalb denn? Geleuchtet hat sie! sagte ich, und er grinste müde, wollte nun doch rauchen, betastete die Armaturen, und ich zeigte ihm den Zünder. Dann lenkte er das Auto auf die Taunusstraße und fuhr an der evangelischen Kirche und dem Fußballplatz vorbei. – Ach, vergiß es. Seelenprött. Der Tag ist um. Hast du eigentlich Kinder, Marre?

Ich verneinte, und er bog in die Akazienzeile; der Duft erster Blüten durchdrang das Zigarettenaroma. Wieder Schranken, Lampen, Menschen vor den Türen, und er murmelte: Hätt' ich mir auch nicht denken können ... Was'n *hier* los?

Ein Polizist hob seine Kelle, und Racko stutzte, kurbelte das Fenster auf. – He, du grüner Hering! Kein Zuhause? Laß mal durch; Anlieger high.
Der Beamte trat zögernd näher, beugte sich herab. – Ich werd nicht mehr. Hallo! So spät noch nüchtern? Wo steckt denn euer Superschlitten, Mann?
Racko schlug gegen das Lenkrad. – Das *war* er, Sheriff. Mein amerikanischer Schwan. Hab ihn von einer Bullenkutsche decken lassen, da ist ihm alles vergangen. Dürfen wir mal vorbei?
Der magere Junge, Narben zäher Akne im Gesicht, schüttelte den Kopf, eine Bewegung, die seine Mütze nicht ganz mitmachte. »Zehn-Doppelneun« schnarrte es aus dem Sprechgerät, »Doppelneun quer!«. – Tut mir leid. Die haben da hinten zu arbeiten. – Er wies in Richtung Schwarzwaldstraße. – Fahr doch ...
Maul! Du wirst mir sagen, wo's langgeht, Schnösel! Hier bin ich schon durchgebrettert, da hast du als Quark den Kühlschrank verschmiert. – Er schaltete zurück, wendete das Auto. – Na dann. Was macht die Kleine? Grüß schön. Und laß dich nicht erschießen, hörst du.
Der andere winkte, und Racko, anfahrend, sagte: Nett, oder? Wo sind wir stehengeblieben? Ach ja, bei der Feier. Ich glaub, ich wär da besser nicht aufgekreuzt. Schnapsidee. Wollte sie mal wiedersehn. All die Jahre ... Schließlich hat sie mich früher auch ... Weißt du übrigens, wer das war, dieser Spargeltarzan? – Und als ich mit den Achseln zuckte: Ein Sohn vom ollen Grotz. Erinnerst du dich an den?

Der Beamte drehte an seinem Funkgerät, dann verschwanden die Sperrlichter hinter der Kurve. – Grotz? rief ich. Der Angeber mit den Zähnen?

Racko nickte, warf die Kippe hinaus. – Der ohne Zähne, meinst du. Hat längst ein sauberes Gebiß. Und keine Hirnzelle mehr. Lebt von der Stütze.

Im zweiten Gang fuhr er den Tackenberg hoch. – Kerl, wie der immer geröchelt hat! – Er schob die Zunge vor und ließ ein tierisches Grunzen hören. – Wie ein Schwein mit Kehlkopfkrebs. Hatte auch so'n krummen Schwanz, was? Ach nee, das war Bongo. So ein verbogenes Gerät ...

Was treibt eigentlich *der*? fragte ich.

Wird fetter, wie alle. Außerdem ist er Schlosser in Dortmund, »Mannesmann«. Sollte mir mal was schweißen, der Herr Vorarbeiter, kriegte aber Muffe ... Weißt du noch, wie obercool der dauernd war? Hat dir beim Ficken was übers Differentialgetriebe erzählt. Und abgesprungen, und ... Gleichzeitig riefen wir: Nach-ar-beit!

Er lachte rauh, boxte mir gegen die Schulter. – Der beißt jetzt auf Stahl. Saß mal bei ihm und seiner Alten, so 'ner herben Lady, Kopf größer. Da wurde ordentlich was weggekippt im Reihenhaus, und sie blitzte mich dauernd von der Seite an; war halt auf Sendung. Wir haben alte Platten gespielt, »Black Is Black«, »Gloria«, »Jailhouse-Rock«, volles Rohr. Dann werfe ich paar Scheine in die Obstschale und sag: So, ihr Lieben, das gehört euch. Dafür will der Racko jetzt mal eine Privatvorstellung, hier auf der Couch. Eine schöne, gepflegte Ehenummer, nur für mich.

Und? fragte ich.
Er schniefte. – So was von verlegen hab ich selten erlebt. Wurde richtig blaß, der brave Gatte, als hätten wir früher nicht rudelweise Trickotracko ... Und druckst herum, und dies und das. – Aber seine Rittmeisterin? Stopft die Moppen unters Kissen, hängt ihr Höschen an den Fernseher und legt los. Reibt ihn sich eiskalt rein, den winselnden Mops. Und dabei *mir* in die Augen geguckt, als würden wir pokern. Nicht schlecht, was?
Er spie aus dem Fenster, bog in das Hangviertel und fuhr so langsam, daß man leicht hätte herausspringen können. Ich verschränkte die Hände vor den Knien.
Und Clarence? Mister Silberblick? Wo hudelt der herum mit seiner Riesenspritze? Das letzte Mal hab ich ihn, warte mal, vor über zehn Jahren getroffen. Bein in Gips. Ich weiß noch, wie wir immer ...
Clarence ist tot, murmelte Racko und trat auf die Bremse.

Wir hielten am Weg aus Waschbetonplatten, der zu Rutenkolks Haus hinaufführte. Es war nahezu dunkel, nur hinter der Fensterrosette, dem blauen Gewand eines Engels, brannte eine winzige Lampe. Das Städtchen still; Türme, Dächer, Bäume wie in Teer gegossen, und auch am Horizont kein Kirmeslicht mehr.
Was willst du *hier*? fragte ich, doch Racko schwieg, stellte den Motor ab und blickte über die Gärten zum

Parkplatz der Rathausvilla hinunter. Eine Elster zwischen den Schornsteinen, ihr erschrockenes Gemecker und Geschäker, und ich kniff die Augen zusammen.

Längs des Schulhofs wuchs Holunder, alte Büsche. Auf dem Trottoir, das sommers von Beeren verfärbt war, standen drei nachtblaue Mannschaftswagen ohne Beschriftung, ein Kombi mit Lautsprechern auf dem Dach, und noch glaubte ich, daß sie dort parkten wie andere auch. Dann zuckten Feuerzeugflämmchen hinter den Gitterfenstern. – Verkehrskontrolle?

Racko nickte. – Aber sicher. Ist ja ein Wahnsinnsbetrieb ... Er ließ das Auto dunkel den Hang hinabrollen. Schon nach der ersten Kurve erkannten wir weitere Transporter im Hof der Albert-Schweitzer-Schule, und an der Rathausstraße schienen Warnlichter durch die Hecken: Auch dieses Ende gesperrt. – Naja, laß gut sein. Steig ich halt hier aus. Die paar Meter ...

Warum hatte ich geflüstert?

Ratschen der Handbremse, vages Erschrecken, und er starrte vor sich hin, schluckte, schloß kurz die Lider. Auf seinen Knöcheln die Blutkrusten schwarz. Ich räusperte mich. – Also dann. Vielen Dank ... Und stand bereits auf dem Bürgersteig, unterm sternlosen Himmel, drückte tief atmend die Tür ins Schloß.

Ähnlich behutsam wie, auf seiner Seite, Racko auch. Ich konnte das Gesicht kaum erkennen, doch fühlte er wohl mein stummes Fragen, zog den Schlüssel ab und kam ums Heck. Das Schulterklopfen tat fast weh. – Na los. Ich spazier noch ein Stück.

Zum Radtunnel, der sogenannten Harnröhre, war es nicht weit. Keiner sprach, und wir unterliefen die Straße im Widerhall unserer Schritte, gelangten in den Schillerpark. Mit seinem Goldfischteich und dem neuen Musikpavillon aus Beton kaum größer als ein Fußballfeld, hatte er Anfang des Jahrhunderts zur Villa des Zechendirektors gehört, und in den ehemaligen Wirtschaftsbauten und Fachwerkschuppen befand sich nun eine Menagerie: Fasane, Ziegen, Äffchen, Tauben.
Sie gurrten, scharrten leise in ihren Verschlägen, und ehe wir hinter die Sträucher traten, sah ich einen weißen Wagen aus der Marktstraße auf den Parkplatz biegen und sofort gestoppt werden von Schupos mit leuchtenden Kellen.
Also doch Verkehrskontrolle, murmelte ich und stieg über ein Gatter. Der Oktoberweg, wie er wegen der alten Nußbäume seit der Kindheit hieß, führte zwischen Ställen hindurch an die ehemalige Remise, die so schadhaft war, daß man bequem auf den Hof der Verwaltungsstelle schlüpfen konnte. Ich drehte mich um.
Warte mal, Kleiner! – Racko kratzte sich im Nacken, kam vor den Zaun und blickte an mir vorbei ins Dunkle, in die Nacht. – Was meinst du, ich hab mich ziemlich bescheuert aufgeführt, oder? Okay, brauchst nichts zu sagen, weiß ich selbst. Scheiß Alkohol. Dabei ist der Typ schon in Ordnung, wie er sich kümmert und alles. Und daß sie mich nicht mehr riechen will, kann ich auch verstehen. Bin wahrscheinlich nur ein sentimentaler Hund.

Er stieß etwas Luft durch die Nase. – Du wirst es ja besser ausdrücken mit deiner Kunsthochschule, Marre, aber ich glaub, man kann nur ganz wenig Sachen richtig machen im Leben. Und wenn man das verpaßt, hat man es eben verpaßt. Dann macht man bloß noch alles falsch. Vielleicht mit Stil oder Straßenkreuzer oder Riesenerfolg – aber falsch. Hab ich recht? Naja, was ich sagen wollte: Leg mal'n Wort für mich ein, wenn du wieder hingehst. Nicht gerade, daß es mir leid tut. Aber so ähnlich. Versprochen?
Ich nickte. – Versprochen.
Olle Vorhaut ...
Olle was?
Zieh dich zurück, murmelte er und schob meinen Schlips gerade, knöpfte mir das Sakko zu. – Bin auf einmal gar nicht mehr müde ... Werd mich noch in die Musikmuschel setzen und paar säuische Lieder singen. Alle meine Entchen.
Grinsend gab er mir die Hand. Ich wünschte ihm Gute Nacht, und plötzlich schien sie eine andere Tonart zu haben, die Stille. Man roch den verblühenden Flieder, ein Vogel zirpte wie im Traum. Lautes Flüstern, metallisches Klicken irgendwo, und Racko hob das Kinn, blinzelte in den Park.
Meine Herren?
Er stützte sich ab an den Backsteinwänden, setzte über das klappernde Gatter und rempelte mich zwischen Koniferen, große Plastiktöpfe, die man hier abgestellt hatte. Ein Stapel Paletten fiel um, gelbe und orangefarbene Begonien, wie der Scheinwerferstrahl aus den Büschen zeigte, und vermutlich wäre ich stehen-

geblieben. Da bellte jemand Bleib stehn!, und ich bückte mich hinter Treibstoffässern und huschte, wo Planken in der Remisenwand fehlten, Racko nach in den Hof.

Außer dem Straßenportal hatte die Villa noch zwei oder drei andere Eingänge, allesamt elektronisch verriegelt, und er war bereits die Stufen zur ehemaligen Botentür hinaufgesprungen und blickte sich ungeduldig um; seine Finger, von der Nachtleuchte neben den Tasten umglüht, schienen zu zittern. – Also los! zischte er. Wie heißt sie?
Stimmen hinter der Remise, Absatzgetrappel auf dem Asphalt, und dann ein Geräusch, als würden Zahnräder bewegt, während das Licht einer Handlampe die Bretterwand streifte; es fiel Ritze um Ritze über Hecke und Hof. – Wie heißt die verdammte *Nummer*, Mann?
Ich bedeutete Racko, beiseite zu treten. 37, A, 21. Immer wenn es meinem löchrigen Erinnerungsvermögen gelungen war, den Code zu behalten, jeden Monat, wurde er verändert. Da der letzte Maitag aber erst anbrach und die Tür sich nach dem Eintippen der bisherigen Kombination nicht öffnen ließ, mußte Außergewöhnliches passiert sein. Oder hatte ich die Zahlen einmal mehr verwechselt? Ich probierte eine andere Reihenfolge, 73, A, 12, und auch jetzt kein Signal über der Messingklinke. – Statt dessen Scheinwerfer aus allen Richtungen, sogar auf dem Nachbardach Männer mit Strahlern, unsere Schatten

flackerten um uns herum, und ich tippte neben die Tastatur.
Unwillkürlich waren wir enger zusammen, tiefer in den Eingang gerückt, und Racko, Zungenspitze zwischen den Lippen, neigte die Stirn.
Obwohl gebannt von der Erscheinung auf dem Pflaster, suchten seine Augen noch Schlupflöcher links und rechts. Aber da waren nur Bauten, Zäune, Blaulicht hinter den Zäunen, und der Polizist vor der Remise schrie: Weg da! Runter!
Krächzend klang das, wie aus einer Maschine, was wohl an dem Helm des Mannes lag, einer Art Kasten mit Sehschlitz und Löchern vor Nase und Mund. Die kugelsichere Weste über seinem Kampfanzug reichte bis zu den Oberschenkeln. – Begreifst du kein Deutsch?
Er pflanzte sich breitbeiniger hin, hob die Waffe höher: Es war ein gewaltiges, mit irgendeinem Apparat am Gürtel durch Spiralkabel verbundenes Schießeisen, an dessen Kolben ein Rotlicht blinkte. – Pfoten hinter den Schädel und langsam die Treppe runter! Wirds bald!
72, A, 31. Halb in Rackos Schatten hatte ich einen letzten, unsinnigen Versuch gemacht und wollte auf den Hof. Doch hielt er mich, Anspannung, trotzige Kraft, mit dem Ellbogen zurück und rief: Die Hände *so*?
Alle Finger gespreizt, legte er sie wie Geweihschaufeln an die Schläfen, und der Polizist trat einen Schritt vor. – Mach noch Witze, du Sack! Soll ich dir zeigen, was in deinen Därmen steckt?

Racko atmete tief, spuckte aus, ließ die Arme sinken.
– Danke, Mann. Sehs schon ... Er langte hinter sich und drückte mich in die Ecke. Irgendwo knallten Türen; es roch nach verschmortem Kabel. Holz sprang ab in Augenhöhe, Putz, Putz, Ziegelgries. Die Tasten schmolzen weg, mein Schrei war nur ein Kratzen im Hals, und alles Licht erlosch.
Fast blind vor Staub, wollte ich in das plötzlich offene Haus, doch er zog mich die Stufen hinab und vorbei an dem Mann, der reglos auf dem Pflaster kniete. Die Waffe, am Kabel, lag neben ihm. Sein Stöhnen klang wie aus einem Schacht.
Wir zwängten uns hinter Müllcontainern in den Futterhof der Menagerie und liefen zwischen Schuppen und Vogelhäuschen auf die Parkanlage zu. Dabei taumelte Racko gegen Gitter und Mauern, und ich folgte ihm zunehmend mit dem Gefühl, die ganze Situation finde ohne uns statt. Wenn dies noch Wirklichkeit war, hatte sie ihre äußerste Konzentration erreicht, Schall und Qualm, und erst als sich unser Abstand vergrößerte, wurde mir das Stück Kaschmirstoff in meiner Hand bewußt.
Gepanzerte Polizeifahrzeuge rollten über die Rabatte vor dem Kinderzoo, und wir traten in eine Stallnische – zwei Sekunden, bevor ihre Lampen den Gang durchstrahlten.
Irgendwo schrie ein Pfau. Hundeführer standen vor dem Musikpavillon; halblautes, von Maulkörben gedämpftes Kläffen und Jaulen, und Racko ließ eine kleine chromglänzende Pistole fallen und blickte sich um. Es gab keinen Weg mehr. Rutschende Reifen auf

Asphalt und Sand, Funkspruchfetzen überall, und er versuchte, das Kabuff zu öffnen, drückte den Rücken gegen die Tür.
Leichtes Industrieholz, hohl: Schon nach dem dritten Tritt über die Schwelle stolpernd, stürzte er ins Dunkle. Doch das Poltern irgendwelcher Kisten, Eimer, Näpfe ging unter im Lärm der Martinshörner, und ich schloß den Stall, ertastete einen Riegel, wischte mir die Augen. Es roch nach Fäulnis, Heu, Ammoniak. Racko antwortete nicht auf mein leises Rufen.
Ein Schwenk des Suchscheinwerfers draußen, und momentlang fiel feinstreifiges Licht durch den Lamellenschirm, der nachts vor die Volieren geklappt wurde: Abgeschälte Kletterbäume, eine übergitterte Trinkrinne, Karottentaler hier und da. Meerschweinchen und ein Perlhahn kauerten in der Ecke.
An diesen Auslauf grenzte der eigentliche, schon wieder dunkle Stall, niedriger Raum, in dem Regale aus grob gezimmerten Holzboxen standen. Erschrecktes Glucken wurde laut, als ich auf mein Feuerzeug drückte. Gut zwanzig Stück, besahen sie mich argwöhnisch aus ihren aufgebauschten Federmassen heraus, die Hühner. Alle waren braun, ein warmes Rostbraun, hatten hellrote Kehllappen, orangefarbene Schnäbel und so lange Stirnkämme, daß sie über dem einen oder anderen Auge hingen. Neben den Brütenden saßen weitere Tiere auf einer Stange, auch sie in gespannter Reglosigkeit, während ihre großen Schatten an der Mauer schwankten.
Abgeteilt von Lattenwänden, wie man sie in Kellern hat, war der hintere Raumteil offen, und Racko lag

zwischen Futtertüten und Gemüsekisten auf dem Estrich und zischte: Feuer aus! Die Atemluft schien zu brodeln in seinen Lungen.
Ein Blechtisch, Arbeitsplatte aus Marmor, eine Waage und verschieden lange Messer; darüber drei kleine Fenster, kaum mehr als Luken. Man konnte einen Streifen Park und die Hofseite der Villa sehen. Polizisten lagen auf dem Remisendach, in dem Ziegel und Sparren fehlten; ein Schimmer huschte über die kastenartigen, an Schweißermasken erinnernden Helme und die Läufe ihrer kurzen Gewehre. Zwischen Bäumen ging das Türlicht eines VW-Busses an und sofort wieder aus.
Ich hätte gern ein Glas Wasser gehabt. Der Boden roch nach Vogelsand und Blut, und mit jedem Pulsschlag schien es sich mehr zu verdichten in mir, das Bilder-, Gedanken-, Empfindungsgeflacker des Tages: Zu einem miefigen Extrakt, zu Schwarzgalle und Seelenkrebs, »Zement bleibt Zement!«. Ich schob Racko paar Hände voll Heu unter den Kopf, und er stöhnte leise, knirschte mit den Zähnen. Seine Brieftasche rutschte aus der zerrissenen Jacke. – Und? Was läuft da?
Entfernung und Kürze des Moments – nur schlecht war zu sehen gewesen, was ich erkannt hatte, und ich hockte mich neben ihn und schwieg. Er machte nicht den Eindruck, daß ihn das wirklich interessierte, zumal es jetzt wenig Bedeutung hatte, wem dieses ganze Manöver galt, was weiter vorfiel draußen und wer, auf dem Rücksitz jenes Busses, der Mann in dem rotblau gestreiften Morgenmantel war.

Kaum nahm ich einen Stoffetzen hoch mit spitzen Fingern, stieß Racko mich weg, und ich sank gegen eine Kiste, einen leeren Käfig auf dem Boden. Schwarz der Himmel vor den Fenstern, Stille im Raum, und obwohl sie unsichtbar im Dunkeln hockten, nur hier und da ein Fußring glänzte, hatte ich das Gefühl, daß uns alle Hühner die Köpfe zudrehten.
Ich griff nach der Brieftasche, fand sie klebrig und feucht, und Racko schluckte, als müßte er etwas hinunterzwingen, starrte zur Wellblechdecke hoch. Der Brustkorb hob und senkte sich enorm. – Verdammt noch mal, was ist das, Marre? Werd immer kleiner in mir drin ...
Doch als ich aufstand und hinausgehen wollte, packte er mich beim Hosenbein und zischte: Hiergeblieben! Bin okay. Nur verschnaufen. – Er schluckte wieder, grinste bitter. – Sei bloß nicht so uncool, Mann. Die kommen schon von allein.
Überall in der Verwaltungsstelle brannte Licht, auf dem Balkon und hinter meinem Atelierfenster standen Behelmte, und ich setzte mich zurück, an den Käfig – der offenbar gar nicht leer war.
Hör mal, Marre. – Rackos Flüstern klang seltsam porös. – Du kannst Englisch, oder? Wie geht noch mal der Text?
Schweiß in seinen Schläfenmulden. – Was meinst du?
Na, von dem Lied natürlich. »As Tears Go By«.
Ich dachte nach. – O Gott, das ist ja älter als, als Olivia. Warte ...
Erneut ließ ich mein Feuerzeug schnappen. Zwischen

zwei leeren Plastiknäpfen hockte ein mageres Rhesusäffchen. Das grünlich-braune Fell an den Maschendraht gedrückt, die kleinen Hände auf den Knien, starrte es aus gelben Augen zu mir hoch. Seine Ellenbogen waren kahlgescheuert, die Haut dort schrundig, rot.

»It is the evening of the day«?

Im Schein des Flämmchens schob ich ein Möhrenstück in den Käfig. Racko bewegte die Lippen, als memorierte er die Zeile, und da ich zögerte, stieß er mich an. – Licht aus. Weiter!

Was mochte ihm der Song bei seinen Sprachkenntnissen sagen? Oder hörte er etwas hinter den Wörtern? Allerdings klang mir ihre Melodie schon nach den ersten Silben im Ohr, trug mich spielend in die nächsten, vor einem Moment noch vergessenen Zeilen, und ich belauschte den leisen Widerhall meiner Stimme im Raum: »It is the evening of the day/I sit and watch the children play/Smiling faces I can see/ But not for me/I sit and watch ...«

Vorm Pavillon blafften die Hunde. Racko zitterte wie im Frost, und ich zog die eingerissene Brieftasche ganz auf meine Seite. Ein Flappen und Knattern wurde laut, Luftströme zerwühlten die Kronen nahestehender Bäume und drückten Zweige gegen das Fensterglas, was unseren Winkel weiter verdüsterte und mich zunächst nur Reflexe, Fingerabdrücke auf der Klarsichthülle sehen ließ. – »My riches can't buy ev'rything/I want to hear the children sing ...«

Rackos Husten und Würgen klang, als müßte er sich gleich übergeben. Auf der Box lag ein Handtuch; ich

hielt es unter sein Kinn, stützte den Nacken, und noch während ihm das schwarze Erbrochene aus Mund und Nase lief, konnte ich den Blick nicht lassen von der Fotografie, jener heiteren Ernsthaftigkeit in dem Gesicht. Draußen die Maschine verstummte. Im Halbdunkel schienen Karlchens Augen ihre eigene, hauchfein überm Papier schwebende Helligkeit auszustrahlen.
Das Tier hatte sich näher herangewagt und seine dünnen schwarzen Finger durch das Gitter gesteckt, um vorsichtig, ganz sacht, einen meiner Jackenknöpfe zu berühren.

Als ich Racko das Kinn getrocknet hatte, zog er mir den Lappen weg und schmiß ihn in die Ecke. – Konnte diese Schnulze noch nie leiden. Zuckerwatte, stimmt's? »19th Nervous Breakdown« war doch besser.
Dann bat er mich, ihm die Uhr abzunehmen, und ich steckte sie in seine Hosentasche. Vage lächelnd hob er eine Hand und fuhr mir kurz über die Haare, wobei der rutschende Ärmel seine Tätowierungen entblößte, die durchgestrichenen Frauennamen. – Marre, Marre, sagte er heiser. Was liegt an? Panne auf Karre?
Plötzlich, im Hin und Her der Strahler vor den Ställen, war die Wunde unter seiner Achsel deutlich zu erkennen, und ich fuhr hoch. Doch wieder, wenn auch schwächer, hielt er mich fest. – Jetzt warte halt, keuchte er. Du kannst noch nicht weggehen, hörst du. Ich brauch dich gleich. Na komm!

Er hustete unter Schmerzen, und ich gab nach, setzte mich wieder, suchte vergeblich Papiertücher in meinen Taschen. Mit zitternden Fingern klappte ich die Brieftasche zu, schob sie in seine Jacke zurück und kratzte etwas Vogelsand um den Blutfleck auf dem Boden. – Menschenskind, paß auf, ich ruf jetzt da raus, und wir ...

Er machte eine Kopfbewegung, stummes Nein.

Diese Spuren, flüsterte er, während ein Meerschweinchen in den Raum kam, sich leise fiepend vor dem Käfig des verängstigten Affen aufrichtete und dann neben Racko an einem Salatblatt knabberte. – Diese feinen Falten an den Augenwinkeln ... Sah ganz schön aus, oder? Irgendwie edel. Wollte ihr noch ...

Wieder jenes metallische Klicken; Schatten hinter den Fenstern. Er runzelte die Brauen.

Niemand. Doch als ich mich umblickte, war das Meerschweinchen weg, und alle Dunkelheit des Raums schien sich zusammenzuziehen in Rackos Pupillen, die klein und schwarz und hart inmitten der blaßblauen, fast nur noch grauen Iris wie das Konzentrat eines Schicksals funkelten. Dicke Schweißtropfen auf dem Gesicht, wälzte er sich herum und bog den Rücken, bis ein Knie fast die Stirn berührte. Ich legte ihm eine Hand an die Schulter, zog sie aber gleich wieder fort. Einige Tiere wurden unruhig, krächzten leise, und er entspannte sich langsam und keuchte, als wäre er aus großer Tiefe aufgetaucht. – Mein Gott ...

Man rief etwas draußen, Kommandos aus verschiede-

nen Lautsprechern; nichts war zu verstehen und hallte wider in der Villa als Echo von nichts.
Er atmete flach. Zwei weiße Monde unter den Wimpern. Dann erneutes Frösteln, Schütteln des ganzen Körpers, der sich immer noch streckte. Seine Absätze hämmerten gegen den Blechtisch, daß die Messer darauf tanzten, und er packte mein Hemd und krallte sich derart fest – Knöpfe sprangen ab, die Herztasche riß, und ich hörte seine Zähne aufeinanderschlagen, bevor er einen langen, rauhen Laut ausstieß; die Stimme eines Fremden.
Nackenhaare gesträubt, starrte das Äffchen in eine Richtung, in der nichts zu sehen war. Und doch alles zu ahnen. Die Hand des Mannes sank langsam herab an meiner Jacke, und es wurde so still – ich nahm das Kratzen eines Fingernagels am Gewebe wahr. Neben dem Käfig lagen blutige Salatblätter.
Das Tier seufzte leise. Aus dem Loch, das Racko in einen prallen Papiersack getreten hatte, rieselten Körner auf den Estrich, und einen Moment lang bezweifelte ich's noch, dies bleiche Gesicht, das schmaler schien mit seinen eingefallenen Wangen, jünger auch. Während die Stirn sich glättete, einen nahezu stolzen Schwung offenbarte, und der jäh ins Fenster flammende Scheinwerfer den Spalt seines Mundes wie eine frische, eben erst gestillte Wunde glänzen ließ.
Denn hör nur, flüsterte das Lied, die Erinnerung jenseits von Wortklang und Melodie: Wozu noch Bitternis? Die Wünsche waren nichts als Wasserzeichen deiner Möglichkeiten in der Zeit, im Raum, der dich heilen wird von dir selbst. Du bist tausend Jahre

zu früh geboren, tausend Jahre zu spät, und immer strahlten Sterne, nur nicht immer hier. Achte auf die Kleinen, summte das Lied, alles was sie tun, halten sie für neu; sieh dir die Alten an, alles was sie leiden, finden sie hart. Bedenke die Hand eines Sterbenden, die verblassenden Linien, das Zeichen des Baumblatts, das sich fortsetzt in wem? Was ahnen wir von seiner Nacht in welchen Wäldern, von seiner feierlichen Einsamkeit? – Wohin du denn wolltest, es war deine Richtung, dein Fall, nicht umzukehren, ein prachtvoller dunkler Weg, und immer erfüllten sich Wünsche und Möglichkeiten, nur nicht immer hier. Denn in deiner Seele, verschwieg der Song, bekräftigte die Stille: Auch in deiner Seele ruht sich Ewiges aus. Und eine Gnade gibt's.
Nun hörte ich deutlich meinen Namen, Lärm aus dem Megaphon, und schloß Rackos Augen. Einen Rest alter Spannkraft in den Lidern, öffneten sie sich noch einmal und starrten wie die eines verwunderten Kindes. Doch als das Fenster zerbrach und die Rauchpatrone über den Estrich, zwischen die wild aufflatternden Hühner kollerte, atmete er längst nicht mehr.

*

»Borussia, Borussia, Dir schlägt mein Herz für immerdar!«
»Ha! Ho! He! Borussia ist okay!«

»Schickt die Nullen in den Kleister. Borussia heißt der nächste Meister!«
Wann immer Sarah und Karlchen mich besuchen, seit einer Woche fast jeden Tag, entdecke ich hinterher neue Aufkleber: Im Schrank, am Spiegel, unterm Waschbecken und sogar auf dem Einband der Bibel. Drohe ich dem Jungen, mich beim Personal zu beschweren, grinst er nur und klappt ein Ohr um. Er kennt die Vornamen aller Schwestern und braucht sie bloß anzublicken, schon vergeben sie ihm jede Untat und finden es noch zauberhaft, wenn er seine Cassetten zückt und die Herz-Kreislauf-Station aufmischt mit dem Ghettoblaster: »Rape Me«.
Hubsi schickte weiße Rosen, und auch Cordula, die mir das Einzelzimmer verschafft hat, kommt regelmäßig. Sie schmuggelt Fritze, ihren jungen Rauhhaardackel, in der Tasche mit herein und wird am Ende einen Kubikmeter selbstgebackenen Kuchen hier angeschleppt haben. Doch ißt sie das meiste während der Besuchszeit selbst.
Da Hillers Dienststelle sich neben dem Sterkrader Josephs-Hospital befindet, sehe ich ihn manchmal auf der Straße oder vor dem Kiosk, wo er, Arme voller Akten, rasch Mineralwasser oder Energieriegel kauft, und heute blieb er stehen und suchte die Klinkerfassade, die Fensterreihen ab, reagierte aber nicht auf mein Winken. Jedenfalls nicht sofort. Er schüttelte kurz den Kopf und lächelte traurig. Erst vor der Drehtür, schon halb weggewendet, hob er zögernd eine Hand.
Am liebsten habe ich den Abend in diesem vierten Stock, das Alleinsein und Schweigen ohne Zigaretten

und Alkohol. Bunte Neonröhren flackern auf dem Markt, und trotz der Isolierung hört man gedämpften Rummel: »Heißer Sand und ein verlorenes Land ...«, und das Krachen der Achterbahn nebenan.

Ihre steilste, über alle Dächer hinausragende Kehre befindet sich ungefähr auf gleicher Höhe mit meinem Bett, und manchmal sitzen zwei große, links und rechts in die Tiefe starrende Afrikaner in einem der chromverzierten Wagen, die sich langsam, entnervend langsam – Ketten klirren, Gestänge dengeln, Zahnräder knacken – die Steigung zur Spitze, zum Gipfel, zum äußersten, von Schwalben umschwirrten Punkt vor Schluß der Fahrt in den Himmel hinaufmühen und momentlang zu verschwinden scheinen im späten Licht, im Gegenglanz, um dann